愛を守る者

スザーン・バークレー 作

平江まゆみ 訳

ハーレクイン・ヒストリカル・スペシャル

東京・ロンドン・トロント・パリ・ニューヨーク・アムステルダム
ハンブルク・ストックホルム・ミラノ・シドニー・マドリッド・ワルシャワ
ブダペスト・リオデジャネイロ・ルクセンブルク・フリブール・ムンバイ

THE CHAMPION

by Suzanne Barclay

Published by Harlequin Japan, a Division of K.K. HarperCollins Japan, 2024

スザーン・バークレー

1992年に北米デビューを飾って以降、大人気シリーズ〈愛のサマーヴィル〉および〈サザーランドの獅子〉で、名実ともにHQヒストリカルのトップ作家に。歴史ロマンスを書くことは最高の幸運と考え、人一倍研究熱心なことで知られた。『愛を守る者』を執筆後の1999年9月、惜しまれつつこの世を去った。

主要登場人物

リネット・エスペサー……………薬師。
サイモン・ブラックストーン……黒薔薇団の騎士。
サースタン・ド・リンドハースト……サイモンの父親。ダーレイ大聖堂の司教。
オデリーン・ル・コイト…………サースタンの異母妹。
ジェヴァン・ル・コイト…………オデリーンの息子。
クリスピン・ノーヴィル…………ダーレイ大聖堂の助祭長。
ウォルター・ド・フォーク………ヨーク大修道院の副院長。
ガイ、ヒュー、バーナード
ニコラス、ジャーヴァス｝……サイモンの親友。黒薔薇団の騎士。

プロローグ

一二二二年五月十日――イングランド

この日、ヨークからダーレイへ続く道を馬で行く六人の騎士たちがいた。十字軍帰りの騎士たちは胸に黒薔薇《ばら》の縫い取りがある灰色の陣羽織《タバード》に身を包み、一歳足らずの赤ん坊と山羊《やぎ》のオデッタを連れていた。

分厚い灰色の雲が真昼の太陽を覆い隠した。雨の気配を孕《はら》んだ湿っぽい風が、ぐずぐずするなと叱咤《しった》するかのように騎士たちの背中を押した。

もとよりブラックストーンのサイモンにぐずぐずするつもりはなかった。過去に幾多の苦難をはね返してきたように、彼は雨の気配を無視して、前方の道に意識を集中させた。彼の頭にあるのは、ただダーレイに着くことだけだった。

ダーレイ。彼が預けられ、騎士に育てられたエドマンド・ド・メレスデン卿《きょう》の城がある町。サースタン・ド・リンドハースト司教が君臨する大聖堂のある町。

実の父親がいる町。

サイモンは歯を食いしばった。熱い怒りがじめじめした寒さを忘れさせた。この三年間、彼は自分をこの世へ送り出しながら実の子と認めなかった司教と対決するときを待ち望んできた。自分の人生はすべて嘘《うそ》だったのだという苦い思いとともに生きてきた。

「一息入れたいところだな」右手を馬で進んでいたガイ・ド・メレスデンがつぶやいた。

休みたいなら休め。だが、わたしは立ち止まらない。お偉い司教様に会って、罪を償わせるまでは。

サイモンはぎりぎりのところでその言葉を押しとどめた。四年前、ダーレイから東方へ出征した男たちの数は二百人にのぼった。しかし、生きて戻ってきたのはこの六人だけだ。彼は家族というものを知らないが、五人の仲間は家族に等しいほど大切な存在だった。

サイモンはため息をつき、肩ごしに一行を振り返った。ヒューとバーナード、ジャーヴァス、ニコラスは長い行軍にも飢えにも慣れている。だが、彼らの馬たちには憔悴《しょうすい》の色が見られた。オデッタに至っては、足元がふらついていた。もしあのいまいましい山羊が倒れてしまえば、小さなモードに飲ませる乳がなくなる。「今日じゅうにダーレイに着きたかったんだが」彼はぶつぶつ言った。

「わたしもさ」ガイが微笑《ほほえ》んだ。異国の血を感じさせる浅黒い顔から白い歯がこぼれた。エドマンド・ド・メレスデン卿がアッコンから帰国したあとに生まれた息子。サラセン人である彼の母親は、ガイが彼の嫡子であると主張していた。「理由は違っても、父親と対決したい思いは同じだ。だが、このままでは馬たちがへばってしまう」

サイモンはしぶしぶ同意するかのようにうなり、再び肩ごしに振り返った。「しばらくあそこの草地で休むか」

ヘンドリーのニコラスがにんまり笑った。「それより、いい宿屋を知っているんだ。うまいエールがあって――」

「きれいな娘たちがいて、か」サイモンはうなった。女たちを虜《とりこ》にしてきたニコラスの気さくな微笑が薄れた。「若気の至りだ。もう足を洗った」

「すまない、言いすぎた」口では謝りつつも、サイモンは内心、放蕩《ほうとう》者は死ぬまで放蕩者だと思っていた。四年の月日をともに生きた大切な仲間とはいえ、あの身持ちの悪いところだけはいただけない。ニックは数々の婚外子を世に送り出し、見捨ててきたのではないだろうか？　司教がわたしを見捨てたように。「じゃあ、その宿屋へ案内してくれ」

「わたしは変わったんだ」ぴしりと断言してから、ニコラスはサイモンに代わり、列の先頭に立った。

「君の心情は彼も理解しているよ」ガイが言った。

「いや、誰にも――君にも――わからないと思うね」サイモンは三年前を思い返した。十字軍に聴罪師として同行していたブラザー・マーティンが、病に倒れ、死の床で驚くべき秘密を打ち明けたのだ。サイモンはサースタン司教の息子だと。「少なくとも、君の父親は君の母親と結婚した」

「ああ。だが、エドマンド卿は必ず戻ると約束しながら、二度と母のもとに戻らなかった」ガイがつぶやいた。「たぶん、キリスト教に改宗したとはいえ、異教徒を妻にしたことを忘れたかったんだろう」

「君は母親の顔を知っている。母親に育てられ、愛され、成長してからは母親の面倒を見てきた。わたしは自分の母親がどんな人間かも知らない」苦悩がサイモンの胸を貫いた。「あの男はわたしの母親を捨てた。そして、同じ町にいながら、わたしの存在を無視してきたんだ」

「彼なりの理由があったんだろう」

「ふん！　自分の評判を守りたかっただけさ」サイモンは吐き捨てた。「司教にやつが犯した罪を思い知らせてやる。母の名前を聞き出し、彼女を捜し出すんだ」母親が孤独と貧困に苦しんでいるのではないかと思うと、彼は我慢がならなかった。

「あと少しだ」ニコラスが叫んだ。道を曲がると、小さな村が見えてきた。彼らの到着によって、宿屋の庭は急に騒がしくなった。馬たちは首を振って鼻を鳴らし、オデッタも精いっぱい声を張り上げた。この騒ぎで目を覚ました赤ん坊まで泣きだした。

「よしよし。今、乳をやるからな」ヘイルウェルのヒューが小さなモードをあやした。たくましい腕に黒髪の赤ん坊を抱く姿には違和感があった。しかし、モードはこの腕に抱かれて、アッコンからイングランドまで旅してきたのだ。モードはヒューの子供ではなかった。ヒューと同じ牢獄《ろうごく》に囚《とら》われていた女性の娘だった。彼女は死に際に娘をヒューに託した。その責任をヒューは重く受け止めていた。

「またおしめじゃないのか」サイモンはつぶやいた。ヒューはタバードの濡《ぬ》れた部分を哀れっぽく見下ろした。「どうりで鎖帷子《かたびら》が錆《さ》びるわけだ」

「おまけに、洗濯物は十字軍全体より多いくらいだ」サイモンはヒューの槍《やり》の先に干してあるおしめを見上げた。

宿屋の扉が開き、がっしりした体つきの男が顔をのぞかせた。「いったいなんの騒ぎ――」男の目が丸くなった。「サ、サー・ニコラス？」

「やあ、覚えていてくれたとは嬉《うれ》しいね――」

「ゆ、幽霊だ」宿屋の主人は十字を切りながら後ずさりをした。

「幽霊？　どういう意味だ？」

「死者だ。幽霊だよ」主人は警戒のまなざしで一行を見つめた。「去年の秋に国王の使いが知らせてきた。あんたがたは異教徒に殺されたって。ダーレイじゃ、司教が特別なミサまでやったくらいだ」

サイモンの唇が歪《ゆが》んだ。「わたしの死を祝うミサだな」

「なんてことを！」主人は声をあげた。

「うちの部隊が襲撃されたとき、我々は別の場所にいたんだよ。わたしがへまをしたせいでね」ヒューがうなった。「もしわたしが囚われていなかったら――」

「アッコンまで君を救出しに行くこともなかったな」サイモンはヒューの背中を眺めた。逃走中にサラセン人の矢を受けた場所。ジャーヴァスの特殊な癒《いや》しの力がなければ、ヒューはあの地で亡くなっていたはずだ。「だが、我々が死んだことにされていたとは」彼は戦友たちの顔を見回した。複雑な思いは皆同じのようだ。故郷に残してきた者たちは、彼らの戦死の知らせをどう受け止めたのだろう？　帰り着いた故郷で、彼らは歓迎されるのだろうか？

「とにかく無事でよかった」宿屋の主人は騎士たちを炉辺のテーブルへ案内し、全員にエールを配った。給仕女が赤ん坊の世話を買って出たが、女性に不慣れなモードはヒューにしがみついた。

「よしよし、いい子だ」ヒューはモードに山羊から搾った乳を飲ませた。

サイモンは椅子の背にもたれ、期せずして友人となった五人の男たちを眺めた。四年の月日は彼らに大きな変化をもたらしていた。

最も変わったのはバーナード・フィッツギボンズだろう。バーナードは何もできない新米騎士だったが、ヒューの指導のもと、熟練した戦士に成長した。金髪のパルグレーヴのジャーヴァスは、自分に不思議な癒しの力があることを知った。二つの祖国に引き裂かれ、苦しんでいたガイは、ダーレイの騎士たちの中に安息の場所を見つけ、とくにサイモンと心を通わせるようになった。

「いろいろあったな」サイモンはつぶやいた。「皆、出征したときとは別人のようだ」

「ああ、別人さ」ニコラスが眉をひそめた。「今のわたしが跡取りにふさわしい男だということを、父上に納得させられるといいんだが。さもないと、脅しどおりに、わたしの不品行な部分を切り取られてしまう」

ヒューは笑った。「そのときはジャーヴァスにまたくっつけてもらえ」

「人の力を冗談にしないでくれ」ジャーヴァスがぼやいた。

「冗談どころか深刻な問題さ」ニコラスが切り返した。

彼らはにやにや笑った。だが、たわいない会話の中にも緊張が漂っていた。ついにサイモンがその緊張を口にした。「死んだと言われた者が戻ってくると、何かしら面倒なことになるかもな」

座は急に静まり、騎士たちはそれぞれが十字軍に参加するに至った複雑な事情を思い返した。サイモンは聖地を救うという高邁《こうまい》な理想とともに十字軍に加わったのだが、遠征は惨憺《さんたん》たる結果に終わった。ニコラスが参加したのは、言い寄ってくる女たちから逃れるためだった。バーナードは領主の罪を肩代わりするため、ジャーヴァスは亡き父親への誓いをまっとうするため。ヒューは馬上槍試合で友人を死なせてしまった罪の償いとして聖地へ赴いた。いずれにしても、サースタン司教から贖罪《しよくざい》を命じられてのことだ。サイモンはこうした司教のやり方にも許せないものを感じていた。

「わたしが生還しても喜ぶ者はいないさ」彼は吐き捨てた。

「それはどうかな」ガイが静かにつぶやいた。「人間は思いも寄らないところで他人の人生とかかわっているものだ」

サイモンは低くうなり、杯を空にして立ち上がった。「答えはじきにわかる。ダーレイに着けばな」

彼はヒューに向き直った。「君の兄上は本当にモードを歓迎してくれるんだろうな？」

「ああ、兄は優しい男だ。もし何かの理由で歓迎されなかったら、モードはわたしが育てるよ」

サイモンはうなずいた。「それも無理なときは、わたしが預かろう。司教と対決したあとまでダーレイに長居をする気はないが、旅立つときは〈ロイヤル・オーク・イン〉に手紙を残しておく。モードに愛情を知らずに育ってほしくないからな」わたし自身がそうだったように。

「まあ、その心配はないだろう」ヒューは答えた。

宿屋を出るころには、雲間から太陽が姿を見せていた。水を飲み、休息した馬たちは元気に歩を進めた。

迫りくる別れのときを思い、サイモンは寂しさに襲われた。ニコラスとガイはダーレイまで一緒だが、ほかの三人は違う道をたどることになる。再び彼らに会える日が来るだろうか？　予期せぬ喪失感が心の中に広がった。人に頼らない生き方を学んだつもりだったのだが。

寂しさを振り払って視線を上げたサイモンは、前方の木立から飛び立つ鳥の群れに気づいた。「用心しろ」彼は小声で告げた。「あのあたり。どうも何者かが待ち伏せしているようだ」彼の指示で、バーナードとニコラスは道を外れ、横手に回った。

ヒューは眠っているモードをジャーヴァスに託した。「この子を守ってくれ」

「命に代えても」ジャーヴァスは茂みの奥に身を隠した。

サイモンは鞘《さや》から抜いた剣を太腿にのせ、兜《かぶと》の面頬《めんぼお》を下ろした。「用意はいいか？」

「ああ」ヒューとガイが同時に答え、サイモンの背後を固めた。彼らは慎重に馬を進めた。

森の中の道は暗く、左右から木々が迫っていた。神経をぴりぴりさせながら、サイモンは緑の葉陰に目を凝らした。「あそこだ。右のほう」彼は小声でささやき、筋肉をこわばらせた。「あの岩の後ろだ」

問題の岩の真横に差しかかったそのとき、突然、男たちが姿を現した。覆面をかぶった痩《や》せ形の男を先頭に、彼らは絶叫をあげ、道に飛び出してきた。

最も大柄な男の攻撃を剣でかわしながら、サイモンは敵を数えた。盗賊は十人いた。剣と斧《おの》で武装しているが、身を守るものは革の胴衣と帽子だけだ。

戦闘の訓練も受けていないらしく、大柄な男は簡単に片づいた。しかし、勝利を味わう暇はなかった。

新たに二人の敵が襲いかかってきた。

背後では、ヒューが大剣を振り回していた。ガイも激しく応戦している。しかし、剣の腕では勝っていても、人数に差がありすぎた。三人の敵から攻撃を受けるうちに、サイモンの剣さばきが鈍ってきた。

くそ、ニコラスは何をやっているんだ？

「黒薔薇のために！」雄叫《おたけ》びをあげたニコラスが、バーナードとともに木陰から飛び出した。

「あのときみたいだな！」ヒューは叫び、いっそう激しく大剣を振り回した。

サイモンは陰鬱《いんうつ》な顔に笑みを浮かべ、一撃で敵の一人を倒して、残る二人に向き直った。

戦いは数分で終わった。

最後の敵を倒したサイモンは、荒い息を吐きながら道全体を見回した。立っているのは味方の騎士たちだけだ。彼らは岩を取り囲み、その中央にバーナードが座っていた。サイモンは彼に駆け寄った。

「どうかしたのか？」

「脚をちょっとね」バーナードがしかめっ面で答えた。「敵は全員死んだ。そいつ以外は」彼は少し離れた地面に横たわる男をにらみつけた。「悪党め。剣を取り上げたら、岩をわたしの脚に叩《たた》きつけた」

「こいつが頭《かしら》か」サイモンは腰を落とし、男の覆面を引き抜いた。

盗賊ははっと目を開けた。その目が驚きと恐怖でさらに見開かれた。「ブラックストーンのサイモン？　きさま、死んだはずじゃ……」

男の細い顔と狡猾《こうかつ》な目つき、陰気そうな口元がサイモンの記憶を刺激した。「どこかで見た顔だな」

男は弾《はじ》かれたように立ち上がり、森の奥へ逃げ込んだ。サイモンもあとを追ったが、敵はこの森を熟知しているらしく、またたく間に姿を消した。

サイモンは追跡をあきらめ、仲間のもとに戻った。

「見つけたか？」ニコラスが問いかけた。

「いや」サイモンは土くれを蹴《け》った。「バーナードはどうだ？」

「ジャーヴァスの話だと、脚が折れているらしい」ヒューが答えた。「近くに修道院があるから、そこへバーナードを連れていくと言っている。わたしも付き合おうと思う」

サイモンはうなずき、木陰に目を凝らした。「あの男、確かに見た覚えがある。それも、ダーレイの大聖堂で」

「結論を急ぐなよ、サイモン」ニコラスが言った。「司教が刺客を差し向けた、なんてことはありえない。彼はまだ我々が生きていることを知らないんだ。まして、この道を通ることなど知っているわけがない」

「だとしても、ダーレイにはさまざまな悪事が渦巻いていそうだな」サイモンはつぶやいた。

ロブ・フィッツヒューは走った。ひたすら走りつづけ、隠れ家の小屋にたどり着くと、痛む肩を押さえ、息を切らしながら扉を開けた。そこで彼の足が止まった。「なんであんたがここに？」

ジェヴァン・ル・コイトは炉辺の椅子から立ち上がった。粗末な僧服のせいで、痩せて骨張った体格が余計に目立っていた。「金が必要なんだ」端整な顔が不快げに歪んだ。「その様子から見て、襲撃はうまくいかなかったようだな」

「うまくいくどころか！」ロブは扉を蹴って閉めると、炉のかたわらにあった酒瓶をつかんだ。饐《す》えたエールは喉の渇きを癒してくれても、敗北の味を洗い流してはくれなかった。「大失敗さ。おれ以外は全員やられちまった！」

「つまり、金は奪えなかったと？」ジェヴァンは冷ややかに問いかけた。

「骨折り損のくたびれ儲《もう》けだよ」ロブは血まみれの手を振った。「相手が悪かった。ただの商人とはわけが違う。あいつら、五人とも騎士だったんだ」

「十対五でやられたわけか」

「でも、黒薔薇騎士団の騎士たちだぞ。ブラックストーンのサイモン率いる」

端整な顔に驚きが走った。「やつは死んだはずだ」

「いや、あの男だった。向こうもおれに気づいた」

「まさか！」ジェヴァンは冷静さを失い、黒髪をかきむしって叫んだ。「今はまずい！　やっとサースタンの財産が手に入るってときに。なんとかしないと。なんとか」彼は狂犬のように瞳をぎらつかせた。

ロブは後ずさりをした。「なんとかって？」

「負けるもんか」歯を食いしばったジェヴァンは、ロブを押しのけて小屋の外へ飛び出した。「ついてこい、これからが勝負だ」

1

一二二二年五月十日——ダーレイ大聖堂

彼は死にかけていた。

心の脱力感は息子の死のせいにすることもできた。だが、手足の脱力感は着実にひどくなり、この冬から始まった痛みは今や耐えがたいほどで、もはや無視できるものではなかった。ダーレイの司教サースタン・ド・リンドハーストは人生を終えようとしていた。

「そんなばかな」恐怖に駆られたサースタンは、書き物机の端にしがみついた。五十一年間の人生で恐怖を感じるのは二度目、レディ・ロザリンドと交わした愛が実を結ぶと知ったあの日以来のことだった。

サイモン。親子の名乗りを上げられなかった息子。未来を約束されていた明るい光。だが、その光は輝くときを待たずに消えてしまった。そしてわたしも、じきに息子のあとを追うことになるのか。

サースタンはため息をもらした。死にたいとは思わないが、少なくとも約束の地へ行けば、再びサイモンに会える。親子と名乗れなかった理由を説明できる。

サースタンの唇に苦笑が浮かんだ。それは天国へ行けた場合の話だろう？　わたしは罪を犯してきた。ときには利益を、ときには報いを受けた。それでも罪は罪だ。彼はのろのろと立ち上がり、窓辺へ向かった。今宵《こよい》の晩餐《ばんさん》のために身につけた刺繍《ししゅう》入りのチュニックが、ひどく重く感じられた。

事情さえ違えば。

しかし、もはや手遅れだ。償いの機会は完全に失われてしまった。サイモンも含めたダーレイの十字軍の戦士たちが全滅したという知らせが届いたあの秋の日に。

言葉にならない苦悩がサースタンの胸を貫いた。ロザリンドとの未来を奪われた彼は、二人の間にできた子供に最善のものを与えることで、心の空白を埋めようとした。父親と名乗ることはできないものの、息子がこのダーレイにあるエドマンド卿《きょう》のウルフズマウント城に預けられ、その成長を見守れるように画策した。サイモンの騎士叙任式で司祭を務めたときは、名誉を重んじる勇敢な男に成長した息子の姿に、誇らしさで胸がいっぱいになった。

サースタンは鎧戸《よろいど》の掛け金を外し、油を塗った羊皮紙の窓を開いた。新鮮な空気が流れ込み、一瞬、部屋に満ちていた死のにおいが消えた。眼下には大聖堂を囲む緑の中庭があり、その先には賑《にぎ》やかなダーレイの町並みと、丘の中腹から町を睥睨《へいげい》するウルフズマウント城があった。二十五年前に彼が赴任してきた当時のダーレイは、小さな町にすぎなかった。それが今では、ヨークと肩を並べるほどの商業の中心地だ。ダーレイの発展はサースタンの手腕と、宮廷における彼の家族の影響力によるところが大きかった。ダーレイに集まる商人や職人の数が増えれば増えるほど、サースタンの財産も増えていった。

だが、財産がなんの慰めになるだろう。彼は愛する女性との仲を引き裂かれ、息子を失った。そして、彼自身もこの世を去ろうとしているのだ。

薬種店の屋根に目をやり、サースタンはまたため息をついた。溌剌《はつらつ》として機知に富んだ金髪のリネットのことを思うと、さらに心が沈む。彼は若き女薬《くす》師《し》のためにある計画を練っていた。だが、サイモンが死んだ今は、それもかなわぬ夢になってしまった。

みぞおちに激痛が走り、彼は体を折り曲げた。激痛がおさまると、窓枠をつかんで背を起こした。これほどの痛みを伴う病とはなんなのか。長年、重病人に赦罪を与え、さまざまな死を目にしてきたが、高熱も表立った症状もなく体が衰えていく例は見たことがない。看護僧のアンセルムでさえ途方に暮れる症状。アンセルムとリネットが調合した強壮薬をもってしても、和らげられない痛み。

まるで毒がじわじわと体を蝕《むしば》むような――。

「毒……」サースタンはかすれた声でつぶやいた。

確かに、じわじわと体が弱ってきている。

まさか、誰かがわたしに毒を盛っているのか？

誰が？　なんのために？

彼は細めた目で長年治めてきた町を眺め渡した。暴君の圧制だと中傷する者もいる。しかし、声を大にして非難する者はいない。なぜなら、サースタン司教が手にした富と権勢は、遠い昔、息子のためにダーレイの司教職を買ってやった父親の思惑さえも凌駕《りょうが》するものだったから。重い贖罪《しょくざい》を課せられて、こ恨みを抱いている信者がいるのだろうか？

それとも、犯人はもっと身近な存在なのか？

ダーレイ大聖堂の助祭長クリスピン・ノーヴィルは冷たく、厳格なほどに信心深い男で、サースタンのやり方を公然と批判し、司教の地位を狙《ねら》っていた。サースタンはわざとサースタンとは対照的な態度をとり、自分の責務である大聖堂の管理はそっちのけで、礼拝堂にこもり、祈りに時間を費やしていた。サースタンが刺繍入りの絹や上等の毛織りを身にまとっているのに対し、助祭長は聖ベネディクトゥスにならい、粗末な僧服しか着なかった。

とはいえ、人殺しとなると……。

クリスピンがわたしを嫌っているのは明らかだが、彼が人を殺すとは思えない。知らず知らずのうちに犯したかもしれない罪の償いとして、土曜日ごとに自らを鞭《むち》打つ男なのだ。そんな男が人を殺そうとするわけがない。


では、ウォルター副院長か？　そういえば、副院長はこの冬、頻繁にダーレイへやってきた。今日もそうだ。表向きはヨークの大司教の使いとして、わたしの見舞いに来たということになっているが。ウォルター・ド・フォークは貧しい家に生まれながら、教会内で目覚ましい出世を遂げてきた。つまりは、それだけ悪知恵が働く男なのだ。

ウォルターの訪問後、具合がさらに悪くなったということはあっただろうか？　サースタンは記憶をたどろうとしたが、動揺のせいで頭が働かなかった。身震いしながら窓に背を向けた彼は、贅沢《ぜいたく》な居室に視線をさまよわせた。毒はどうやって盛られた？　料理か？　飲み物か？

彼はよろめくように書き物机に戻った。その隅に置かれた盆には銀の酒瓶があり、彼が愛飲している葡萄《ぶどう》酒が入っていた。いや、これは違う。この葡萄酒は来客にもふるまっているものだ。妹のオデリーンも、三階に泊まる客たちも飲んでいる。現にウォルターも今日の午後、一杯飲んだではないか。

肩の力を抜いたサースタンは、隣の寝室へ視線を転じた。開いた扉の向こうに、寝台脇《わき》のテーブルに置かれた薬草入りのブランデーが見えた。あれは毎夜、日誌を書きながらちびちびと飲んでいるものだ。あれに毒が入っているのか？

彼はブランデーの小瓶を凝視した。だが、そこまで歩いていく気力はなかった。もう何カ月も飲みつづけてきたのだから、今さらにおいを嗅《か》いでみても、何もわかりはしないだろう。だいたい毒の種類もわからないのに、どうやって判断すればいいのか。ベラドンナ？・毒人参《にんじん》？　鳥兜《とりかぶと》？

鳥兜。

薔薇《ばら》の根を食い荒らすもぐらを駆除するためにリネットから買った薬。あれも鳥兜だ。わたしはあの粉に触れてしまったのだろうか？　いや、あの粉を入れた壺《つぼ》は庭師のオルフに渡した。オルフが穀物に混ぜて、薔薇園に仕掛けたはずだ。あの毒にやられる者がいるとすれば、それはオルフだ。

では、誰が何を使ってわたしを殺そうとしているのか？

サースタンは机に置かれた黒い帳面を見下ろした。最初の三ページには彼が愛用している祈りの言葉が書かれ、その先は個人的な日誌として、日々の出来事が綴《つづ》られている。ダーレイの住民たちが告解の中で彼に語った罪も含めて。そして、各人の名前の横には、彼がその罪に課した贖罪行為の内容が記されていた。

貧しい者には祈りや善行が求められた。富める者には教会への寄付が求められ、それがサースタンの懐に入ることもあった。悪質な罪を犯した者には、さらに厳しい罰が与えられた。その中の誰かが報復に出たのだろうか？

角笛の音が晩餐の時を告げた。

サースタンは眉をひそめた。口うるさい妹や人殺しかもしれない男たちと食事をする気分ではなかった。それよりも、アンセルムのところへ行き、毒殺の疑いについて相談し、解毒剤を探してもらいたい。もしまだ手遅れでなければ。そして、日誌を見直し、仕返しをしそうな人間たちを絞り込んで――。

突然、廊下側の扉が開いた。

戸口に男の姿が現れた。男は色褪《あ》せた灰色の陣羽織《タバード》を着ていた。左胸には黒薔薇の刺繍があった。

ダーレイの十字軍戦士の紋章。しかし、彼らは全滅したはずだ。

サースタンはその侵入者――黒髪を肩まで伸ばした男――を呆然《ぼうぜん》として見つめた。男の顔は影で一部が隠れている。だが、彼はその顔を知っていた。

サイモン。ああ、神よ!

ついに幻覚症状まで現れたか。サースタンは椅子にくずおれ、両手で顔を覆った。「立ち去れ、亡霊よ」

「その前に真実を知りたい。あなたはわたしの父親か？」亡霊が床を揺るがす勢いで前に進み出た。

わたしは死んだに違いない。死んで地獄へ落ちたのだ。「ああ。わたしはおまえの父親だ」

「なぜ今まで黙っていた？」

「そうするしかなかった」

「わたしの母親はそれほどまでに汚らわしい存在だったのか？」

「いや。それは違う」サースタンは視線を上げた。

亡霊は机を挟んで目の前に立っていた。まるで生きているかのようだ。不精髭《ひげ》の伸びた頬。ロザリンドの緑に、彼自身の灰色をわずかに混ぜた瞳。「彼女は――おまえの母親は天使だった」

「だったら、なぜ？」拳《こぶし》が机に叩《たた》きつけられた。

サースタンはひるみつつも立ち上がった。「訪問の目的はなんだ?」

「遅すぎた対決、とでも言おうか」緑の瞳が冷たく険しい表情に変わった。「ブラザー・マーティンがダミエッタで熱病にかかって亡くなった。臨終に立ち会ったわたしに彼は告白したのさ。あなたがわたしの父親だとね」彼は身を乗り出した。温かな息がサースタンの肌にかかった。「なぜ隠していた?」

サースタンは目をしばたたいた。「亡霊ではないのか」

「ああ、あいにくだがな。自分の罪の証《あかし》が聖地で消えればいいと思っていたんだろう?」

「奇跡だ」

「奇跡じゃない。剣の腕に救われたのさ」サイモンは唇を歪《ゆが》めた。「ダーレイに戻って、あなたの罪を糾弾したい。その一心で生き延びてきたんだ。ブラザー・マーティンを同行させたのも、わたしを確実に死なせるためだったんだろう」

「なぜわたしがおまえの死を望むのだ?」

「わたしの存在を恥じていたからさ。そうでなければ、とっくの昔にわたしを認知していたはずだ」

「事情があったのだ」

「口ではなんとでも言える」

「真実だ」

サイモンは手を振って、司教の訴えを一蹴《いっしゅう》した。「あなたのどこに真実がある? 人を操ることばかりしてきたくせに。十字軍に行った男たちも、半分はあなたに脅されて参加した連中だった。参加者を増やせば、教皇に対して点数が稼げるからな。あなたは彼らの命を犠牲にした。大司教になるための踏み台にしたのだ。わたしはあなたを軽蔑《けいべつ》する」

「おまえにはわかっていない」

「わかっているとも。あなたは最低の人間だ」緑色の瞳が細められた。「あなたは我々の関係を秘密にしたがった。わたしも同感だ。この体にあなたの血が流れていることは誰にも知られたくない。わたしがあなたに求めるものはただ一つ。わたしの母親の名前だけだ」

「それは教えられない」サースタンはつぶやいた。遠い昔に強いられた誓いが彼を縛っていた。

「それなら、自分で捜し出すまでだ」

「いかん」サースタンはあせって立ち上がった。腹部に激痛が走り、崩れるように机にしがみついた。

そうだ、わたしはもう長くない。痛みが恐怖に変わった。わたしに毒を盛っている人間が、サイモンまでも狙《ねら》うようになったら？　犯人がわからないうちは、サイモンの身も安全とは言えない。「帰りなさい。これから重要な来客がある」どうせ汚れてしまった魂だ。この程度の嘘《うそ》は些細《ささい》な汚点にすぎない。肝心なのは、誰かに見られる前にサイモンを帰すことだ。

サイモンは背を起こした。「母親の名前を知りたい。あなたに捨てられた哀れな女の名前を」

「彼女は亡くなった」

「嘘だ。彼女は生きている。必ず捜し出す」

「わたしの口からは言えない。とにかく立ち去れ」サースタンは叫んだ。「この話は改めてしよう」まずは毒殺犯を突き止め、財産相続の証書を書き換えなければ。

サイモンは殴られたかのように身を硬くした。

「今、立ち去ったら、二度と戻ってこないぞ」

「それはおまえが決めることだ」サースタンはつぶやいた。胸が締めつけられた。

サイモンは黒いマントを揺らして扉へ向かった。が、途中で足を止めて振り返った。「わたしは〈ロイヤル・オーク・イン〉に滞在している。母親の名前と居所を知らせてくれ。明日のこの時間までに知らせがなかったときは、わたし自身で調べ出す」

扉が乱暴に閉じられた。最後通牒《つうちょう》のようなその音が居室に響き渡った。

サースタンは椅子に崩れ落ちた。体以上に心が痛かった。サイモンはわたしを憎んでいる。なんと残酷な皮肉なのか。

晩餐を告げる二度目の角笛の音が聞こえてきた。ぐずぐずしていると、ブラザー・オリヴァーが様子を見に来るだろう。事実、かすかにきしる音がした。書記室へ通じる扉が開かれたのだ。

「ああ、サースタン」

目を開けたサースタンは、駆け寄るリネットに気づいた。「ここへは来ないようにと言っただろう」

「わかっています」リネットは司教の足元にひざまずき、温かな手で冷たい手を包み込んだ。「わたしがここにいるのを助祭長に見られたら、あなたに迷惑がかかるんでしょう」

「それより君の評判が心配だ」サースタンは彼女の手を握りしめ、琥珀《こはく》色の瞳をのぞき込んだ。

「今夜は顔色がいいみたい」リネットは微笑した。

サイモンが生きていたんだよ。舌先まで出かかったその言葉を、サースタンは押しとどめた。「気候がだいぶよくなったからね」

リネットの微笑が薄れた。「これは普通の病気じゃないような気がするの。もしかしたら毒かも」

「毒？」サースタンは無理に笑った。リネットに疑いを持たせてはいけない。犯人が判明するまでは。

「鳥兜よ。以前、薔薇園のためにお分けしたでしょう。古い草本誌で読んだんだけど、鳥兜を摂取したときの症状があなたの症状と同じなの」

少なくとも、これで毒の種類は判明したな。「あれは命を奪う毒で、病気にする毒ではないと聞いたが」

「少量だけ用いると、あなたと同じような苦痛をもたらすのよ」

「わたしに毒を盛る者などいないよ。余計な心配はしないほうが――」

廊下側の扉が開き、オリヴァーが顔をのぞかせた。

「司教様、客人たちがお待ちで――」書記の凡庸な顔がしかめっ面に変わった。「その女はここで何をしているんです?」

リネットは立ち上がった。「司教様の体調が心配で、来ずにはいられなかったんです」

オリヴァーは鼻を鳴らした。「司教様にはわたしとブラザー・アンセルムがついている」それから、サースタンに問いかけた。「階下《した》でお食事をなさる元気はおありですか?」

「客人にはすぐに行くと伝えてくれ」扉が閉まるのを待って、サースタンは日誌に視線を落とした。もし自分が倒れ、この日誌が悪い人間の手に渡ったら? ここに罪を記された人々のことも心配だが、何より問題なのは、表紙の裏に隠した証書だ。サイモンにブラックストーン・ヒースの領地を譲ることを認める証書。サースタンがその領地を買ったのは、騎士となったサイモンに与えるためだった。しかし、サイモンは騎士に叙任されるとすぐに十字軍に加わった。そして、訃報《ふほう》が届いた。

サースタンがその悲しみから立ち直りきれずにいたとき、異母妹のオデリーンとその息子がダーレイにやってきた。ふざけた乱行のせいで宮廷を追放されたのだった。サースタンに見捨てられたら、母子《おやこ》で飢え死にするしかない。オデリーンは泣いて訴えた。気の毒に思ったサースタンは二人を受け入れ、ブラックストーンを甥《おい》のジェヴァンに譲ると証書を書き換えた。大聖堂の学校を卒業したらという条件付きで。ジェヴァンは母親同様に甘やかされた見栄《みえ》っ張りだったが、サースタンは学問によって甥が有能な領主に育ってくれることを望んでいた。

だが、サイモンが生還した以上、証書は再び書き換えなければならない。ブラックストーンはサイモンのものだ。ジェヴァンには別の領地を探してやるか、相応の金を与えることに――。

「サースタン……」リネットの瞳が涙で潤んだ。

「心配するな」サースタンはなんとか立ち上がった。「気分はだいぶよくなった」そう、サイモンが無事に戻ってきたし、病気の正体もわかった。晩餐がすんだら、薬草入りのブランデーをアンセルムに調べさせよう。あれを飲むのをやめれば、死なずにすむかもしれない。それでも、迫りくる死の気配は消えなかった。冷たい霧のように、墓場から吹く風のように肌を撫《な》でるその気配に、彼は身震いした。

「サースタン?」リネットの手が日誌に置かれた彼の手に重ねられた。

暗い秘密の詰まった日誌。「これを持っていてほしい」ここにはリネットの罪も記されている。彼女ならこの秘密を守ってくれるはずだ。それに、彼女の人生はサイモンの人生と複雑に絡み合っている。運がよければ、彼らは自分とロザリンドにはかなわなかった幸福を見つけ出すかもしれない。「ここにはわたしが気に入った祈りの言葉が書いてある」

「ありがとうございます」リネットは日誌を胸に抱きしめた。「でも、やっぱり心配だわ。あなたの力になりたいの」

「君はもう充分力になってくれた。そろそろ帰りなさい。クリスピン助祭長がわたしを呼びに来る前に。ついでに窓を閉めていってくれないか?」

リネットは不安げな表情のままうなずき、窓辺に近づいた。「あなたを愛しているから心配なのよ、サースタン」窓を閉めながら、彼女は訴えた。

「大丈夫だよ、リネット。少しずつだが元気が出てきた。二、三日じゅうに連絡する」それまでには、毒殺を企てた犯人の正体もわかるだろう。「次は薔薇園で会おう」そして、日誌の隠し場所から証書を取り出し、ブラックストーン・ヒースの譲渡相手をジェヴァンからサイモンに改めるのだ。

司教の館《やかた》を飛び出したものの、サイモンは怒りを抑えることができなかった。彼は手当たり次第に石を蹴飛《けと》ばした。石の一つ一つにサースタン司教の姿が重なった。

くそ、司教があそこまで薄情な冷血漢だとは思わなかった。

「あなたを愛しているから心配なのよ、サースタン」くぐもった女の声が静寂を破った。

サイモンはその場で足を止めて振り返った。司教館は石造りの壮大な四階建てで、一定の間隔を置いて小さな窓が並んでいた。その中で、明かりが灯《とも》る二階の窓がちょうど閉じられようとしていた。あれは彼がさっきまでいた部屋、司教の居室の窓だ。

重要な来客というのは女だったのか。公然と司教への愛を口にする女。サイモンは吐き気を覚えた。


まったく、あの男はどこまで堕落しているんだ？

もし声の主がわたしの母親だとしたら。

サイモンは窓の下に忍び寄り、耳をそばだてた。何も聞こえてこなかった。

声の主はここに住んでいるのだろうか？

いくら恥知らずな司教でも、愛人を大聖堂の敷地内に囲う真似《まね》はしないはずだ。サイモンは建物の横手に回り、茂みの中に隠れた。そばの庭園から漂う薔薇の香りが彼の感覚を刺激した。イングランドに、湿った空気に、みずみずしい緑と薔薇のにおいに恋い焦がれて、眠れぬまま過ごした砂漠の夜が思い出された。

理由はわかっていた。

イングランドを発《た》つ前夜に夢に出てきた女のせいだ。薔薇の香りのする女。彼女のせいで、サイモンはほかの女では満足できなくなった。以来四年間、あの夢のように自分を満たしてくれる女を探し求めてきたが、夢は夢のままだった。

砂利道を進む足音がサイモンの回想を破った。のぞき見ると、マントをまとった人影が小走りで館を離れようとしていた。フードで顔と髪を隠しているが、小柄な体つきと仕草は女ならではのものだった。

わたしの母親か？

希望と不安に胸を高鳴らせつつ、サイモンは女のあとを追った。

サースタンは机に両手をついてうなだれた。曲がりくねった階段を下り、六品も出る食事の席に耐えうるだけの気力を振り絞ろうとしていた。扉が開く音が聞こえた。サイモンが戻ってきたのだろうか。彼は期待とともに顔を上げた。

入ってきたのはオデリーンだった。派手な絹の服をまとい、宝石をちりばめたネットで髪をまとめた姿が母親そっくりだ。彼女の母親は二十歳にして、その狡猾《こうかつ》さと官能的な容姿で、五十歳のロバート・ド・リンドハーストの心をとらえ、ロバートの子供たちをうんざりさせたのだった。「食事に下りていらっしゃらないの？」

「今、行く」サースタンはのっそりと机を回り込んだ。それとは対照的に、オデリーンは猫を思わせる軽い足取りで二人の距離を詰めた。暗がりから蝋燭《ろうそく》の光の中へ出てきた彼女の瞳には怒りがみなぎっていた。「機嫌が悪そうだな」

「悪いも何も」オデリーンは吐き捨てた。「あいつが戻ってきたわね。お兄様の隠し子が」

サースタンはぎょっとした。「なぜそれを？」

「あいつが階段を下りていくのを見たのよ」

「そうか」サースタンは安堵《あんど》の息を吐いた。「サイモンとわたしの……関係は、ダーレイではほとんど知られていない。知らせるつもりもない」少なくとも、毒を盛っている人間の正体がわかるまでは。

「わたくしだって同じ気持ちよ。司教を務める自分の兄に隠し子がいるなんて――」

「言葉を慎め。おまえもすねに傷を持つ身だろう」

「取り引きしましょう。黙っている代わりに、ブラックストーン・ヒースをちょうだい」

「あれはサイモンのものだ。おまえの子犬には別の骨を探してやる」サースタンは不快げに吐き捨てた。

「約束したでしょう。あそこはうちの子のものよ」

「わたしがうんと言えばな。だが、うんと言うつもりはない」

「裏切り者」オデリーンは両手で兄の胸を突いた。

倒れそうになったサースタンは悲鳴をあげた。支えを求めて手を伸ばした。オデリーンは動かなかった。机に頭がぶつかる直前、彼が目にしたのは妹の顔に広がる笑みだった。だが、その笑みも一瞬にして闇《やみ》の中へ消え去った。

2

誰かに尾《つ》けられている。

司教館を出て以来、鬱々《うつうつ》としていたリネット・エスペサーは、ようやくそのことに気づいた。

尾行者はハメル・ロクスビーかもしれない。そう考えたとたん、寒気がした。執行長官が彼女へのよこしまな関心を抑えているのは、彼女に司教という後ろ盾があるからだ。ハメルは司教の病気を知って、これまでの遠慮をかなぐり捨てたのだろうか。

リネットは小走りで大聖堂の石門を抜け、ディーンゲート通りに出た。昼間は巡礼者や礼拝者で賑《にぎ》わう通りも、この時間は閑散としていた。薬種店に戻るには、コリアーゲート通りを抜け、街を横切ってスパイサー通りに出るのが一番の近道だ。だが、それでは人通りのない道ばかりを歩くことになる。

結局、彼女はそのままディーンゲート通りをたどり、ダーレイの中心部に入った。ブレイク通りの角を曲がると、焼きたてのパンのにおいが漂ってきた。パン屋からもれる光を見て、彼女は肩の力を抜いた。尾行はわたしの思い過ごしだったのかも。通りを半分進んだところで、彼女は期待をこめて振り返った。

だが、思い過ごしではなかった。周囲より頭一つ大きな男が、ブレイク通りに入ってきた。男は人の流れに沿うように歩いてくる。リネットの背筋に震えが走った。あの男、通行人を目隠しとして利用しているんだわ。

彼女は手近な路地に飛び込んだ。ダーレイで生まれ育ったので、あらゆる路地を知り尽くしている。ハイゲート通りと新通りの角には、ギルド集会所があった。ダーレイの商人たちの富を象徴する石と木で造られた立派な建物だ。集会所はいつも夜昼の別なく賑わっていた。今夜も例外ではなかった。

建物の前には松明《たいまつ》が並び、風に揺れる炎が、家路を急ぐ書記たちや食事にやってきた商人たちを照らし出していた。多くは彼女の知り合いだったが、法を守る執行長官にたてついてまで、司教の愛人と噂《うわさ》される彼女をかばってくれるとは思えなかった。

リネットは路地でマントを脱ぎ、司教から渡された祈祷《きとう》書を包むように折りたたんだ。三つ編みをほどき、長い髪で顔を隠して、洗濯女を装った。

路地を出たあとは、ハイゲート通りを南へ向かう二人組の書記についていった。一歩進むたびに、後ろから肩をつかまれそうな気がした。しかし、現実に呼び止められることはなく、彼女は無事に市場を通り抜けた。

〈ロイヤル・オーク・イン〉の前まで来ると、安堵《あんど》のため息が出た。少なくとも、ここには助けてくれる人たちがいる。書記たちに無言で感謝しつつ、彼女は宿屋の厨房《ちゅうぼう》に回った。震える指で髪を編み直し、裏口の扉を開けた。

シチューをよそっていたエリナー・セルウィンが視線を上げた。「リネット。こんな時間にどうしたの？」

「あの——ちょっと通りかかったから」

エリナーは眉をひそめ、リネットの全身を見回した。「どうしたの？　何かあったの？」

自分の乱れた服装を意識しつつ、リネットは事情を説明しようと口を開きかけた。そして、奥の戸口近くをうろついている給仕女の姿に気づいた。小柄で肉感的なティリーは、狡猾《こうかつ》な茶色の瞳と噂話を嗅《か》ぎつける鼻を持っているのだ。リネットの弟子のエイキンはティリーに熱を上げていたが、ティリーのほうは執行長官しか眼中になかった。彼女が市場近くのハメルの家に入り浸っているという噂もあった。

「別に。おなかが減っているだけ」リネットは時間稼ぎに答えた。

「そう」エリナーも同じ考えのようだった。彼女はリネットより一回り年上で、父親から受け継いだ宿屋を夫のワーリンとともに切り盛りしていた。口が悪く、商売に関しては抜け目ないが、心根の優しい女性だ。去年、リネットが父親を亡くしたときには、親身になって気遣ってくれた。司教のギルドに対するとりなしでリネットが薬種店を引き継いだときも、慰めと支援、助言を与えてくれた。「あんたのうちの分はもうエイキンが取りに来たけど、どうせだから、ここで食べていけば？　渡した分はエイキンとドルーサがあらかた食べちゃってるだろうし」

リネットはなんとか笑みを返した。彼女の弟子と年老いた使用人は、二人そろって大食漢なのだ。

「そうさせてもらうわ」彼女はマントを扉の脇《わき》の床に置き、エリナーがシチューをよそい終わるのを待った。

「さっさと持ってかないと料理が冷めちまうよ」きつい言葉でティリーを追い払うと、エリナーはリネットに歩み寄った。「で、何があったの？　ひどいありさまじゃないの。髪はほどけかかってるし、怯《おび》えた目つきをしてるし」

「何もないわ」リネットの唇が震えた。あふれる涙でエリナーの顔がぼやけた。

「とにかく座って」エリナーはリネットの腰に腕を回し、作業台の横のベンチへ連れていった。

リネットは崩れるように腰を下ろした。「わたし、怖いの――司教が死にかけている気がして」

「死にかけている」エリナーは十字を切った。「どうしてまた？」

毒のせいよ。だが、リネットにその疑いを口にする勇気はなかった。サースタンは悲しみのせいで自ら命を絶とうとしているのかもしれない。サイモンの死を知らされたときは、わたしもつらかった。でも、サースタンはわたし以上に苦しんでいた。自分がサイモンを見捨てたと感じていたから。

わたしはサイモンの恋人ではなかった。本当の意味では。それでも、彼を失った悲しみはけっして消えはしない。彼は昔からわたしの憧《あこが》れの人だった。だけど、彼に近づけたのはたった一度、十字軍がダーレイを発《た》つ前夜だけ。あの一夜でわたしの人生は変わってしまった。

「あんたが先週、司教にあげた薬は効かなかったってこと？」

リネットは涙を押しとどめてうなずいた。

「秋に十字軍に行った連中の戦死の報が届いて以来、司教は体調がすぐれなかったからね」エリナーは彼女の手を軽く叩《たた》いた。

希望を失ったせいよ。リネットはため息をついた。

「だとしても、苦しんでいる彼を見るのはつらいわ。

わたしには何もしてあげられないんだもの」

「司教はあんたの友情にずいぶん慰められたと思うわよ」エリナーは眉をひそめた。「ただ、そのせいであんたの評判は散々だけど」

「わたしはどう思われてもいいの」

「今はよくても、司教がいなくなったらどうなることか。司教に遠慮して黙ってる連中が、あんたの悪口を言いはじめるかもしれない」

「何を言われても平気よ」

「商売に差し障るようになっちゃ、そうも言ってられないよ」エリナーは現実的だった。「ハメル執行長官もあんたにうるさく迫ってくるだろうし」

「そうね」リネットは身震いした。「あの人、どうしてわたしを放《ほう》っておいてくれないのかしら？　その気はないって何度も言ったのに」

「ばかな質問だね。ま、あんたは男ってものがわかってないから」

そのとおりだわ。わたしが知っている男性は一人だけ。それも、たった一夜のことだもの。

「男は狩人《かりゅうど》なのさ。ハメルにとって、あんたは獲物なの。いったん捕まえたら、次の日にはあんたを捨てて、二度と目もくれないだろうね」

エリナーの言葉がリネットの心に残る古傷を開いた。あの春の夜、サイモンは彼女の純潔を奪ったが、翌日ダーレイを発つときには彼女に目もくれなかったのだ。いいえ、あれはサイモンのせいじゃない。二人が結ばれたのは闇《やみ》の中だったし、サイモンは酔っていたから、何も覚えていなかった。もともと、わたしが一方的に熱を上げていただけで、彼はわたしの存在に気づいてさえいなかったのだから。

「とにかくわたし、ハメルに捕まる気はないわ」リネットは断言した。サイモンが亡くなったとはいえ、ほかの男に身を委《ゆだ》ねることで二人の思い出を汚すわけにはいかない。それでなくとも、わたしは大きな罪を犯している。サイモンから受け取った最も大切な贈り物を手放してしまったのだから。

「女だからって、いやな男の相手をしなきゃならない道理はないんだよ。あたしはただ、覚悟しといたほうがいいって言ってるだけ。司教が神のもとに召されたら、たぶんハメルは行動を起こすからね」

「実はもう行動を起こしているみたいなの」リネットは大聖堂から大柄な男に尾行されたことを話した。

「それで、血相変えて飛び込んできたわけか。だったら、しばらくうちに泊まりなよ」

「でも、ドルーサとエイキンを放っておくわけにはいかないわ」

「あの二人も連れてくれば？　エイキンは厨房で寝て、ドルーサはあんたと同じ部屋ってことで」

「店を無人にするのはまずい気がするんだけど」

「ここから店までは裏道一本じゃないか。どうしても不安なら、うちの若いもんに番をさせるよ」

「ありがとう、エリナー、あなたは本当に頼りになる友達よ。でも、わたしのせいで、あなたにハメルと衝突してほしくないの」

小さく息をのむ音が聞こえた。気がつくと、ティリーが興味津々の表情で戸口に立っていた。

「何をこそこそしてるの？」エリナーが詰問した。

ティリーは鼻を鳴らした。「こそこそなんてしてませんよ、女将《おかみ》さん。シチューを四人前追加してもらいに来たんです。執行長官たちの分をね」

「執行長官が来ているの？」リネットは声をあげた。

「ええ。あの人、ここの料理がお気に入りだから。それと――」ティリーは挑発的な微笑を浮かべた。

「あたしの接客も」

リネットは立ち上がり、急いで裏口へ向かった。

「待って。ここにいたほうが安全だよ」追いかけてきたエリナーが耳打ちした。

「いいえ」リネットはたたんだマントを拾った。

「やっぱり店に戻るわ」気をつけて、と言うエリナーの言葉を背に、彼女は外へ飛び出した。

宿屋の裏手には小さな厩《うまや》と厠《かわや》があり、裏庭から草むらへ細い道が伸びていた。この道を抜ければ、そこはもう薬種店の裏口だ。リネットはマントを胸に抱き、明かりのない小道を走った。だが、草むらを出たとたん、岩のように固いものに衝突した。

彼女は後ろにひっくり返った。地面で頭を打ち、一瞬、息が止まった。

「大丈夫か？」男の低い声が問いかけた。

リネットは半泣きになった。痛さより怖さが勝った。視界はぼんやりかすみ、立ち上がろうとしても手足が言うことを聞かなかった。

「じっとして」大きな手が彼女の肩をつかみ、動きを止めた。「まずは骨折していないか確かめないと」

この声。確かに聞き覚えがある。

しきりにまばたきを繰り返しつつ、リネットは目の前の人影を凝視した。男の髪と服は暗闇に溶け、顔だけがぼんやりと浮かび上がった。

ブラックストーンのサイモンの顔。

「どうしよう。わたし、死んじゃったんだわ」リネットはつぶやいた。

くすくす笑いが返ってきた。「死んではいないと思うよ。明日には青痣《あおあざ》ができているだろうが。ぶつかって申し訳なかった」腕や足を調べる優しい手の感触を、彼女はぼんやり意識した。「どこも折れていないようだな。手足は動かせる？」

「サイモン？」リネットは小声で尋ねた。

「わたしを知っているのか？」

「でも、あなた……聖地で死んだはずじゃ……」

「いや。死にかけたことは何度もあったが」

喜びがリネットの全身を貫き、彼のために泣いた瞳から新たな涙があふれた。

サイモンが身を乗り出した。不精髭《ひげ》で覆われた顎は見えたが、瞳は影になっていて見えなかった。

「君とは知り合いだったかな?」

自虐的な笑いがリネットの喉までこみ上げた。しかし、実際に口をついて出たのは嗚咽《おえつ》だった。思ったとおりだわ。彼は何も覚えていない。わたしのことも、二人で過ごした夜のことも。「いいえ」

「うかつだった。頭を打った人間を冷たい地面に寝かせておいてはまずいな。君のうちは?」

「そこの通り沿いよ」

サイモンはうなずき、いきなり彼女をマントもろとも抱き上げた。

たくましい腕に包まれたとたん、鮮烈な記憶がよみがえった。「お願い、下ろして」

「いや、今は歩かないほうがいい。怪我《けが》の程度がわからないうちは」

親切な心配りね。でも、こんなに近くにいると、心が揺れてしまう。変なことを口走りそうになってしまう。「どこも怪我はしてないわ」

「頭を打った状態では判断できないだろう」

「できます。薬師《くすし》だもの」

「なるほど」サイモンは白い歯をのぞかせた。「どうりでいいにおいがすると思った」彼はリネットの髪に鼻を寄せた。「薔薇《ばら》の香りか。遠征に出ている間、ずっとこの香りを恋しく思っていた」

わたしは昔からこのにおいがしたわ。「祖国に残してきた恋人の思い出の香りというわけ?」リネットは期待をこめて尋ねた。

「いや」サイモンは一瞬遠いまなざしになり、それから首を振った。「そういうのとは違う。わたしに恋人はいないし、いたこともない」

リネットのまぶたの裏がちくちくした。「お願いだから下ろして」

「強情だな、薔薇の香りのする薬師のお嬢さん」サイモンはからかった。「だが、わたしも強情でね。

うちはどっちだ？」

リネットはため息をつき、自分の店を指さした。サイモンの腕に抱かれ、彼の心臓の鼓動を感じていると、天国にいるような気がした。サイモンが夢見たのが薔薇の香りだとすれば、彼女が夢見たのはこの感触だ。まさか、これも夢なのかしら？リネットは視線を上げた。しかし、彼女を包み込むぬくもりは、四年前と同じように確かなものだった。

二人はあっと言う間に薬種店の裏口にたどり着いた。

「中には誰かいるのか？」サイモンが尋ねた。

夢から現実に戻って、リネットはうなずいた。

「ええ、使用人が」

サイモンは爪先で扉を蹴《け》った。

「どなた？」ドルーサの声が返ってきた。

「わたしよ、ドルーサ」リネットは答えた。

閂《かんぬき》がこすれる音がして、重い扉が開かれた。

「まったく、こんな遅くまでどこに――」ドルーサは声を失い、胸に手を当てて後ずさりをした。皺《しわ》だらけの顔から血の気が引いた。

「怖がらなくていい」サイモンは穏やかに諭した。「おたくのお嬢さんが転んで頭を打ったんだ。どこに彼女を寝かせればいいかな？」

もともと機転が利くほうではないドルーサは、ただ目を丸くしていた。

その背後にエイキンが現れた。「何かあったの？あ、リネットお嬢さん！」

「わたし……」リネットは言葉を失った。

「お嬢さんが頭を打った。君、彼女の寝室まで案内してくれ」サイモンは少年に向かって指示した。「ドルーサ、汚れを落とすから水と布を持ってきてくれないか。あればエールも」

指示されることに慣れているドルーサは、即座に台所を横切り、言われたものを集めはじめた。

エイキンは眉をひそめた。「けど、あんたを二階に上げるのはちょっとな」

「エイキン……」リネットはたしなめる言葉を探した。頭の痛みがひどくなっていた。「彼の失礼を許してください。もともとは父の弟子だったから、父が亡くなったあとは、自分がこの家を守らなければと思っているの」

サイモンはうなずいた。「立派な心がけだ、エイキン」その声はどこか面白がっているようだった。「だが、今は場合が場合だし、わたしは怪しい人間じゃない。黒薔薇団のブラックストーンのサイモンという――」

「団は全滅したはずだ！」エイキンは叫んだ。

サイモンは微笑した。「我々六人だけ生き残ったのさ」微笑が薄れ、緑色の瞳が悲しげに曇った。

リネットの胸が締めつけられた。よほどつらい思いをしてきたのね。でも、彼は無事だった。こうして生きて戻ってきてくれた。

エイキンはうなった。「じゃあ、ま、いいか」そう言うと、先に立って台所を抜け、奥の作業場へ入った。「二階へはここの階段から上がるんだ」

「足元を明かりで照らしてくれないか」

エイキンはまたうなり、作業台から太い蝋燭《ろうそく》をつかんで階段へ向かった。

サイモンはそのあとに続いた。

「わたし、自分で歩けます」リネットはささやいた。「怪我の程度がわかるまでは大事を取ったほうがいい」彼女の頭が壁にぶつからないよう、サイモンは慎重に狭い階段を上っていった。階段の上はリネットの仕事部屋兼居室で、寝室も兼ねていた。一瞬ためらってから、サイモンは大きな天蓋《てんがい》付きの寝台に向かった。

「いいえ、椅子のほうへ」リネットはつぶやいた。「でないと、エイキンに誤解されてしまうわ」

サイモンはくすくす笑い、炉辺の椅子に彼女を座らせた。「エイキン、火をおこして、もっと蝋燭を持ってきてくれないか？」

「すぐに薪《まき》を取ってきます」警戒を解いたのか、少年は尊敬の表情に変わっていた。十字軍の騎士というだけで信頼してしまったようだ。

「蝋燭なら炉棚の箱にあるわ」エイキンが出ていくと、リネットは言った。

サイモンは指示された箱から蝋燭を取り出し、火をつけた。

「面倒をかけてごめんなさい」リネットは謝った。「わたしがちゃんと前を見ていなかったせいで……」

燃え上がった蝋燭の炎がサイモンの顔を照らし出し、彼女は言葉を失った。

サイモンの顔は記憶より痩《や》せていた。伸びた不精髭がいかつい顎を隠していた。瞳も以前とは違った。かつて溌剌《はつらつ》としていた瞳に、複雑な感情が渦巻いていた。四年前に彼女に情熱的なキスをした唇も、今は陰鬱そうに引き結ばれていた。

「誰に追いかけられていたんだ？」

いったん口を開きかけてから、リネットはサイモンとハメルが長年対立していたことを思い出した。あの夜もそうだ。サイモンは彼女を救おうと暗闇から飛び出してきて、ハメルと戦う結果になった。再び彼を巻き込むわけにはいかない。「別に追いかけられていたわけじゃ――」

「悪魔に追われているみたいにあせっていたが」

「そんなことはないわ」リネットはつんと顎をそびやかしたが、サイモンの鋭い視線を受け止めることができなかった。

薪を抱えて戻ってきたエイキンが足を止め、二人を交互に見比べた。「どうかしたんですか？」

「いいえ」リネットは素早く否定し、サイモンをにらみつけた。

エイキンはよたよたと暖炉に近づき、埋《うず》み火に薪をくべて息を吹きかけた。その場の緊張した雰囲気にまったく気づいていないようだった。火がおきると、彼は立ち上がった。「お嬢さんはどんな感じです、サー・サイモン?」

「頑固だね」サイモンはうなった。

「じゃあ、どこも怪我してなかったんですね?」

「少なくとも、気持ちは弱ってないようだ」

「わたしはどこも悪くありません」リネットはぶつぶつ言った。

「ドルーサが、おなかが減ってたせいで倒れたんじゃないかって」

サイモンは顔をしかめた。「食事をしてなかったのか?」

「うちへ食事に戻ろうとして、あなたと、その、遭遇したのよ」

「あの」エイキンはもじもじと足を動かした。「料理はあまり残ってないんだ。でも、ひとっ走りしてもらってくるよ。〈ロイヤル・オーク〉から」サイモンに視線を移して付け加える。「裏手に宿屋があるんです。そこの料理はダーレイ一なんですよ」

リネットの顔に視線を据えたまま、サイモンはうなずいた。「ああ、そうだった。わたしは友人と落ち合うためにあそこへ行く途中だったんだ」

「だったら、お引き止めしちゃいけないわね」できれば彼と一緒にいたい。けれども、離れているほうが賢明なのだ。彼が生きていたことで事情は一変した。リネットの中には、喜びだけでなく後ろめたさもあった。

「わたしも食事がまだでね」相変わらず彼女の顔を見つめながら、サイモンは顎を撫《な》でた。「できれば二人分の食事をもらってきてくれないか。料金はわたしが持つから」

「それはいけないわ」リネットは声をあげた。「お金ならちゃんと——」

「わたしは君に借りがある。君を転ばせてしまったんだから」

いいえ、借りがあるのはわたしのほうよ。でも、今さら取り返しはつかない。自分のしたことは変えられない。「そういうことなら」リネットは譲歩した。どうか神様、これが新たな過ちになりませんように。

「ブラザー・オリヴァー、司教どのの体調がすぐれないのであれば、我々は別にかまわんよ」クリスピン助祭長はよどみなく言った。助祭長と副院長は司教館の大広間に置かれた長いテーブルに、司教の席を挟む格好で座っていた。

誰もが魂を売ってでも手に入れたいと願う席。クリスピンは心の中でつぶやいた。だが、サースタンの後任に指名されるのはこのわたしだ。結局、ウォルター・ド・フォークは半分サクソン人の血が混じる卑しい生まれの人間でしかないのだから。それに、ウォルターはサースタンと大差ない。堕落した策士だ。ダーレイの善良な民に必要なのは、正しい道へ導く厳格な存在、商売や儲《もう》けよりも魂を優先して考える信心深い指導者なのだ。

「司教には急用ができまして、お待たせして申し訳ないとおっしゃっていました」

「急用か」クリスピンは鼻を鳴らし、鋭いまなざしでおべっか使いの小男を縮み上がらせた。この書記も司教と同じ穴のむじなだ。わたしが司教になった暁には、ジェラードを補佐役に指名しよう。ジェラードはダーレイ大聖堂で軽んじられている敬神と貞節と清貧の重要性を理解している男だから。

あと少しの辛抱だ。司教は日に日に弱ってきている。あと一カ月はもつまい。そうなれば——。

「皆様、大変ですわ!」レディ・オデリーンが蒼白《そうはく》な顔で大広間に飛び込んできた。

　クリスピンは彼女の肌を露出した身なりをじろりと見やった。「何が大変なんだね？」

「お兄様が……お兄様が……」オデリーンは苦しげに胸に手を当てた。

「司教の具合が悪いと？」クリスピンは即座に椅子から立ち上がった。

「お兄様が……倒れたんです」

　おお、なんという朗報。クリスピンは緩みそうになる頬を引き締めた。「亡くなられたのか？」

「いいえ、息はあります」オデリーンは叫んだ。「でも、全然動かなくて――」

　オリヴァーが困惑の声をあげて駆け出した。「ブラザー・アンセルムを呼んでください」

「ああ、むろんだ」クリスピンはジェラードに指示を与えるために振り返った。もちろん、ゆっくりと。

　しかし、左側の席は空っぽだった。そうだ、ジェラードには見張りをさせていたのだ。リネットと司教の密会現場を押さえるために。

「看護僧を連れてこい」ウォルター副院長がその場にいた若い修道士に命じた。

「ありがとう、ブラザー」クリスピンは副院長の冷ややかな瞳をのぞき込み、背筋に寒気が走るのを感じた。まさか。この男は何も知らないはずだ。そう自分に言い聞かせてみても、不安は消えなかった。

「さあ、副院長どのもご一緒に」そそくさと大広間をあとにしながら、彼は副院長の慎重な足取りを意識した。いまいましい。よりにもよって、この肝心なときに抜け目ないウォルターが来ているとは。

「裾《すそ》を踏まないようご注意を」曲がりくねった階段を上りながら、ウォルターはやんわりと警告した。

「わたしは注意を怠ったことなどありません」クリスピンは答えた。心はすでに今後の対応へと飛んでいた。葬儀を手配し、大司教へ書状を送って……。

オリヴァーの悲鳴が彼の思考を破った。

「急ぎましょう、ブラザー」ウォルターが急《せ》かすように助祭長の背中を押した。二人は同時に階段を上りきり、司教の居室へ急いだ。

目障りなほど華やかな絨毯《じゅうたん》の上に、サースタン司教の体があった。手足が投げ出され、口は苦痛に歪《ゆが》み、頭の周囲には真っ赤な血だまりができていた。

クリスピンは吐き気に襲われた。「亡くなられているのか？」

ウォルターがひざまずいた。司教の首に手を当て、それから、クリスピンを見上げた。「ええ、亡くなられていますね」視線を戻した副院長は祈りの言葉をつぶやきはじめた。

クリスピンも合わせて祈りを唱えた。わたしはここにいなかった。だから、疑われる恐れはない。そう自分に言い聞かせたところで、良心の呵責《かしゃく》が消えるものではなかった。

3

ドルーサが水と布を抱えて二階へ上がってきた。

「どれどれ、怪我《けが》の具合を見ましょうかね」

「なんでもないの。頭にこぶができて、肘をすりむいただけよ」リネットは言い張った。「手当てなら自分で――」

ドルーサは舌打ちした。「昔っから、なんでも自分でやりたがる子でね」彼女はサイモンに向かって苦笑し、仕事に取りかかった。

サイモンは炉棚に肩を預け、自分がぶつかった女をこっそりと観察した。暗い小道で彼女に近づいたときは、どことなく懐かしい気がした。だが、こうして明るいところで見ると、見覚えのある女ではない。おそらく、彼女から漂う薔薇《ばら》の香りのせいで錯覚したのだろう。知り合いならよかったのに。そう思うほど美しい女だった。

しかし、サイモンがこの場にとどまっていた理由はそれだけではなかった。リネットが隠そうとして隠しきれずにいるもろさと怯《おび》えが、彼には気がかりだった。二人がぶつかったとき、彼女は何かから逃げていた。いや、誰かからと言うべきか。その危なっかしい様子がサイモンの保護本能を刺激した。

おまえは自分の問題だけで手いっぱいだろう。サイモンは心の警告を無視した。自分の問題はあとで考えればいい。それに、彼は心のどこかでサースタンから連絡が来ることを期待していた。孤児として育つうちに、期待しないことを学んだつもりだったのだが。彼は六つの年に従者としてエドマンド卿《きょう》の城へやってきた。虐げられた覚えはないが、愛された記憶もなかった。年上の従者たちにいじめられても、守ってくれる父親はいなかった。剣の稽《けい》古《こ》で怪我をしても、涙をぬぐってくれる母親はいなかった。真の友人と呼べるのは、黒薔薇団の五人の騎士たちだけだった。

「はい、おしまい」ドルーサは布を洗面器に入れた。「すり傷には軟膏《なんこう》を塗っときましたよ。こぶもこの程度なら大丈夫」

「ありがとう」リネットはぼそぼそ礼を言った。大げさな手当てにいらついているのは明らかだ。

「たいした怪我でなくてよかった。執行長官に訴えられたらと心配していたんだ」サイモンはからかった。

リネットは身を震わせた。「そんなこと、死んだってやらないわ」

妙だな。ジョン・ターンブル執行長官は公正な人物だったはずだが。執行長官にいろいろと尋ねられることを恐れているのだろうか？

「しばらくお嬢さんに付き添っててもらえませんかね。あたしは洗面器や、なんやかやを片づけて、エールを持ってきますから」

「見張りなんて必要ないわ」リネットは抗議した。

「お安いご用さ。それに、エールもありがたいな。君は元気になったようだが、こっちはまだ動揺がおさまっていないのでね」サイモンは大げさに言った。

「実際、立っているのもやっとの状態だ」彼は腰掛けを引き寄せ、リネットの足元に座ると、足を暖炉のほうに伸ばした。

「じゃあ、すぐに戻りますから」ドルーサは小走りで出ていった。

リネットは鼻を鳴らし、天井を見上げた。「動揺ですって？　十字軍遠征から生還した怖いもの知らずの騎士が？」

「苦しんでいる女性を見ると心が痛むんだよ。まして、その苦しみが自分のせいだと思うと……」サイモンは胸に手を当て、大きなため息をついた。ニコラスのお得意の仕草だ。百発百中。これにほだされない女性は一人もいない。

リネットは笑った。笑うと美しい顔がさらに美しくなった。茶色の瞳が金色に輝いた。

サイモンは思いがけない衝動に襲われた。彼女を膝に引き寄せたい。息が止まるほどキスをしたい。あの金色の髪に包まれ、彼女が夢の女のように満たしてくれるか確かめてみたい。すでに彼の体は反応していた。脈が速くなり、欲望に腰がうずいた。これほど強く女性を欲したのは初めてだった。

その気配を察したのか、リネットは目を見開き、小さくあえいだ。彼女はどんな反応を示すだろう？　悲鳴をあげるのか？　卒倒するのか？　わたしに身を投げかけて、夢をかなえてくれるのか？

「エイキンが食事を持ってきましたよ」階下からドルーサが叫んだ。「今、そっちに運びますね」

リネットははっと我に返った。頬が真っ赤に染まり、瞳に戸惑いの色が浮かんだ。こういうことには慣れていないらしい、とサイモンは思った。もしかしたら、男を知らないのかもしれない。

彼はますます浮き足立った。リネットに対する欲望と彼女を守らなければという思いがせめぎ合った。ここに二人きりでいてはいけない。欲望のままに行動してはいけない。

「食事は階下《した》でとるよ、ドルーサ」サイモンは苦笑とともに立ち上がった。「すべての物事には潮時があるという。わたしたちの潮時はまだ先のようだ」

リネットはうつむいた。「潮時はもう過ぎてしまったのかも」

妙なことを言うんだな。サイモンは腕を差し出した。「行こう、リネット。今のわたしたちに必要なのは食事だ」

台所に入ると、ドルーサとエイキンが待っていた。テーブルの上に、湯気の立つシチューとパン、バター、エールが並べてあった。

「お嬢さんが怪我したことはエリナーには話さなかったよ。話しても心配させるだけだって、ドルーサに言われたから」エイキンが報告した。

「ティリーにも話さなかった？」リネットは尋ねた。

エイキンはふくれっ面になった。「ティリーは執行長官の相手をしてて、僕を見もしなかった」

リネットはサイモンの腕から手を離し、手近なベンチに腰かけた。だが、サイモンは彼女が身震いしたことに気づいていた。

リネットはなぜ執行長官を恐れるのだろう？

ドルーサはシチューを三人分に分け、四つの杯にエールを注《つ》いでから、サイモンとリネットの向かいの席にエイキンと並んで座った。「どうやって生き延びたんです、サー・サイモン？」

「神のご意思かな」サイモンは答えた。神の意思とわずかな運、それに数限りない苦闘の賜物《たまもの》だ。

「どうして戦死したことにされたのかしら？」リネットが尋ねた。

「それは食べながら説明しよう」サイモンはシチューを頬張りつつ、ヒューが捕虜になってアッコンに連れていかれたこと、堅固な牢獄《ろうごく》から彼を救出したことなどを語った。

「奇跡だわ」リネットの瞳に涙が光った。

他人のことをこれほど親身に案じるとは、なんて思いやりがある人だろう。サイモンの心はますます彼女へと傾いた。

「悪い異教徒をたくさんやっつけたんでしょう？」エイキンが勢い込んで尋ねた。

サイモンはリネットに向かって微笑《ほほえ》んで、視線をそらした。十字軍遠征は惨憺《さんたん》たる失敗だったばかりか、生き地獄でもあった。悪天候、病気、食料不足、孤独。そういったものが異教徒の剣や矢以上に戦士たちを苦しめた。「まあ、それなりにな」

エイキンは下唇を突き出した。「僕も薬師《くすし》より兵士の訓練を受けたかったな。そうすれば、ティリーに見下されずにすんだのに」

「ダーレイにいる娘はティリー一人じゃないわ」リネットは穏やかに諭した。「腕のいい薬師が兵士の二十倍も稼げることに気づく娘もいるはずよ」

「よく言うよ」エイキンはベンチを押して立ち上がった。その勢いで、並んで座っていたドルーサがひっくり返りそうになった。

サイモンは老女の手をつかんで支え、少年をにらみつけた。「人には礼儀正しくふるまえ。ことに女性にはな。それが騎士の基本だ」

エイキンの顔が青ざめた。「ドルーサを怪我させるつもりなんてなかったよ」

「わかってる。あんたはそんなことをする子じゃないよ」ドルーサが言った。

「まあ、座れ、エイキン。聖地で見た珍しいもののことを話してやるから」

「ティリーに教えてあげたら喜ぶんじゃない？」リネットは口を添えた。

座り直したエイキンは、サイモンの話に熱心に耳を傾けた。船旅。金色のモスクが立ち並ぶ町。広大な砂漠と高くそびえる椰子《やし》の木。風変わりな人々。さらに風変わりな生き物。時間はまたたく間に過ぎ、やがて、サイモンはリネットの表情が冴《さ》えないことに気づいた。茶色の瞳の周囲にくまもできていた。

「疲れたんだろう」

「いいえ、とても興味深い話だわ」

「そろそろおいとまするとしよう」彼はのろのろと立ち上がった。この居心地のいい台所から、刻一刻と彼の心に入り込んでくる女性から離れたくなかった。

リネットも合わせて立ち上がった。「泊まるところはもう決めてあるの？」

「ああ、〈ロイヤル・オーク・イン〉に」サイモンはにんまり笑い返した。彼女はこんなにも小さい。頭がわたしの胸までしか届かない。一歩前に出れば、その小さな体に触れられる。サイモンの体が欲望にうずいた。「戦友のサー・ニコラスとサー・ガイが先に宿屋へ行き、部屋を取ってくれている。わたしが遅いので心配しているんじゃないかな」それでも、彼はまだリネットから視線を離さなかった。

「おいで、エイキン」ドルーサが言った。「あたしらも寝る時間だよ。店の戸締まりを確かめといで」

リネットは下唇を嚙《か》んだ。「じゃあ、途中までお送りするわ」彼女は松脂《まつやに》を塗った棒に火をつけ、サイモンに手渡した。並んで外へ出ると、宿屋の方角を指さした。「あそこに小道があるでしょう。草むらを抜けていくと宿屋の裏庭に出るのよ」

いけないことだと知りつつ、サイモンは彼女の顎をつまんで持ち上げた。「リネット。また訪ねてきてもいいかな」

「ええ、ぜひいらして」リネットは微笑した。

「では、明日」サイモンは頭を下げた。軽く唇を合わせるだけのつもりだった。だが、唇と唇が重なった瞬間、彼は我を忘れた。うなりながらリネットのうなじをとらえてキスを深めた。

リネットは両手で彼のチュニックにしがみつき、キスを受け入れた。彼女のかすれたうめき声がサイモンの血をたぎらせた。しかし、サイモンが舌を滑り込ませると、彼女はうろたえて身を引いた。

「怖がらないで」サイモンは細い首筋を親指で撫《な》でた。「絶対に無理強いはしないから」

リネットは落ち着かなげにくすくす笑い、広い胸に額を寄せた。「わたしが怖いのは、無理強いが必要ないということなの」

サイモンはうなった。まぶたを閉じ、意志の力をかき集めた。「そんなことは言ってはだめだ」

「どうして？」

「君の純潔を守る自信がないから」

茶色の瞳に苦痛の表情がよぎった。「わたし、あなたが考えているほど無垢《むく》じゃないかも」

虚勢に決まっている。それほどわたしを求めているということか。サイモンはにっこり笑った。「明日また来るから」彼はリネットを裏口まで送り、戸締まりをするように指示した。閂《かんぬき》がかけられる音を確かめてから、軽い足取りで宿屋へ向かった。

リネットは扉の内側にもたれかかった。膝に力が入らなかった。キスの余韻で体がまだ震えていた。

「奇跡ってあるもんですねえ」食事の片づけをしていたドルーサがつぶやいた。

リネットは扉から背中を起こした。「ええ、戦死したはずの騎士が六人も帰ってくるなんて、まさに奇跡よね」

「ほんと。今度ミサに行ったとき、神様にお礼を言わなくちゃ。生き残った中にあの人がいたってのは、まさしく奇跡ですからね」

「どういう意味？」わたしとサイモンのことを知っていたのは、サースタンと死んだ母だけなのに。

「奥様が言ってたんですよ。お嬢さんはあの人に夢中だって」

「わたしが一方的に熱を上げていただけよ」サイモンはわたしに気づいてさえいなかった。当然だわ。直接会ったことも、言葉を交わしたこともなかったんだから。あの夜までは。

ドルーサは白髪頭をかしげた。「けど、あの人がお嬢さんを見る目つきときたら。死んだ亭主も結婚前はあんなでしたよ。早くあたしを暗がりに引っ張り込んでキスしたいと目で訴えてましたっけ」

「なんの話かしら？」リネットの頰が赤く染まった。

ドルーサは笑った。「とぼけたって無駄。あたしはお嬢さんが生まれたときからこの家にいるんです。お嬢さんのことはなんだって知ってるんだから」

リネットの笑みが薄れた。わたしにはドルーサでさえ知らない秘密がある。サイモンも知らない秘密が。でも、彼が何も覚えていないのなら、あの夜の結末を打ち明ける必要はないんじゃないかしら。

結末。なんて冷たい言い方。あれはわたしの生涯で最も恐ろしく、最もすばらしい出来事だったのに。わたしにもう少し勇気があれば……。

考えてはだめ。考えれば考えるほど気が変になるだけだわ。

「今夜出会ったのは偶然よ。彼はもう来ないわ」

「また来ますとも」ドルーサはにんまりした。「さあさ、早くおやすみなさい。次にあの人が来たとき、寝不足の冴えない顔で出迎えたくないでしょう」

否定のつもりで首を振りつつも、リネットは二階へ上がり、寝支度をした。これほど心が軽く感じられるのは数年ぶりのことだった。

サイモンが生きていた。サイモンが戻ってきた。

真っ暗だった未来に突然光が差した気分だわ。寝巻きに着替えていた彼女は、不意にサースタンのことを思い出した。自分のことばかり考えて、サースタンを忘れるなんて。サイモンが生きていたと知ったら、サースタンはきっと大喜びするわ。明日の朝一番に、大聖堂へ知らせに行かなければ。

彼女は寝台の脇《わき》にひざまずき、サイモンの訃報《ふほう》以来信じなくなっていた神に祈った。己の不信心を詫《わ》び、サイモンの無事を感謝し、息子の生還によってサースタンの気力が戻ることを願った。

そして最後に、サイモンとの間に生まれた赤ん坊の幸福を祈った。

わたしが手放してしまった女の子。

苦悩と思慕が全身を貫き、リネットは身震いした。一瞬でもいい。あの子を抱くことができたら。わたしはあの子の居場所さえ知らない。でも、サースタンは請け合ってくれたわ。あの子を愛し、大切にしてくれる家庭に預けると。あの子が婚外子の汚名を着ることはないと。だから、わたしはあの子を手放した。あの子の幸せのために。それでわたしの心の痛みが、罪悪感が消えるものではないけれど。

サースタン司教の遺体の脇にアンセルムがひざまずいていた。そのかたわらにウォルター・ド・フォークが立ち、彼らを取り囲んだ修道士たちが司教の魂のために祈っていた。熱のこもったラテン語の祈りに、オリヴァーの痛ましい嗚咽《おえつ》とオデリーンのすすり泣きが混じった。彼女は息子を従えて、炉辺の椅子に腰かけていた。涙に暮れる美女と陰鬱《いんうつ》な表情の美青年という組み合わせが実に印象的だった。オデリーンは兄の死を嘆き、兄を失った自分の運命を案じて泣きつづけた。ジェヴァンはいっさい感情を出さず、銅像のように母親のかたわらに立っていた。

「考えてみれば、我々が階下で待っている間に、敬愛する司教どのは倒れ、亡くなられたのですな」クリスピンがつぶやいた。

敬愛する司教どの？　ウォルターは内心あきれた。助祭長がサースタンを軽蔑《けいべつ》していたことなどお見通しだった。ウォルター自身はサースタンの知性を賞賛しつつも、財と権力を増やすその才能を羨《うらや》んでいた。では、サースタンが築き上げた裕福な司教の地位を誰が引き継ぐのか。その意味では、ウォルターとクリスピンは競争相手だった。ウォルターは大司教の覚えがめでたい自分に分があると信じていた。

「いや、まったく。大司教どのも偉大な友が病死されたことを知れば、大いにお嘆きになるでしょう」ウォルターは調子を合わせた。

「司教は病気で亡くなられたのではありません」アンセルムが悲しげな目つきで訂正した。

ウォルターはうなずいた。「病のせいで倒れ、テーブルに頭をぶつけたということだな」

「ただ倒れたにしては傷が深すぎます」

「何が言いたいのだ？」クリスピンが甲高い声で詰問した。とたんに、祈りの声とすすり泣く声がぴたりとやんだ。

「事故死ではない可能性もあるということです」

ウォルターは苦悶《くもん》の表情を浮かべた看護僧の瞳をのぞき込み、そこにひそむ疑問を読み取ろうとした。

「司教は誰かに倒されたということか？」助祭長は吠《ほ》え、くるりと向きを変えた。「ブラザー・オリヴァー、司教のところに騎士が押しかけてきたと言ったな？　激昂《げっこう》した様子で――」

「ああ、十字軍の騎士ですな」ウォルターは落ち着き払って言った。

「かなり興奮していたとか。その騎士は十字軍に派遣されたことを恨み、我らが善良な司教に詰め寄ったのかもしれん」クリスピンは鼻を鳴らした。「サースタン司教が一部の者たちに参加を強いたことは周知の事実だからな」

ウォルターは首をかしげ、普段はいかめしい助祭長の取り乱したさまをしげしげと眺めた。「ブラザー・オリヴァー、君の意見は？」

オリヴァーは泣き腫《は》らした目を上げた。「事実です。司教の様子を見に行ったとき、この部屋から出てくる騎士を見ました」

「その騎士は何者だ？」クリスピンが問いただした。

「あの――たしか、サイモンだったと思います。ブ、ブラックストーンのサイモン」オリヴァーは口ごもった。「でも、でも、わたしはその後、司教と言葉を交わしました。司教はちゃんと生きておられて、薬師のリネットと話を――」

「あの女が来ていたのか？」クリスピンはわめいた。

オリヴァーは身をすくめてうなずいた。「彼女は司教の体調を――」

「これで犯人がわかりましたな、副院長どの」

「なぜその女が司教の死を望むのです？」

「あれは司教をたぶらかそうとした邪悪な女です」クリスピンは汚らわしそうに言い放った。「企《たくら》みが思いどおりに運ばなかったことにいらだち、司教を殺したに違いない」

ウォルターは苦笑を噛み殺した。助祭長の理屈は穴だらけだ。だが、サースタンを殺した犯人は是が非でも見つけ出したい。大司教に認められ、ダーレイの司教に指名されるためにも。「では、わたしがその女とサー・サイモンとやらを尋問しましょう」

「あなたが？　いったいなんの権利があって尋問をするのです？」クリスピンは抗議の声をあげた。

「大司教から授かった権限によって」ウォルターは薄い笑みを返した。「大司教どのは友人の身を案じて、わたしにダーレイ行きを命じられた。ですから、わたしにはヨークへ戻ったときに今回のことを詳しく報告する義務があるのです」どうだ、参ったか、聖人ぶった能なしめ。

アンセルムが立ち上がった。「この件については綿密に調べるべきだと思います。少なくとも、司教が亡くなられた原因だけははっきりさせないと」

クリスピンの顔から血の気が引いた。「むろんだ。遺体を施療院へ移し、できる限り調べてくれ」

看護僧はうなずいた。

「事の真相がわかるまで、この部屋は封印して、見張りを立てたほうがいいでしょう」澄まして提案したウォルターを、助祭長はきっとにらみつけた。

「ブラザー・ジェラードに、今夜この館《やかた》に出入りした全員の氏名をまとめさせる」クリスピンは吐き捨てた。「そして、その一人一人にわたしが明日、直接尋問をおこなう」彼は粗末な灰色の僧服を翻して出ていった。

オデリーンがそのあとに続いた。彼女はハンカチに顔を埋《うず》め、息子の腕にすがっていた。ジェヴァンのほうは石像のように超然とした表情を浮かべていたが、扉の前まで来ると振り返り、司教の居室に熱い視線を向けてから母親とともに出ていった。

興味深い反応だ。あの青年は伯父の遺産を期待しているのだろうか？　だとすれば……。

ウォルターは嘆息した。誰を見ても疑いたくなる。これではクリスピンを笑えないぞ。司教の死が知らされたとき、ジェヴァンは大広間で皆と食事の席に着いていた。それに、レディ・オデリーンには兄の死を望む理由などない。サースタンという保護者がいなくなれば、あの母子《おやこ》は大聖堂から追い出されてしまうのだから。

だとしても、この大聖堂の中にいる誰かが司教を殺した可能性は否定できなかった。

4

若い女の悲鳴が聞こえた。

サイモンは足を止めて振り返った。酒袋を手にふらつきながら、店や民家が並ぶ通りを見渡した。暗い通りに人影はない。住民たちは司教が催す出征の宴《うたげ》に行き、出払っていた。十字軍の成功を願うダーレイ市民の歌と祈りの声が遠くに聞こえる。いつの間にこんなところまで来てしまったのか？　サイモンはよたよたと宴の会場に戻りはじめた。

再び悲鳴が聞こえた。「やめて。お願いだからやめて！」

「逃がさんぞ」男の怒鳴り声が続いた。

振り返った瞬間、白い影とそれを追う大きな黒い影が路地へと消えた。「悪党め」サイモンは酒の入った革袋を放《ほう》り捨てると、剣を抜き、おぼつかない足取りであとを追った。その日、立てたばかりの誓いに背中を押され、路地から次の通りへと走った。

正義を貫き、虐げられし者を守る。その誓いの言葉が彼の胸の中で赤々と燃えていた。自分が無敵になった気分だった。

ようやく二つの影が見つかった。大きな影が小さな影を建物の壁に押しつけていた。

「そこまでだ！」サイモンは叫んだ。

大きな影が振り返った。闇《やみ》に青白い男の顔がぼんやりと浮かんだ。突進してくるサイモンを見て、男も剣を抜いた。鋼と鋼がぶつかった。

腕に衝撃を感じ、サイモンはうなった。飲みすぎていたのがまずかった。敵の猛攻を防ぐことはできても、思うように動けなかった。

「バードルフ！　リッチー！」男が加勢を呼んだ。

サイモンは歯を食いしばり、懸命に剣を振るった。三対一になっては助からない。次の瞬間、暗闇から飛んできた大きな布が男の頭にかぶさり、誰かがサイモンの腕をつかんだ。

「早く。こっちよ」女の声がした。小さな手に引かれるまま、彼は脇《わき》の路地に入った。路地は真っ暗で、女の白い服がかろうじて見えるだけだ。何歩か進むと、そこはもう壁だった。

「行き止まりだ」

「いいえ。扉があるの」蝶番《ちょうつがい》がきしみ、空気が流れ出てきた。藁《わら》と馬のにおいがした。

「厩《うまや》か?」

「ええ。ここに隠れたら見つからないわ」

「騎士たるもの、敵に後ろを見せるわけには――」

「お願い。大勢が相手では無理よ」

「しかし……」

「わたし、怖くてたまらないの」

サイモンは女の声に怯《おび》えを聞き取った。顔は見えないが、震えているのも感じられた。「わかった」

厩の中は漆黒の闇だった。「屋根裏の干し草置き場のほうが安全よ」女はささやいた。「どこかに梯《はし》子《ご》が……ああ、これだわ。ついてきて」

サイモンは片手で女のスカートの裾《すそ》を握って、あとに続いた。梯子を上りきった二人は、重なるように藁の上に倒れ込んだ。

「ありがとう。もしあなたが来てくれなかったら……」女が身震いした。

サイモンは彼女を抱き寄せた。ほっそりした小さな体だった。「わたしが戦っている間に逃げればよかったのに」

「あなたを見殺しにできなかったの」

「ふん、エールを飲みすぎてなければ、あんな男、簡単に片づけてやったんだが」

「そうね。あなたはとても強いもの」小さな両手がサイモンの胸を撫《な》でた。「抱いて」

「抱いているだろう」

「もっと強く。きつく抱きしめて」女は体を押しつけた。服を通して乳房の感触が伝わってきた。

「もう怖がらなくていい」サイモンはつぶやいた。

いいにおいの髪。薔薇《ばら》と女のにおいだ。彼はその髪に顔を埋《うず》め、体と体を合わせた。「不思議だ。二つの体がこれほどぴたりと合うなんて」

「わたしにはわかっていたわ」

サイモンはうなずいた。酒と欲望で意識が朦朧《もうろう》としていた。「君に触れたい」小さく固い乳房を愛撫《あいぶ》され、女はため息をもらした。その反応が彼の自制心を引き裂いた。考えられることは一つ。彼女の中に入ることだけだ。彼はズボンの紐《ひも》を引きむしり、柔らかな体に覆いかぶさった。

「サイモン」女はささやき、彼の体を引き寄せた。うなり声とともに、サイモンはかつて経験したことのない至福の世界へ潜り込んだ。熱い女の体が彼を包み込み、締めつける。我が家に戻ったような気がした。

どんどんと戸を叩《たた》く音が夢を打ち砕いた。

サイモンは一声うなって起き上がった。息が乱れ、体が石のように固くなっていた。

「開けろ」窓の下から荒っぽい声が聞こえた。

そうか、ここは厩の屋根裏じゃない。〈ロイヤル・オーク〉の客室だ。彼はうめきながら枕《まくら》に倒れ込み、腕で目を覆った。

またか。初めてこの夢を見たのは聖地へ発《た》つ前の晩だった。目が覚めると、厩の屋根裏にいた。半裸で、全身が火照り、汗をかいていた。それ以来、何度同じ夢を見たことか。今では起きているときでも、すべて克明に思い出せるほどだ。だが、肝心の女の顔がわからない。あれが現実に起こったことなのか、酒がもたらした幻想なのかもわからない。

拳《こぶし》が階下の扉にぶつかった。「早く開けろ」

蝶番が音をたてた。「いったいなんの騒ぎだ?」

宿屋の主人ワーリン・セルウィンの声だ。

「騎士を捜している。ブラックストーンのサイモンという名前だそうだ」

「だそうだって、誰が言ったんだ? だいたい、その騎士になんの用があるんだね、バードルフ?」

「あんたには関係ない。とにかく、そいつを見つけて連れてこいって命令なんだ」

サイモンはあわてて寝台を飛び出した。ニコラスかガイの身に何かあったのだろうか? 昨夜、宿屋に着いてみると、ガイはエドマンド卿《きよう》を追ってロンドンへ行くという書き置きを残していた。ニコラスの姿も見えなかったが、給仕女の話では、彼は着いて早々、きれいな女と出かけたということだった。

「なんでまた」ワーリンがぶつぶつ文句を言った。

「執行長官の命令なんだよ。騎士はここにいるのか? 答えないなら、家捜しをしてやるからな」

サイモンは鎧戸《よろいど》を開き、下の様子を眺めた。ワーリンの正面に、茶色の髪の大男が立っていた。その背後には、さらに二人の男がうろついていた。

「わたしがブラックストーンのサイモンだ」

バードルフが上の窓を仰ぎ見た。「おれと一緒に来てもらおう」

「なんのために?」

「司教の死に関して尋ねたいことがある。逃げようなんて思うなよ。外は見張らせてあるからな」

「死?」サイモンは叫んだ。「彼は死んだのか?」

クリスピン・ノーヴィル助祭長は司教の机に腰かけ、貧相な体に精いっぱいの威厳を漂わせて、目の前に立つサイモンを見据えた。助祭長の左右にはオリヴァー・ディークス修道士とウォルター・ド・フォーク副院長が控えていた。

この助祭長はわたしが犯人だと決めてかかってい る。驚き、戸惑っていたサイモンの胸に恐怖が広が った。

「ブラザー・オリヴァーの話では、おまえは昨日の 夕方、司教の部屋から飛び出していったそうだな。 いかなる用事で司教を訪ねたのだ？」助祭長が問い ただした。

戸口に陣取るバードルフの存在を意識しながら、 サイモンは慎重に言葉を選んだ。「六名の十字軍の 騎士が生還したことを報告するために。司教が亡く なったというのは本当か？」

助祭長は手を振ってその質問を一蹴《いっしゅう》した。「なぜ 面会の予約を取らなかった？」

「我々が全滅したと聞いて、司教は落胆されていた はずだ。それで、一刻も早く彼の悲しみを和らげよ うと考えたのだ」

「ふむ」助祭長は両手を合わせた。「では、おまえ は戻ってきたその足でここを訪れたというのだな」

「そうだ」サースタンとの対決を三年間ずっと待っ ていたのだ。あれ以上は一瞬たりとも待てなかった。 だが、これで疑問は永遠に謎《なぞ》のままとなってしまっ た。サースタンは死んだ。わたしはそのことをどう 感じているのか。今は考えられない。この尋問が終 わらないうちは。

「残る五名はどこにいる？」副院長が尋ねた。

「三名は自宅に。二名はダーレイまで一緒だったが、 それぞれに用事があるようです」あの二人がここに いてくれたら。賢明なガイと愛嬌《あいきょう》たっぷりで腕の 立つニコラスがそばにいてくれたら、どれほど心強 いか。

「司教はおまえの訪問を喜ばれたか？」助祭長が問 うた。

サイモンは顔をしかめた。昨夜は相手の反応を見る余裕などなかったが、今にして思うと、サースタンが最初に見せたのは驚きの表情だった気がする。わたしが幽霊ではないことに気づき、驚きが喜びに変わったような。「喜んでおられた」

「オリヴァーは大声を聞いたと言っているが」

小柄でずんぐりとした書記は背中を丸め、床に視線を落とした。

気まずそうな表情。この男は聞いてはならないことを聞いてしまったのか？　たとえば、昨夜の女がサースタンにした愛の告白を？　暗闇の中で見失った女。あの女は何者だったのだろう？　密《ひそ》かに自問しながら、サイモンは答えた。「司教が驚いて叫んだのだ。わたしを幽霊と勘違いされたようだ」

クリスピンがにやりとした。「悪魔の使いではないのかね？」

「いや。十字軍で命を落とした者なら、必ず天国へ行けるはずだ。司教はすぐ、わたしが幽霊でないことに気づいた。それでまた叫んだのだ」

「君が去る時点で、司教はお元気だったか？」ウォルター副院長が尋ねた。

「お元気？」サイモンは一抹のやましさを感じた。いや、司教は弱った病人のように見えた。司教。サースタンを父親として考えることはどうしてもできない。「四年前より老けた感じはしたが」

「司教は十字軍の兵士たちの悲報に触れて、発作を起こされたのです」オリヴァーが口を挟んだ。「それでも、司教として数多くの責務をこなしつづけてこられたのですよ」

病を押して活動を続けるのはどれほど大変だったことか。不意にわいてきたサースタンへの同情を、サイモンはあえて無視した。「司教はどうして亡くなられたのか？」

「倒れて頭を打たれたのだ」助祭長が答えた。

ウォルター副院長が身じろぎをした。「今、看護僧のブラザー・アンセルムが遺体を調べている。ほどなく死因が判明するだろう」

「ブラザー・アンセルムには、ただちに埋葬の準備をするよう、わたしから命じておきました」助祭長が目つきで警告した。「大司教が新しい司教を指名なさるまでは、わたしがここの責任者ですから」

副院長の微笑はかすかで、危険な感じがした。

「なるほど。しかし、わたしは大司教どのの使いとしてここにいるのですからな。それに、何者かが司教を殺害したとなれば、大司教どのはその犯人を捕まえ、裁き、処罰されることを望まれるでしょう」

「だからこそ、この騎士を取り調べているではないか」クリスピンはうなった。

不安にサイモンの体がこわばった。サースタンとの関係を誰にも話さなくてよかったと思った。「司教はいつ亡くなられたのか？」

「おまえが去ってしばらくあとに」助祭長は答えた。「この部屋で亡くなられているのが発見された」

サイモンは首がむずがゆくなった。首吊《つ》り縄がその首を締めつける感触が想像できた。「わたしがここを去るときには、司教は生きていた」

クリスピンは眉をひそめた。「去るときに誰かに見られたか？」

「ブラザー・オリヴァーがわたしが入っていくのを見たのなら、出ていくところも見たのではないかな」サイモンはうなだれている書記を見やった。「司教は来客の予定があると言っていた。事実、わたしは女の声を聞いて――」

「それはわかっている」助祭長の顔が不快そうに歪《ゆが》んだ。「あの女を館《やかた》に入れるなと命じておいたのに、ブラザー・オリヴァーが命令にそむいたのだ」

オリヴァーの瞳に涙があふれた。「そんな――わたしは何も」

「ブラザー・オリヴァーは悪くありません」穏やか

な声が割って入った。

振り返ったサイモンははっと息をのんだ。

リネットが戸口に立っていた。大きな瞳に戸惑いの表情を浮かべ、助祭長をひたと見据える様子は、狩人《かりゅうど》の前に立つ雌鹿《めじか》を思わせた。「なぜ助祭長がサースタン司教の机に座っていらっしゃるの？」

助祭長は即座に立ち上がった。「売女《ばいた》の分際でわたしに質問するのか？　昨夜、わたしの意向を無視してここへ来た本当の理由を申してみよ」

「司教のご様子を見に来ただけです」リネットは室内を見回した。「何かあったんですか？　皆さん、そろって……」琥珀《こはく》色の瞳が見開かれた。「サー・サイモン、なぜあなたがここに？」

「知り合いかね？」副院長が尋ねた。

「ええ」リネットはわずかに微笑した。

サイモンは逡巡《しゅんじゅん》した。狂信的な助祭長からリネットをかばってやりたい。だが、ここには彼の知らない不穏な対立があるようだ。「昨夜、偶然出会ったんです」

部屋の隅に控えていた修道士が前へ進み出た。

「昨夜、この男は彼女のあとを尾《つ》けていました」

彼女のあとを尾けていた。サイモンは愕然《がくぜん》とした。では、サースタンが言っていた来客とはリネットのことだったのか？

「つまり」助祭長の口元に意地の悪い笑みが浮かんだ。「おまえたちは共犯というわけだな？」

「共犯……」サイモンはぼんやりと繰り返した。司教に愛を告白した女。あれはリネットだったのか？

「共犯？」リネットは問い返した。「いったいなんの共犯なんです？」

「司教殺しだ」助祭長はあからさまに答えた。

「司教が……殺された？」リネットの体が崩れた。

サイモンはとっさに前へ出て、倒れてきた体を抱きとめた。彼女を炉辺の椅子に座らせ、そのかたわらにひざまずく。「リネット？」

リネットはうっすらと目を開けた。「サースタンは死んだの？」苦痛に満ちた声でささやいた。

サイモンの中で、彼女を慰めたい衝動と、サースタンとの関係を問いただしたい思いがせめぎ合った。この場で彼女を慰めたりすれば、二人の立場はさらに悪くなるだろう。背筋を起こして、彼はうなずいた。「どうもそうらしい」

「彼はずっと病気だったの。でも、わたしは彼が治ることを祈っていたわ。こうして、あなたも戻ってきたことだし。今朝はそのことを彼に伝えに来たの。あなたが生きているってことを」

彼女はわたしが司教の息子だと知っているのか？

サイモンはぎょっとした。今、その話をするのはまずい。この状況では。「しっ。静かに」彼は肩ごしに振り返り、背後をうろついていた助祭長へ目を向けた。「彼女に葡萄酒《ぶどう》を」

クリスピンは疑わしげに眉を上げた。「どうやらこの売女はおまえまでもたらし込んだようだな」

「までも？　気に食わない言い方だ。「この人とは知り合ったばかりだ」

「知り合ったばかりにしては、えらく親身になっているようだが」

サイモンは立ち上がり、助祭長をにらみつけた。「騎士はつねに女性を気遣うものだ」

「この女のように目線一つで男を虜《とりこ》にできる女を、だろう」

サイモンは反論できなかった。事実、彼は昨夜しばらく一緒に過ごしただけで、リネットにのぼせ上がり、彼女こそ夢の女に匹敵する存在かもしれないと考えてしまったのだから。

クリスピンはリネットに一瞥《いちべつ》を投げた。「おまえは司教に飽きたのだろう？　それで、この若い騎士に乗り換えるために、司教を殺害したのだな？」

「殺害した？」リネットの顔がさらに青ざめた。

「司教は殺されたのだ。突き飛ばされて」

「それはまだわかりません」オリヴァーがおずおずと口を挟んだ。「昨年の秋のように発作を起こして、倒れられたのかもしれませんし」

「わたしが彼を殺した、そうお考えなんですか？」リネットはのろのろと言った。「ありえません。彼はわたしの友人だったのに」

「友人とはまた控えめな」助祭長は猫撫で声で当てこすった。「司教の愛人だったくせに」

「愛人？」サイモンは唇をぬぐいたい衝動に駆られた。リネットと分かち合ったキスの記憶を消し去りたくなった。

「誤解だわ」リネットは苦悩の表情でささやいた。

「いいや、この女は司教の愛人だった」クリスピンは憎々しげに唇を歪めた。「だが、より若い庇護者《ひご》を求めたのだ」

「だとしても、それはわたしじゃない」サイモンは冷ややかに断言した。「わたしは昨日ダーレイに戻ったばかりだ」

「しかし、ブラザー・ジェラードが見ているのだぞ。おまえが館からこの女を尾行するのを」

サイモンは肩をすくめた。「たまたま尾行しているように見えただけでしょう」

「おまえはその女が出てくるのを待って、あとを尾けたんだ」ジェラードは鼬《いたち》を思わせる風貌《ふうぼう》の男で、へつらうような態度がいかにもごますりらしかった。

「司教の部屋を辞したあと、しばらく庭園をぶらついていただけだ」ここで自分が神へ奉仕した人間であることを指摘しておくのもいいかもしれない。「薔薇の香りに引かれてね。十字軍遠征で東方にいる間は、あの甘い香りを嗅《か》げなかったから」

助祭長の渋面がわずかに緩んだ。

「司教が亡くなられたのはわたしのせいです」オリ

ヴァーがつぶやいた。「発作が起きたとき、わたしがそばについていれば、司教がお倒れになり、頭を打つこともなかったんです」

「気に病むことはない」副院長が言った。「何が起こったにしろ、それは神の思《おぼ》し召しだったのだよ」

オリヴァーはため息をついてうなだれた。

クリスピンはうなずいた。「おっしゃるとおりだ、副院長どの。サースタン司教が亡くなられたのはまさに神のご意思だったのです」

サイモンは詰めていた息を吐き出した。「では、尋問はこれで終わりだな？」

「今日のところは。ただし、今回の問題が片づくまで、ダーレイを離れないように。おまえもだ、リネット」クリスピンは彼女に刺すような視線を投げた。

「わたしには後ろ暗いところなど一つもありませんから」瞳に苦悩をにじませつつも、リネットは毅然《きぜん》と顎をそびやかし、部屋から出ていった。

その背中を見送る助祭長の顔には憎悪の表情があった。サイモンはリネットに同情しそうになった。彼女は一時的とはいえ、ダーレイ一の権力を手中におさめた男を敵に回してしまったのだ。

「礼拝堂へ参りますぞ。司教の魂のために祈りを捧《ささ》げなくては」クリスピンは僧服の裾をつまみ、修道士たちを従えて、足早に部屋を出ていった。

ウォルター副院長と屈強の男二人はあとに残った。兵士だろうか、とサイモンは考えた。修道士たちがいなくなると、ウォルターは一人を寝室の入り口に、もう一人を居室の外に立たせ、誰も通さないように命じた。それから、サイモンに向き直った。「ダーレイに戻って一番に司教を訪ねたということは、それだけ司教と親しかったのだろうね」

サイモンはためらった。この男は敵なのか、味方なのか。「あまりお目にかかったことはありません」

それは事実だ。「ただ、黒薔薇団のほとんどは、司教に課された贖罪《しょくざい》として十字軍に参加した者たちです。その中に生き残りがいたことを司教にお知らせするべきだと思ったので」

「立派な心がけだ」

「助祭長はそうは思っていないようだが」

「まあな」ウォルターは肩をすくめた。「クリスピンはサースタン司教のやることなすことのすべてが気に食わなかったのだ」

「つまり、彼は司教の地位を望んでいると？」

「あの男は自分のほうが司教にふさわしいと考えているから」

「あなたはどうなんです？」サイモンは冗談めかして問いかけた。

ウォルターはにやりと笑った。「わたしはクリスピンほどサースタンのことを悪くは思っていない。とはいえ、人は誰でも自分自身を向上させたいと願うものだ」

「賢明なお答えだ」

「本音だよ。わたしはサースタンの業績を認めている。彼とわたしでは手法に違いがあるが。彼の後任となると……」ウォルターはまた肩をすくめた。「それだけの力量を持つ者が何人いるかな。わたしも可能性があれば挑戦してみたいが、人を殺してまで司教になりたいとは思わない」

外の廊下で甲高い声が起こった。

「おまえにわたくしを締め出す権利はなくってよ」

一人の女が部屋へ飛び込んできた。若くはないが、まだ色香は衰えていない。早朝であるにもかかわらず、金色の髪はきれいに結い上げられ、ネットをかぶせてあった。華やかな緑色のガウンが肌にぴたりと張りつき、ほっそりとした体の線を強調していた。

見張りの兵士が彼女を追いかけてきた。「副院長どの……」

「まあ、よかろう」ウォルターから打ち解けた雰囲気が消えた。「レディ・オデリーン、何か問題でも？」

　貴婦人は鼻を鳴らし、副院長に歩み寄った。立派な身なりをした青年があとに続いた。「なぜわたくしたちがサースタンの部屋へ入れませんの？」

　サースタンという親しげな呼び方がサイモンの関心を引いた。この女性がわたしの母親なのか？

「わたしが指示を出したのです。司教が亡くなられた状況を調べている最中ですので」

「あれは事故ですわ」貴婦人は涙をためた瞳で副院長を見上げた。「ああ、わたくしから兄を奪うなんて、なんと冷酷な運命でしょう。兄はわたくしを愛してくれたただ一人の身内だったのに。わたくしの苦境に同情してくれたのは兄だけだったのに」

「兄？」サイモンはつぶやいた。これがサースタンの妹？　わたしの叔母？

「わたくしたち、どうすればいいのでしょう？」貴婦人はかたわらの青年にしがみついた。「わたくしとこの子はどこへ行けばいいのでしょう？　わたくしたちには何もありません。うちも、お金も。何もないんですのよ」

　サイモンの同情心は薄れた。この女、兄の死より自分の行く末のほうが大切なのか。いや、彼女の身勝手さは驚くには当たらない。サースタンも神への誓いより己の快楽を優先した。その結果として生まれるかもしれない子供のことなど、まるで考えていなかった。

「司教があなたがたに何か遺《のこ》されているでしょう」ウォルターは答えた。

「いいえ」オデリーンはさめざめと泣きはじめた。「兄はいつも言ってましたもの。遺産は自分の亡骸《なきがら》を祀《まつ》る礼拝堂の建設にあて、残りは修道院へ寄贈すると。わたくしたちには何も遺されておりません」

　ウォルターはため息をついた。「ジェヴァン、母上を部屋へ連れていき、休ませてあげなさい」

「いいえ、わたくしはここに残って、兄のために祈ります」オデリーンは訴えた。

「明日、司教が亡くなられた状況がはっきりしたら、ここで通夜をされるといい」副院長は言った。

怒りが彼女の涙を乾かし、頬を紅潮させた。「ここにいてはいけないとおっしゃるの？」

「残念ながら。真相が判明するまでは、何一つ動かすわけにはいきません」

ジェヴァンはこの会話をどう思っているのだろう？　視線を転じたサイモンは、青年が自分を見つめていることに気づいた。細められた瞳には、露骨な敵意の光があった。この男はわたしがサースタンの息子だと知っている。サイモンは羞恥心《しゅうちしん》に頬が染まるのを感じた。

「ジェヴァン！」貴婦人が叫んだ。「こうなったら、助祭長に直接お願いしましょう」彼女は息子を従え、そそくさと部屋を出ていった。

ウォルターはため息をついた。「わがままなうえに強情な女だ。あれはサースタンの異母妹でね。甘やかされて育ったせいか、いつも面倒ばかり起こす。宮廷を追放されたのも醜聞が原因だ。ジェヴァンが大聖堂の学校で勉強する間という条件つきで、サースタンにここに住まわせてもらっていたのだが、そうでなかったら、今ごろは母子《おやこ》そろって宿無しだ」

「彼は修道士になる勉強を？」

「教会書記だ。きちんとしつけて、職を持たせなければ、父親の二の舞になるのではないか、とサースタンは考えたのだよ」ウォルターはいったん言葉を切った。「父親というのは大酒飲みで、路地裏の喧嘩《けんか》で殺されたんだがね。では、行こうか。ブラザー・アンセルムが何かを発見したかもしれない」

「司教は殺されたとお考えですか？」

「信じたくないことだが、司教の死に顔に張りついていた恐怖の表情を見るとな」ウォルターは身震いした。「それもあって、ブラザー・アンセルムが遺体を調べたいと言い張ったのだ」

サイモンは戸口から室内を振り返った。机の角についた血と絨毯《じゅうたん》の黒っぽい染みを除けば、昨夜と少しも変わっていない。わたしが立ち去ったあと、ここで何があったのか？

司教の死にこだわっている自分に気づき、サイモンは驚いた。この三年間、サースタン・ド・リンドハーストに罪の償いをさせることばかり考えてきた。だが、今は……。

後悔が復讐《ふくしゅう》の念と混じり合った。これで求めていた答えは永遠に失われた。母親の名前も。サースタンが彼を無視してきた理由も。

だが、自分と司教との関係はあくまでも秘密にしなければならない。さもないと、司教殺しの犯人にされてしまうだろう。

5

リネットは忍び足で施療院に入った。巨大な石柱に天井を支えられた部屋は薄暗かった。「ブラザー・アンセルム？　いるんでしょう？」

細長い部屋の奥に据えられた衝立《ついたて》の奥から看護僧が姿を現した。「リネット！」空の寝台の列を抜けて、彼は小走りでやってきた。「ここに来ちゃいかんよ」

「わかっているけど」リネットは看護僧にすがりたい衝動に耐えた。「助祭長はわたしがサースタンを殺したと思っているの」

「やれやれ」アンセルムは彼女の肩を抱き、ベンチに並んで腰を下ろした。「なぜ助祭長がそんなことを言うんだね？」

「あの人はわたしが嫌いなのよ。それに、誰かに罪をなすりつけたいんだわ」リネットは顔をごしごしこすった。それから、親友とも言うべき看護僧の顔を見上げた。「本当なの？　サースタンは本当に亡くなったの？」

「ああ」アンセルムの瞳に涙が浮かんだ。

「わたし、心の中で祈っていたの。助祭長の願望をこめた早合点だったらいいのにって。あの人はサースタンのやり方を忌み嫌っていたから」

アンセルムはうなずいた。「クリスピンがあんたを捕まえに人をやったのかね？」

「いいえ。わたしのほうから行ったの。司教にいい知らせを――ブラックストーンのサイモンが生きていることを教えてあげたくて」

アンセルムはサイモンの出生の秘密を知る数少ない人間の一人だった。「ブラザー・オリヴァーの話だと、サイモンは昨夜サースタンを訪ねてきたそうだ。だから、司教はサイモンが生きていることを知り、安堵《あんど》したうえでこの世を去ったことになる」

「クリスピンはサースタンが死んで、自分がダーレイを意のままにできることを望んでいたのよ」

「しっ。めったなことを言うもんじゃない」アンセルムは立ち上がり、うろうろと歩き回った。

「じゃあ、サースタンは事故死じゃないの？」

「ああ、事故死じゃない」

「何か発見したのね？」

善良な修道士は足を止め、彼女を見やった。「あんたは余計な心配をしなくていい」

「どうしても知りたいの」

アンセルムはむっつりした顔でうなずいた。「殺人の証拠が見つかった」無人の室内に視線を走らせ、声をひそめて先を続ける。「まだざっと調べただけだがね。司教の頭には机にぶつかってできた傷があった。ただし、これは死因じゃない。それに、司教が毒を盛られていた証拠も見つかった」

リネットはうめいた。「わたしの勘違いであることを祈っていたのに」

「毒のことを知っていたのかね？」

「この数日、彼がひどく弱っているようだったから、曾祖父《そうそふ》の草本誌を引っ張り出して、いい薬はないか探してみたの。そして、ひいお祖父《じい》さんが残した書き込みを見つけたのよ。原因不明の病で少しずつ弱っていった老人の話だったわ。その老人には若い後妻がいて、彼女が鳥兜《とりかぶと》を盛っていたの。サースタンの症状はその老人とそっくりだった」

「鳥兜か」アンセルムは彼女の隣に腰かけた。「確かにつじつまは合うな」

リネットは唇を噛《か》んだ。サースタンが自らに毒を盛ったのではないかという疑いを口にすることはできなかった。自殺は大罪であり、自殺した者を教会の敷地内に埋葬することは禁じられているのだ。「昨夜ここに来たのは、サースタンにそのことを話すためだったの。でも、彼は動揺していて、すぐにわたしを帰したわ。そして、死んでしまった」

アンセルムはため息をついた。「まったく惜しい人を亡くした。だが、問題は鳥兜では――」

「ブラザー・アンセルム、何かわかったかね？」ウォルターがサイモンとともに施療院へ入ってきた。

アンセルムは即座に立ち上がった。「二、三、発見がありました、副院長どの」彼は訝《いぶか》るようなまなざしをサイモンに向けた。

「遠慮はいらない。なんでも自由に話してくれ」しゃべりながらウォルターは近づいてきた。「こちらはブラックストーンのサー・サイモンだ」

「ああ」アンセルムはうなずいた。「君が奇跡の生還を遂げたことはリネットから聞いたよ。最後にわずかでも司教と会えてよかった。司教は君の死の知らせをたいそう嘆いておられたから」

サイモンはうなった。「彼はどういう死に方をしたんです？」

アンセルムは身を硬くした。「それは我々の愛する司教のことかな」

サイモンはまたうなった。「露骨なきき方をして申し訳ない。なにしろ、わたしはよく知らない人物を殺した容疑をかけられているのでね。早く汚名を晴らして、この町を離れたいんです」

この町を離れる？　リネットはうめき声を押しとどめた。

「ようやく故郷に戻ったばかりなのに」アンセルムが言った。

「戻ってきたのが間違いでした。ここにいても、なんのためにもならない」そう言いつつ、サイモンはリネットをにらみつけた。

リネットは身震いをした。違うわ。サースタンはただの友達よ。だけど、誤解されたままのほうがいいのかもしれない。サイモンに赤ん坊のことを知られるくらいなら、ここで終わりにしたほうが。

「ブラザー・クリスピンからすぐに埋葬の準備をするよう命じられたそうだな」ウォルターは言った。「だが、埋葬よりも司教の死因を突き止めるほうが先だ。彼にもそう言っておいた」

アンセルムはうなずいた。「よかった。実は、頭の傷とは別に、司教が毒をのまされていた痕跡《こんせき》を見つけたのです」

「毒！」ウォルターとサイモンが同時に言った。

「ええ、ベラドンナが」アンセルムは言った。

「ベラドンナ？」リネットは驚いてきき返した。

「どうやってのまされたのだろう？　そもそも、その毒はどれくらいで効き目が現れるのかね？」ウォルターが尋ねた。

「遺体を詳しく調べるまではなんとも言えません

な」アンセルムは言葉を濁した。「司教の部屋にあった葡萄《ぶどう》酒、ブランデー、水も調べてみないと」

ベラドンナ。鳥兜ではなかった。安堵のあまり、リネットの全身から力が抜けた。サースタンは自ら毒をのんだわけじゃないんだわ。

「主よ、お助けください」自分の喉をつかんで、ウォルターはささやいた。「わたしも昨日、司教と一緒に葡萄酒を飲んでしまった」

「その葡萄酒にベラドンナが入っていたとすれば、すでに結果が出ているはずですよ」

ウォルターはしきりに唾《つば》をのみ下した。「今、酒瓶を取ってくるから、すぐに調べてくれ」

アンセルムはため息をついた。「司教が殺されたとは。とても信じられません」

「ああいう人物には敵が多いから」サイモンはつぶやいた。「死者を悪く言うつもりはないが、司教の圧制には町全体が苦しめられていた。彼は王のごとく君臨し、私腹を肥やしていたんだ」

「でも、権力を悪用する人じゃなかったわ」リネットは叫んだ。「サースタンはわたしの恩人よ。彼がいなかったら、わたしは立ち直れなかった。わたしの娘は婚外子の烙印《らくいん》を押されていたわ」

サイモンは彼女に向き直った。「まあ、君の立場なら、司教を弁護して当然だが」

敵意に満ちた当てこすりに胸をえぐられ、リネットは声を失った。サイモンだけではない。わたしの悪口を言う人はこれから大勢出てくる。店に帰りたい。寝台へ潜り込んで、ほとぼりが冷めるまで隠れていたい。「わたし、もう失礼します」

施療院の扉が開き、石の床に拍車の音を響かせながら、二人の男が足早に入ってきた。

「ブラザー・アンセルム、いるのか？」聞き覚えのある声だ。

ハメル・ロクスビー。

まさに最悪の状況だわ。リネットは泣きそうになった。今この場で姿を消すことができたら。

ハメル・ロクスビー。

サイモンの手が反射的に剣の柄《つか》へ伸びた。

彼が出征した当時、ハメルは執行長官代理の立場にあった。自分の権限を悪用する卑劣で狡猾《こうかつ》な男。そんな男がいまだに法を守る側にいたとは驚きだ。見たところ、ハメルは少しも変わっていなかった。その右のこめかみには、二人の対立の歴史を物語る傷跡が残されている。六歳のサイモンと十歳のハメルの間でおこなわれた決闘の名残。サイモンは当時から横暴な人間に我慢がならなかった。そして、ハメルは今も昔も自分に歯向かう人間を憎んだ。

「司教が死んだって?」ハメルが陽気に話しかけた。

サイモンはむっとした。彼自身、父親のことをよく思ってはいなかったが、司教の死を喜んでいるようなハメルの態度には腹が立った。

「リネット」ハメルの顔がよこしまな喜びに輝いた。「本当か? おまえの司教が死んだってのは?」

リネットは身震いした。「ええ」

「そうか、そうか」ハメルは修道士たちを無視し、横柄な態度で彼女に近づいていった。

サイモンがその前に立ちはだかった。「ハメル」

ハメルの瞳が驚きに見開かれ、すぐに細められた。「ブラックストーンのサイモン。地獄から生き返ったんだってな」

サイモンはにやりと笑った。「ああ、生きてダーレイに戻ってきたぞ」

「だが、いつまで生きていられるか」ハメルは剣に手を伸ばした。

アンセルムが割って入った。「やめなさい。ここは神の家だぞ。なんの用だね、執行長官?」

ハメルが執行長官? サイモンはいやな予感に襲

われた。

「昨夜は狼《おおかみ》狩りで留守にしていてな。戻ってきたら、司教が死んだっていうじゃないか。で、調査にやってきたわけだ」

「執行長官、気遣いはありがたいが」ウォルター副院長が言った。「司教の遺体はブラザー・アンセルムが調べることになっている」

ハメルは丸々とした聖職者をにらみつけた。「あんた、何者だ？」

「ウォルター・ド・フォーク。ヨーク大修道院の副院長だ。大司教の使いでダーレイに来ている。この件はわたしが調査して、大司教どのにご報告する」

「殺人事件となれば、おれが――」

「サースタン司教は聖職者であり、教会の敷地内で亡くなった。これは教会の問題だ」ウォルターはきっぱりと言いきった。

ハメルの目が細められた。「ダーレイの住民が犯人となれば話は別だ。この町には、司教の口出しを嫌っていたやつもいるんでね」彼はせせら笑った。「そういう手合いを裁く場合はおれの仕事ってことになる。だから、情報はこっちにも流してほしい」

「君はまだダーレイの執行長官に正式に任命されたわけではなかろう？」ウォルターがさらりと指摘した。

ハメルはうなったが、強気な表情は消えていた。「じき任命されるさ。クリスピン助祭長はおれの仕事ぶりを高く買ってくれてる」

「彼が次の司教になるとは限らんが」ウォルターはつぶやいた。「こうして君の仕事の邪魔をするわけにもいかないな。ごきげんよう、執行長官どの」

皮肉たっぷりの呼びかけにハメルは眉をひそめた。「司教の死因がわかったら知らせてくれ」ぷいと背中を向けると、彼は大股で去っていった。

扉が閉まったとたん、リネットはベンチに座り込んだ。アンセルムは安堵の息を吐いた。

「お見事、ウォルター副院長」サイモンはつぶやいた。聖職者にはいらいらするほど控えめな人間が多いが、敢然と己の信念を主張する人間もいるのか。

「いやいや。ハメル・ロクスビーは父親に似ぬ不肖の息子だというサースタンの言葉を思い出してね。サースタンとエドマンド卿《きょう》はハメルを執行長官代理にしたくなかったが、彼を退ける口実が見つからなかったのだそうだ」

「ハメルは権力好きの狡猾な男ですよ」そう言いつつ、サイモンはリネットの青ざめた顔に視線を転じた。彼女を慰めてやりたい。ふとそんな衝動に駆られ、彼は目をそらした。「ブラザー・アンセルム、調査の結果をわたしにも教えていただければありがたいんですが」

「いいとも。ただし、何日かかるか――」

「これは一刻を争う問題だ」ウォルターは言った。「わたしは長年、大司教にお仕えしてきた。このような調査を担当したことも何度かあった。時間がたてばたつほど、重要な事実が忘れられ、証拠が失われ、犯人を見つけるのが難しくなるものなのだ」

アンセルムはうなずいた。「できるだけ急いでやってみましょう」

「けっこう。調べてわかったことは、わたしにだけ報告してくれ。では、司教の部屋の見張りを固め、例の酒瓶を取ってこよう」ウォルターはせかせかした足取りで出ていった。

リネットが立ち上がった。「わたしは店に戻ったほうがよさそうね」

「ハメルがそこらをうろついているときに、一人で帰るのはまずいだろう。サイモン、彼女を店まで送ってやってくれんかね?」アンセルムが問いかけた。

サイモンは拒絶したかった。リネットと二人きりになれば、彼女に対して感じている軽蔑《けいべつ》の思いが一気に噴き出しそうな気がした。

「その必要はないわ。一人で平気だから」リネットは歩み去った。うなだれ、肩も落ちていた。

わたしの知ったことじゃない。サイモンは目をそらした。「手伝いましょうか、ブラザー」

「身内にはつらい作業だぞ」

「司教に隠し子がいることを知らなかったのはわたしだけか」サイモンはうなった。

「わたしとリネット以外は誰も知らんよ」

「別にかまいません。あんな男、わたしから見れば父親でもなんでもない」

「わかっとらんのだな」看護僧はため息をついた。

「だが、今はそのことで議論している暇はない。まずは死因の究明だ。手伝う気があるなら、リネットを店まで送ってくれ」

「店への道くらい知っているでしょう」

「ハメル・ロクスビーもな」

「どういう意味です？」

「我らが執行長官はリネットに関心を持っておる」

一瞬の胸騒ぎをサイモンは無視した。「わたしには関係ない」

「やはり、君は何もわかっておらん」アンセルムは謎《なぞ》めいた言い方をした。「リネットはハメルのしつこさに迷惑しとるんだよ」

サイモンの胸騒ぎがますます激しくなった。「知ったことじゃありませんね」

「君はわたしにも君自身にも嘘《うそ》をついている」アンセルムは憮然《ぶぜん》として言い返した。「とにかく、今は議論をしとる場合じゃない。取り引きといこう。リネットの身を守ってくれれば、司教の殺害に関してわかったことを教えてやるぞ」

「毒の話は確かな事実なんですね？」

アンセルムはむっつりとうなずいた。「それが死因かどうかはわからんが、遺体に毒を盛られた痕跡があることは確かだ」

「いいでしょう。彼女を店まで送ってきます」

「頼んだぞ」アンセルムは彼の肩をつかんだ。「リネットのそばについていてくれ。調査を終えたら、すぐに知らせに行く。晩祷《ばんとう》まではかからんはずだ」

「しかし、晩祷はまだだいぶ先ですよ。あんな狭いところでどうやって時間をつぶせばいいんです？」

「ということは、あの店を知っとるのか？」

サイモンはうなった。やれやれ、言葉に気をつけないと、身を滅ぼすことになりそうだ。「薬種店は小さいものと相場が決まってますから」

「ああ」アンセルムは微笑した。「噂《うわさ》どおり、機転が利くようだな。もし誰かにリネットについていく理由を尋ねられたら、わたしに司教の経帷子《かたびら》を飾るラヴェンダーを頼まれたと答えるといい」

恐ろしげな仕事を看護僧に任せ、サイモンは施療院を出て、甘い香りが漂う薔薇《ばら》園を横切った。正面の門へ近づいていくと、ジェラードがやってきた。

「リネット・エスペサーがここを通っただろう？」

サイモンは確かめた。

鼬《いたち》顔の修道士は助祭長そっくりの態度でにらみ返してきた。「またあの女を尾行しているのか？」

「ブラザー・アンセルムにラヴェンダーを頼まれたんだ」

「人殺しにかかわっても、ろくなことはないぞ」

「なぜ彼女が司教の死を願う？」

「女には理由などいらん。連中は狡猾で邪悪な生き物だからな」

サイモンは両手を拳《こぶし》に握った。できれば鼬顔に一発お見舞いしたいが、ここで癇癪《かんしゃく》を起こしても立場が悪くなるだけだ。「あんたの警告は覚えておくよ」吐き捨てるように言うと、門を抜けてディーンゲート通りに出た。

通りはさほど混雑しておらず、サイモンは周囲よりも背が高かった。それでも、前方にリネットの金髪を見つけることはできなかった。もうハメルに捕まってしまったのだろうか？　不安に背中を押されたサイモンは、走るようにディーンゲート通りを抜け、コリアーゲート通りに入った。辻《つじ》ごとに足を止め、リネットの姿を求めて左右の路地を見回した。ホージャー通りの入り口に差しかかったとき、何かが彼の視線をとらえた。

ハメルが宿屋の壁に誰かを追いつめていた。壁に押しつけられた太い腕が被害者の顔を隠していたが、金色の髪だけは見えた。

その光景がサイモンの記憶を刺激した。たしか、前にもこんなことがあったような……。

いや、まさか。

サイモンはおぼろげな記憶を振り払い、薄暗い路地へ飛び込んだ。「リネット」

振り返ったハメルの瞳が怒りに細められた。「きさま、ここで何をしている？」

「薬師《くすし》を探している」

「別のを探せ」ハメルはうなった。

サイモンはハメルの腕ごしにリネットをのぞき込んだ。青ざめた顔の中で、大きな茶色の瞳が怯《おび》え、懇願していた。「あいにくだが、そうはいかない。ブラザー・アンセルムから、彼女の店で買うように頼まれたんでね」

「よその店で買え」

「リネットの店でと言われている」サイモンが言い返していたとき、宿屋から一人の男が出てきた。ダーレイでも羽振りのよさで知られる羊毛商人だった。

「執行長官、ここで何を――」羊毛商人は目を丸くした。「ブラックストーンのサイモン？　死んだんじゃなかったのかね？」

「そのようですね。わたしを覚えていてくれたとはありがたい」ハメルがリネットから後ずさりするのを見て、サイモンは肩の力を抜いた。

「もちろん、覚えているとも。たしか、タインマスまで羊毛を運ぶ際に、二度ほど護衛してもらった。あんたが生きていたとは。まさに神のお恵みだ」羊毛商人は十字を切った。「食事をごちそうするから、冒険談でも聞かせてくれ。といっても――」彼の微笑が薄れた。「今は大聖堂へ行き、我らが愛する司教のために祈りを捧《ささ》げなければ。またエドマンド卿に仕えるつもりかね？」

「さあ。彼は現在、旅に出ておられるから」

「とにかく、あんたの元気な顔が見られてよかったよ」羊毛商人はハメルに向き直った。「昨夜の狼狩りの成果はどうだった？」

「無駄足さ」ハメルはサイモンをにらんだまま答えた。

「うちの羊が全滅させられる前になんとかしないと」羊毛商人はぶつぶつ言った。「一緒に来てくれるか。歩きながら今後の策を練ろう」

ハメルはリネットに一瞥《いちべつ》を投げてから、羊毛商人のあとに続いた。

リネットはうなだれて目を閉じ、ささやいた。

「ありがとう」

「ブラザー・アンセルムに頼まれたからな」サイモンは冷ややかに答えた。

リネットは悲しげに視線を上げた。「本当は断りたかったのね。それでも、来てくれてよかったわ」

サイモンも内心では来てよかったと思っていた。リネットはとてもはかなげに見えた。思わず抱き上げて運びたくなるほど弱々しく見えた。「彼に君を店まで送ると約束した」

「約束させられたんでしょう。いやいや送ってくれなくてもけっこう、と言いたいところだけど」リネットはハメルが去っていった方角へ視線を投げた。「残念ながら、そんな勇気はないわ」

まったく残念だ、とサイモンは思った。今朝になって知った事実にもかかわらず、彼はいまだにリネットに惹《ひ》かれていたからだ。

「サースタンの部屋に入れなくて、どうやって証書を捜すんだよ？」ジェヴァンが息巻いた。

「今は待つしかないわ」オデリーンは火のない暖炉の前を行きつ戻りつしていた。

「待つのはもううんざりだ。ちくしょう、なんでブラックストーンのサイモンが生きて戻ってくるのさ？　あと少しでサースタンが死に、ブラックストーン・ヒースは僕のものになるはずだったのに」

オデリーン・ル・コイトは足を止め、一人息子に目をやった。ジェヴァンは母親譲りの美貌《びぼう》と機転、ド・リンドハースト一族に共通する強い野心の持ち主だった。ただし、ひどく癇癪持ちなところは父親に似ていた。彼女は息子の欠点を治そうと努めてきたが、ジェヴァンはつねに高望みをし、それがかなえられないと癇癪を起こした。「どうして彼の死期が近いことがわかったの？」

「あの顔を見ればわかるさ」

オデリーンは身震いをした。わたくしが殺したわけではないわ。軽く一突きしただけよ。わたくしが助けを呼びに行ったとき、サースタンは生きていた。確かに、眠ったようにぐったりとしていたけど。ところが、副院長や助祭長を連れて戻ってみると……。ああ、恐ろしい。あのねじれた体。苦痛に歪《ゆが》んだ顔。頭にこびりついて離れない。でも、わたくしのせいじゃないわ。サースタンは何かの発作に襲われたのよ。

「あの証書を見つけなくちゃ」ジェヴァンが情けない声で訴えた。

オデリーンはぎょっとして我に返った。「あと少しだけ辛抱なさい、ジェヴァン。夜になれば、見張りもいなくなるかもしれない。皆が寝静まったあと、わたくしが階下《した》へ行って、証書を捜してくるわ」

「先に証書を出させるべきだった」

「先に？　どういうこと？」

ジェヴァンは奇妙な目つきで母親を見返し、その視線を窓へ転じた。「つまり、僕が学校に入ること に同意する前にさ」口のうまさと気取った頭のかしげ方が父親そっくりだ。

オデリーンは身を震わせた。いいえ、違う。この子は父親似じゃない。「サースタンが死んだとき、あなたは夕食の席にいたのよね？」

ジェヴァンは振り返って微笑した。「善良な修道士たちが証人だよ」笑顔にすごみが加わった。「僕はブラックストーン・ヒースが欲しい」

「あれはあなたのものになるわ。わたくしが約束する」そのためなら、どんな手でも使ってやるわ。


リネットはなんとか店まで歩きつづけた。じかし、自分たちがどこを通っているかもわからなかった。ただ足を交互に動かすだけで精いっぱいだった。

サイモンがハメルから救ってくれたのは、これで二度目だ。本人は一度目を覚えていないけど。でも、そのほうがいい。もし覚えていたら、わたしを無節操な女――会ったばかりの男に体を許す尻軽女――だと思うに決まっているもの。

「客たちが君をお待ちかねのようだ」

顔を上げたリネットは、自分たちがスパイサー通りの角まで来ていることを知った。確かに、店の前に人だかりができていた。不安に襲われ、彼女は足を速めた。「何かあったんじゃないといいけど」

「待て」サイモンは彼女の前に出て、剣の柄に手をかけた。「わたしのあとに続いて」彼は通りを横切り、ゆっくりと店に近づいていった。

リネットは店の鎧戸《よろいど》が開いていることに気づい

た。エイキンが店先でせっせと商売に励んでいた。ドルーサは通りに立ち、女たちとおしゃべりをしていた。

「いつもこんなに繁盛しているのか?」サイモンが尋ねた。

「いいえ、どうしてこんなに――」

「ほら、リネットよ」誰かが叫び、客たちがいっせいに振り返った。同情している顔。興味津々の顔。どれも彼女が知っている顔だった。

「どういうことだ?」サイモンはつぶやいた。

「野次馬よ」わたしがサースタンの死でどれほど落ち込んでいるか、見物に来たのよ。「父が亡くなったときもこうだったわ」いいえ、正確に言えば少し違う。あのときは皆、同情のまなざしで見てくれた。今日は好奇のまなざしばかりだ。

サイモンは不快げに鼻を鳴らした。「わたしが追い払ってやる」

リネットは首を振った。「そんなことをしても、話がややこしくなるだけよ。わたし、店に入ってエイキンを手伝うわ」彼女が進んでいくと、人垣がすっと割れた。

「あの恥知らずが死んだってのは本当かい?」不機嫌そうな声がした。

ぎょっとして振り返ったリネットは、背後に立っていたネルダばあさんに気づいた。老女は川岸に住み、魔除《よ》けや毒薬を売って暮らしている。彼女のことをおかしな人扱いする者も多かった。「本当なのかい?」

「司教は亡くなったわ」リネットはつぶやいた。

「あんたの寝床で死んだのかい?」ネルダの言葉に、客たちの話し声がぴたりとやんだ。

「そんなわけないでしょう」声を荒らげたリネットは、大きな手を肩に感じて、びくりと体を震わせた。それはサイモンの手だった。

「卑しい噂話はやめて立ち去れ」彼はうなった。

ネルダは黒ずんだ歯をのぞかせて、ずるそうに微《ほほ》笑《え》んだ。「火のないところに煙は立たないのさ。みんな言ってるよ。この娘は司教の愛人だった。何年か前にブラックストーンの修道院で司教の子供を産んだってね」

リネットの体が震えた。あるいは、サイモンの手が震えたのだろうか。その手が肩から離れたとたん、彼女は寒気と孤独感に襲われた。

「失《う》せろ」サイモンは押し殺した声で命じた。

「わかったよ。けど、あたしの舌は止められないからね」背中を向けた老女はよたよたと離れていった。すり切れた服の裾《すそ》から、汚い素足がのぞいていた。

サイモンは低く悪態をつき、残っていた野次馬たちに向き直った。「薬が目当てで来たのなら、買い物をしてくれ。そうでないなら、とっとと帰ってくれ」そう言うと、彼は優しくリネットの腕を取った。

「こんな連中はほっといて中に入ったほうがいい」

戸口で出迎えたドルーサが、リネットを台所へと追い立てた。「かわいそうに。ここにお座んなさい。今、葡萄酒を温めてあげますからね」

リネットは崩れるようにベンチへ座った。胸が苦しく、頭がずきずき痛んだ。彼女はその頭をひんやりとしたテーブルの上に押しつけた。

「大丈夫か?」サイモンが問いかけた。

リネットは片目を開けた。間近に見て初めて、サイモンの目の下にくまができていることに気づいた。

「あんな戯言《たわごと》を気にしてちゃいけないんだけど」

「こういうことは前にもあったのか?」

「ネルダは司教の悪口ばかり言っているの。今年の初めに、下剤と堕胎薬を不法に売った罪で、司教にダーレイから追放されたものだから」

「つまり、あの女には司教を憎む理由があるわけだな?」あの女が君と司教について言ったことは真実なのか？　サイモンの目はそう問いかけていた。

「だから、嘘を言いふらしているのよ」リネットは頭を上げ、うずく目を両手でこすった。「わたしは何を言われてもいいの。でも、司教のように立派な人を悪く言うなんて……」

「君が司教の愛人だったと考えている人間はあの女だけじゃないだろう」

リネットはため息をついた。「司教が言っていたわ。たとえ神に仕える身だとしても、男と女の間に友情が成り立つと考える人は少ないって。噂はわたしが尼僧院へ行く前から始まっていたのよ」

「なぜ尼僧院へ行ったんだ？」

リネットは膝の上で組み合わせた両手に視線を落とした。「治療法を学ぶためよ。司教が手配してくれたの。司教の妹に当たるキャサリン・ド・リンドハーストがそこの院長だから」サイモンの息をのむ音が聞こえた。「彼女は同じ両親から生まれた妹よ。

それに、オデリーンみたいな人じゃないわ」

「そうか」サイモンはぼそりとつぶやいた。「で、子供を産んだという部分は？」

リネットは手のひらに爪を食い込ませた。「単なる噂よ」彼女は小声で答えた。「質《たち》の悪い嘘だわ」

サイモンは何も言わなかった。

沈黙が続いた。もう限界だ、とリネットは思った。

「送ってくれてありがとう」

サイモンはテーブルの向かい側に腰を下ろした。「ここでブラザー・アンセルムを待つ約束なんだ」

「その必要はないわ」

「彼がサースタンの死因を知らせてくれることになっている」

リネットは顔を上げた。「あなたは興味がないのかと思ったけど」

「わたしも助祭長に疑われている身だ。もしサースタンの死が自然死や事故死でないとなると……」

「でも、わたしが立ち去るまで彼は生きていたわ」

「わたしはその少し前にあそこを出た。ただ、それを証明することができない」

「わたしたちには彼を殺す動機がないでしょう?」

サイモンはため息をついた。「表面的にはな。だが、クリスピンとハメルのことだ。動機を見つけるためにとことん嗅《か》ぎ回るだろう。わたしが昨夜ここにいたことは秘密にしておいたほうがいい」

「どこがいけないの?」

「我々が互いをかばい合っていると思われるからだ。まったくの他人なら、互いをかばう理由はない。しかし……」

リネットの口の中が干上がった。四年前のサイモンとわたしの関係を知る人間が、このダーレイに何人いるのかしら?

6

彼女を好きになりたくないのだが。

サイモンは店の奥の壁にもたれ、次第につのるリネットへの好意と賞賛を抑えつけようとした。

店は狭いながらも整理されていた。壁を覆う戸棚には、軟膏《なんこう》や薬の壺《つぼ》、乾燥させた花の束が機能的に並べてあった。彼は午前中をここで過ごし、リネットの仕事ぶりを観察してきた。客は次から次へとやってきて、さまざまな問題を訴えた。些細《ささい》な問いにも、リネットは我がことのように真剣に対応した。気遣いをこめて症状を尋ね、解決方法を思いつくとにっこり笑った。目の下のくまと、わずかにこわばった表情だけが、彼女の緊張を物語っていた。

サイモンはいらだった。なぜ彼女の様子が気になるのか。なぜ雄々しく働く姿に胸を打たれてしまうのか。こんな女、好きになりたくはないのに。自分の感情を持て余し、サイモンは眉をひそめた。

リネットと話していた女性客がふと顔を上げた。サイモンの表情にひるみ、あたふたと支払いをすませた。「肉桂《にっけい》のほうはまた今度でいいわ」

「すぐに用意できますけど」リネットは言った。

女性客は怯《おび》えた視線をサイモンに投げ、首を横に振った。買った薬を胸に店から飛び出していった。

リネットはテーブルを回り込み、彼の前に立ちはだかった。「そのしかめっ面、やめてくれない？　お客が逃げちゃうでしょう」

「君は休むべきだ」

リネットはわびしげなまなざしで、ため息をついた。「横になっても眠れそうにないもの。忙しくしていないと、いやな考えばかり浮かんでしまうの」

「わたしもあまり楽しくないことを考えていた」

「その顔を見ればわかるわ」彼女は悲しそうに微笑《ほほえ》んだ。「わたしに腹を立てているんでしょう」

サイモンは肩をすくめた。彼女のことをどう思っているのか、自分でもわからなかった。

「とにかく、しかめっ面ならほかの場所でやって。もしハメルがやってきたとしても、これだけ人がいる場所で無茶はしないはずだわ」

「こういうおばさん連中に執行長官を止められるとは思えない」

リネットは身震いをすると目をそらした。「一人でもなんとかなるわ」

「ホージャー通りでも、一人でなんとかできたというのか？　ブラザー・アンセルムが来るまで、わたしはここにいる」

彼女がサイモンに投げたまなざしには、落胆と感謝が混じっていた。「忘れていたわ。あなたがあとを追ってきたのはそのためだったのよね」

そうだった。わたしも忘れていた。「商売の邪魔はしない」サイモンは硬い口調で言った。「わたしは台所にいよう。問題が起きたときはとにかく叫べ。すぐに駆けつけるから」

「そうね」リネットは小さくつぶやいた。「あなたは昔からそうだった」

「昔から？」サイモンは問い返したが、彼女は客の応対に戻ってしまった。彼は答えをあきらめ、作業場から台所へ向かった。

床を掃いていたドルーサが顔を上げ、にんまり笑った。「追い出されたんでしょう？」

「ああ。わたしは商売の邪魔だそうだ」サイモンはテーブルに着いた。

「確かに、そのしかめっ面は怖いわ」ドルーサは二人分のエールを用意し、テーブルの向かいに腰かけた。「司教が死んだことで気が立ってるんですか？」

「わたしには関係のない人間だ」

「司教はダーレイの住民全員の暮らしにかかわってましたよ」ドルーサはエールをすすった。

それはそうだが。「リネットはどうなんだ？」

ドルーサは杯の縁ごしに彼を見返した。「お嬢さんが司教の愛人だったかって意味なら、答えは〝いいえ〟ですよ。そんな噂《うわさ》を信じるってことは、お嬢さんのことを理解してない証拠だわ」

「理解するも何も……知らない人間だから」サイモンは詰まった喉にエールを流し込んだ。「未婚にしては年がいっているようだが」

「二十歳で行き遅れってことはないでしょう。商売の勉強で忙しかったんです」

「ブラックストーンの尼僧院で修行したそうだな」

そういえば、わたしはあそこで生まれたんだった。出生記録は残ってないだろうか？　もしかしたら母親の名前がわかるのでは？　サイモンには尼僧院の記憶がなかった。物心がついたときには、荘園《しょうえん》で老夫婦に育てられていた。老夫婦は彼がエドマンド卿《きょう》の遠い親戚《しんせき》と若い使用人の間にできた婚外子だと言った。それを裏付けるかのように、エドマンド卿は彼を引き取り、騎士に育て上げてくれた。

だが、それは嘘《うそ》だった。すべて嘘だったのだ。

わたしは嘘が大嫌いだ。母親の名前を、彼女が生きているかどうかを知りたい。彼女がどんな人間だったかを知りたい。

「お嬢さんがいない間は寂しかったけど」ドルーサの表情が微妙に変化した。「そのかいあって、今じゃノーサンブリア一の薬師《くすし》ですからね。でも、努力して築き上げた評判も、こんなふうに悪い噂が流れるとどうなることか。ギルドの中にはお嬢さんの成功を妬《ねた》んでる男たちもいるから」

「なぜほかの薬師と結婚しなかった？　同業者の夫がいれば、この店を守ってくれるだろうに」

「お嬢さんは人に頼った生き方なんかしませんよ。それに、お嬢さんをその気にさせる男もいないし」

サイモンはにやりと笑った。昨夜のリネットにはその気がありそうに見えたが。

「第一、まだ心の傷が治ってませんから」

「心の傷？」サイモンの笑みが薄れた。

「お嬢さんには好きな人がいたんです。黒薔薇《ばら》団の人だったんですけどね。団が出征するときに大泣きし、団が全滅したと聞いてまた泣いてましたね」

誰のことだ？　ダーレイを発《た》ったとき、黒薔薇団には二百人の男がいた。若い農民たち。馬上試合に飽きた戦士たち。一攫千金《いっかくせんきん》を狙《ねら》う三男、四男たちだった。あの中の誰がリネットの心をとらえたのだ？

「お嬢さんはどの求婚者にもいい返事をしなかった。それで、町の連中はすでに男がいるんだろうと考えた。そんなとき、ハメル・ロクスビーがお嬢さんにちょっかいを出しはじめ、司教がやめるように警告したもんだから……」

「町の連中は間違った結論に飛びついたんだな」だが、本当に間違った結論なのか？

〝あなたを愛しているから心配なのよ、サースタン〟

リネットは確かにそう言った。もし彼女が司教の愛人だったとすれば、忠実な使用人にも隠していたのかもしれない。

「食事休憩よ」リネットが疲れ果てた様子のエイキンを従えて入ってきた。

「ああ、くたびれた」弟子は愚痴をこぼした。「もう脚がぱんぱんだよ」

「わたしは背中が痛いわ」台所を横切りながら、リネットは軽く背中をそらした。その仕草が胸のふくらみを強調した。

ドルーサがサイモンの視線に気づき、笑った。サイモンはあわてて目をそらした。真っ赤な顔で立ち上がり、ベンチをリネットに譲った。

リネットは微笑を返し、彼の脇《わき》をすり抜けて腰を下ろした。薔薇の香りが彼の鼻孔をくすぐった。

「腹ぺこで死にそうだよ。何か食べるものはある？」エイキンが尋ねた。

「鶏《とり》のスープがあるよ」ドルーサは小走りで炉へ向かった。「パンと肉のパイも。サー・サイモンの分も用意してありますからね」

サイモンは眉をひそめた。「昨夜もごちそうになったんだ。今度はわたしにおごらせてくれ」

「これくらい当然ですって。お嬢さんを二度も助けてもらったんだから」

「お役に立てて光栄だ」

「あなたに食べてもらえたら、わたしたちも光栄だわ」リネットが言った。

「ありがとう」サイモンは腰を下ろしたが、くつろげなかった。目を上げるたびに、視界がリネットで満たされた。彼女の顔を見るだけで胸が詰まった。

「食べ終わったら、〈ロイヤル・オーク〉に行って、エールをもらってくるよ」エイキンが申し出た。

リネットはため息をついた。「この時間だと、ティリーは忙しいんじゃない？」

「わかってるけど」エイキンはこぼれたエールを指先でたどった。「少なくとも、顔は見られるだろ」

弟子のつらい心情が、リネットにはわかりすぎるほどわかった。彼女自身、サイモンを遠くから眺めることで夢を育《はぐく》んできたのだから。

「邪魔しないよう気をつけるんだよ」ドルーサが注意した。「あんたのせいでティリーが仕事にならないって、女将《おかみ》さんに文句を言われたくないからね」

「その心配はないよ。彼女は僕に目もくれないから。とくにハメル執行長官が来てるときは」

リネットはぎょっとした。「あの人、よくあそこに来ているの？」

「あちこちに出没してるよ、ハメルは。只飯《ただめし》とエールにありつけるところならどこだって」

サイモンはドルーサから鉢を受け取った。「あの男が執行長官とは驚きだね」

「一月から、臨時で執行長官の代役を務めているだけよ」リネットは説明した。「ターンブル執行長官は盗賊を追跡している最中に殺されたの」

「もしその盗賊がわたしや友人たちを襲った連中なら、これ以上の悪さはできないはずだ……地獄以外ではね」

「盗賊を殺したんですね？」シチューを頬張りながら、エイキンは尋ねた。

「一人を除いて」サイモンは顔をしかめた。

リネットは彼の腕に触れた。「罪の意識を感じることはないわ。相手は盗みを働き、多くの商人を殺した悪党だもの。ジョン・ターンブルが死んでからは、ますます暴れ方がひどくなっていたの」

「ハメルは何も手を打ってないのか？」

リネットが眉をひそめた。「努力している、と本人は言っているけど」

「あいつは女たちの気を引くのに忙しいのさ。あいつの家にはしょっちゅう女が出入りしてるって噂だよ」エイキンは羨望《せんぼう》のため息をついた。

「まあ、盗賊たちもこれでおしまいだろう」サイモンは言った。「残念なのは一人逃がしてしまったことだ。あの男、大聖堂で見た覚えがあるんだが」

「坊さんの盗賊？」ドルーサがあきれた声をあげた。

エイキンがくすくす笑った。「あそこじゃ戦い方は教えてないよ」

教える？　そうか、あの男は修道士ではなく、学生だったのかもしれない。サイモンは記憶をたどった。しかし、問題の男をいつ見たのか、正確なことは思い出せなかった。「とにかく次に会ったら、すぐにあの男だとわかる」

「戦いはどうだったんです？」エイキンは匙《さじ》を下ろして身を乗り出した。

「あっさり終わったよ。向こうは腰抜けばかりだったから」サイモンは顔をしかめた。「しかし妙だな。あの連盗賊は冬じゅう盗みを働いていたというが、あの連中は痩《や》せこけていて、ろくに武装していなかった」

「僕も騎士になりたいな」エイキンは唐突に言い出した。

リネットはため息を押し戻した。サイモンが同情の視線を投げてよこした。

「詩に歌われているほど楽しい生き方じゃないぞ。自分の土地がなければ、他人に仕えるしかないし」

「だとしても、鎖帷子《かたびら》を着た男くらいかっこいいものはありませんよ」

サイモンは苦笑した。「今度、わたしの鎖帷子を着てみるか？」

「いいんですか？」エイキンの目が丸くなった。

「できれば、ティリーにも見せたいんだけど」

「厚かましい子だね」ドルーサが叱《しか》った。「さっさと食事をすませて腰をお上げ。まったく、ティリー、ティリーって」

その後は、お代わりを尋ねるドルーサ以外、誰も口をきかなかった。しかし、気まずい沈黙ではなかった。鉢を空にしたエイキンは、宿屋へ出かけていった。今夜の料理を知りたいから、とドルーサも一緒に行ってしまった。

不意にリネットはサイモンと二人きりであることを意識した。台所が急に狭くなった気がした。彼女はそそくさと鉢を集め、流しへ運んだ。「エイキンがうるさく質問してごめんなさい。あの子、本当は薬師になりたくないのよ」

「残念だな」すぐ後ろからサイモンの声が返ってきた。「あの細い体じゃ兵士には向かないんだが」彼の腕がリネットの腕をかすめた。

リネットは鉢を手にしたまま動けなくなった。体がかっと熱くなり、肌がざわついた。

「質問されるくらい、かまわないさ。あの年ごろの若者が戦いや殺しに関心を持つのは普通のことだ」

なんてことない会話でしょう。話に集中して。わたしが動揺していることを彼に悟られてはだめよ。

「エイキンもあなたの言うことは聞くものね」リネットは鉢を置き、布巾《ふきん》で手を拭《ふ》いた。「父が亡くなってから、あの子には手を焼いていたの」手も声も震えている。なんとかして震えを止めなければ。

「たぶん、あまり年の離れていない女に命令されるのがいやなんだわ」

「なぜそんなに緊張しているんだ？」

「な、なんでもないわ」リネットは振り返った。

サイモンは彼女の瞳をのぞき込んだ。「何か隠しているな」

隠しているわよ、いっぱい。「どういう意味かしら?」

サイモンの瞳が細められた。「昨夜、君の声を聞いた。サースタンに愛していると言っていたな」

リネットの唇から安堵《あんど》の息がもれた。「そうよ。彼は大切な友人だったんだもの」

「あの男は嘘つきのぺてん師だった」

リネットはあえぐように息をのんだ。「彼からあのことを聞いたの?」

「わたしが彼の息子だということをか?」サイモンの表情がさらに暗くなった。「いや、そのことは十字軍に同行していた聴罪師から聞いた。それから三年間、わたしは待ちつづけたんだ。君の大切な友人と対決し、あいつの口から――」

「サースタンを憎んでいたのね」リネットはつぶやいた。

「あの男のせいで、嘘にまみれた人生を送ってきたからな。わたしはエドマンド卿の遠縁の息子だと言われてきた。だが実際は、禁欲の誓いを破り、どこかの哀れな使用人を孕《はら》ませた身勝手な坊主の婚外子だったんだ」

「身勝手だなんて。彼は善良で優しい人だったわ」

「神との誓約を破り、わたしの母親を辱め、わたしを引き取ろうともしなかった男だ」

「きっと彼なりの理由があったのよ」

「ああ。己の評判を守るという理由がな」

あなたの評判もよ。リネットは思ったが、今のサイモンには聞く耳などなさそうだった。それほど彼は怒っていた。傷ついていた。「昨夜サースタンと会ったとき、彼を憎んでいることを話したの?」

「わたしは真実を知っていると言ってやった。そして、母親のことが知りたいと迫った。だが、あの男は答えようとしなかった」

「それほど驚いていたのよ。あなたは戦死したと思われていたから。あの知らせが届いたとき、彼はとても嘆き悲しんだの。発作で倒れるほど——」

「わたしに評判を汚されるのが怖かったんだろう」

「それは違うわ。彼はあなたを愛していたのよ」

「愛していればこそ、わたしを無視した、か？」サイモンは顔をそむけた。

「わかってないのね、彼の本当の気持ちが」かっとなったリネットは彼の腕をつかんだ。だが、その怒りの裏にひそむ苦痛に気づき、言葉が続かなくなった。長引く沈黙が次第に重さを増していった。リネットは二人の近さを意識した。毛織りの袖《そで》を通して、彼の腕のぬくもりと筋肉の固い感触が伝わってきた。

サイモンの瞳がわずかに細められた。怒りの表情は、より危険な何かに変わりつつあった。

裏口の扉が叩《たた》かれ、アンセルムが顔をのぞかせた。

「まずいところに来てしまったかな？」

「いいえ」リネットはサイモンの腕を放した。

サイモンは無表情で彼女から後ずさりをした。


「何かわかったんですか、ブラザー？」

「使用人たちは？」アンセルムは声をひそめた。

リネットは身震いした。何かよくないことが起こったに違いない。「二人とも、宿屋へ行っているわ。ただ、いつ戻ってくるかわからないけど」

「では、庭でも散歩するとしよう。今日は一日こもりきりだったからな」

三人は小さな門を抜けて庭園へ出た。高い石塀を巡らした庭園の中は、店と同じくらいの広さがあった。なかなかまどの木を中心に車輪の形に造られた花壇が、細い砂利道で仕切られている。

アンセルムが立ち止まった。バジルを摘み取り、鼻に近づけて深々と香りを吸い込んだ。

サイモンはじれったそうに身じろぎをした。「サースタンの死因はなんだったんです？」

アンセルムはふっと息を吐き、バジルを地面に落とした。「正確なことはわからん」

「でも、何かわかったから、ここへ来たんでしょう?」リネットは指摘した。

「ああ、司教の遺体はさまざまなことを教えてくれたよ。三つのことがおこなわれた。どれも死因になりうるものだった」アンセルムは再び歩きだした。

「リネット、あんたが推測したとおり、彼は鳥兜《とりかぶと》の毒を盛られていた」

「鳥兜?」サイモンは怪訝《けげん》な顔をした。「ベラドンナじゃなかったのか?」

「まあ、聞きなさい。司教が毎夜飲んでいた薬草入りのブランデーには、鳥兜が含まれていた」

リネットのみぞおちが締めつけられた。アンセルムはサースタンが自ら毒を盛ったと考えているのかしら? 膝から力が抜け、彼女は小さなベンチに座り込んだ。

「彼は鳥兜のせいで死んだんですか?」サイモンは尋ねた。

「そのせいで体が弱っていたのは確かだ。飲みつづければ、最終的には死に至っていただろう」アンセルムはつぶやいた。「だが、頭の傷もある」

「倒れて机にぶつかった、というのがオリヴァーの意見でしたね」

「そうかもしれんが、傷が深すぎる。誰かに強い力で突き飛ばされた可能性のほうが高い」

「それが死因なの?」

「かもしれん。しかし、証拠はもう一つあるんだ。力ずくでベラドンナをのまされた痕跡《こんせき》が」

「力ずくで?」リネットは身震いした。

「鳥兜ではなく?」サイモンが問い返した。

「そうだ」アンセルムの額に皺《しわ》が刻まれた。「これで彼の死因が断定できない理由がわかっただろう」

サイモンはうなずいた。「その三つのどれもが死因になりうるわけですね。ただし、鳥兜だともっと時間がかかったはずだが」

「まず誰かが、サースタン司教が苦しみながらじわじわと死ぬことを願っていた」アンセルムはむっつりと言った。「そして、誰かが司教を突き飛ばした。おそらく、かっとなってのことだろう」

サイモンは首をかしげた。「で、ベラドンナは？」

「これがまた厄介な謎《なぞ》だ。鳥兜を盛った者がしびれを切らし、ベラドンナを使ったのかもしれん」

「あるいは、まったく別の人間かも」リネットはつぶやいた。

「助祭長の意見は？」サイモンは尋ねた。

「彼にはまだ鳥兜のことは話しとらん。知っているのは我々三人と副院長だけだ」

リネットは膝の上で両手の指を絡ませた。サースタンに鳥兜を売ったことは店の記録に残っている。あれを見られたら、わたしが犯人にされてしまう。記録を書き換えるべきかしら？

「鳥兜を盛ったのはわたしではない」サイモンは抗議した。「昨日戻ったばかりなんだから」

「そうなんだが」アンセルムはため息をついた。「助祭長はすでに、君とリネットの共謀説を言いふらしとるらしい」

リネットは愕然《がくぜん》とした。クリスピンの読みは完全に的外れとは言えない。もし彼女とサイモンの関係が明るみに出たら。もし彼女が子供を産んだことが、サースタンがその子のもらわれる先を手配したことが知れたら……。

「そんなのはでたらめだ」サイモンは声を荒らげた。

「まあ、落ち着きなさい。副院長もわたしもそんな説は信じておらん。助祭長は事件を早急に解決することで、自分が司教の後任にふさわしいことを証明したいんだよ。君たちは手ごろな容疑者というわけだ。生きている司教に会った最後の二人だからな」

「レディ・オデリーンはどうなんです？」サイモンはきつい口調で問いただした。

「彼女は自分が見つけた時点で司教はすでに倒れていたと言っとる。それに、司教に死なれて一番困るのは彼女だ。一方、リネットは薬師で毒の知識がある。サイモン、君は戦士だ。問題解決のために暴力を行使する訓練を受けた男であり、司教が認知しなかった息子でもある」

「クリスピンはそのことを知っているんですか？」

「いや。だが、もし知ったら――」

「我々は逮捕され、ただちに縛り首ですね」サイモンはため息をついた。「サースタンのような男には敵が大勢いただろうに」

「皆が皆、賞賛していたわけではないが、表立って司教に歯向かう者はそう多くなかった」

「ブラザー・オリヴァーの話だと、昨日は来客が多かったそうよ。その中にサースタンと揉《も》めた人がいて、決着をつけに戻ってきたのかもしれないわ」

「考えられることだ」アンセルムは言った。「ウォルター副院長は大聖堂の内部で暮らす全員を尋問して、何か見聞きした者はいないか探すつもりらしい。ターンブルが生きていれば、司教を訪問した町の連中から話を聞き出せただろうが、ハメル・ロクスビーではな。ああいう無礼な態度で尋問されたら、誰もしゃべりたがらんだろう」

「そもそも尋問する気があるかどうか」サイモンは苦々しげに吐き捨てた。「ハメルにとっては、わたしを縛り首にできるまたとない機会ですからね」

助祭長の激しい憎悪とハメルの冷酷さを思い、リネットはぞっとした。「何かわたしたちにできることはないかしら？」

「そうだ、犯人捜しに協力するんだ。司教に恨みを抱いていた人間たちの名前を教えてください。きっと犯人を捜し出してみせる」

「しかし、助祭長がなんと言うかな」アンセルムは花壇の間を行きつ戻りつした。「ウォルター副院長においうかがいを立ててみるか。彼の許可が出たら、ブラザー・オリヴァーから昨日司教を訪問した者たちの名簿を入手しよう」

「お願いします、ブラザー」サイモンは答えた。

「明日、連絡する。しかし、一つだけ忠告したい。リネットはダーレイの人々にとって、君はよそ者だ。彼女が一緒のほうが、彼らの舌も滑らかになるかもしれない。それに、今度の件が片づくまで、彼女を一人にしたくないのでね」

サイモンはうなずき、彼女を見下ろした。「では、我々は犯人捜しの相棒というわけだ」

「くそ、あいつら、なんの話をしているんだ？」ジェヴァンが答えを急《せ》かした。

ロブ・フィッツヒューは日差しを手で遮り、〈ロイヤル・オーク〉の屋根裏から薬種店の庭にたたずむ三人を眺めやった。「この距離じゃわからないな」

「やつが何をしているのか、どうしても知りたい」

おれの知ったことか。ジェヴァンの険悪な表情に気づき、ロブはその言葉をのみ込んだ。「暗くなったら、やつの胸に短剣を突き立ててこようか？」

ジェヴァンは凶暴な笑みを浮かべた。「そそられる提案だが、やつを始末するには慎重さと時機が重要だ。今はとにかくサイモンの行動を見張ってろ」

「店の外はハメルの子分のエリスが見張ってる」

「手回しがいいな」

ロブは肩をすくめた。ネルダばあさんに縫ってもらった肩の傷口が引きつれ、思わず顔をしかめた。

「やつはおれにとっても敵だ。ネルダばあさんの話じゃ、この腕はそのうち動かなくなるんだと」

「やつに仕返しするのはいい。ただし、僕のやり方でやるんだ。いいな？」

ロブはため息をついた。「心配すんな。ちゃんと見張るから」

7

誰かが見ている。

視線を感じたサイモンは庭全体を見渡した。

「施療院で九時課をすませたら、ブラザー・オリヴァーに訪問者の名簿のことを頼んでみよう」アンセルムは言った。

「助かります、ブラザー」サイモンは草むらの先の宿屋を見やった。一つ一つの窓を確かめていくうちに、屋根裏の窓で視線が止まった。薄暗い窓枠の中に、白い顔が浮かんでいた。サイモンの視線に気づいたのか、その顔はすっと消えた。

ティリーが屋根裏に何か取りに行ったのだろうか？　あるいは、ハメルが我々を見張らせているのか？

「戸口まで送りましょう」サイモンは二人に先へ行くよう身振りで合図した。リネットとアンセルムが台所に入るのを待って、宿屋を振り返った。

まただ。屋根裏の窓に顔が見える。

台所に入ったサイモンは扉に閂《かんぬき》をかけ、店の正面へと急いだ。リネットとアンセルムは別れの挨拶《あいさつ》をしているところだった。通りに人は少なく、重い籠《かご》を抱えた女二人と、パイを売り歩く行商人、驢馬《ろば》に引かれた荷車が一台見えるだけだ。通りの向かいにある胡椒《こしょう》店の前に物乞《ものご》いが座っていた。いや、物乞いを装った男と言うべきか。

「わざわざ知らせに来てくれてありがとう。でも、助祭長の怒りを買うような無茶はしないでね」リネットが言った。

「助祭長は司教代理を演じるのに忙しいから」アンセルムは苦々しげにつぶやき、サイモンに目を向けた。「気をつけるんだよ、二人とも」

「そうします」サイモンは扉を閉め、閂をかけた。

「どうかしたの？」薄暗い店の中で、リネットの顔が青ざめて見えた。

サイモンはためらった。女性を怯《おび》えさせるのは彼の流儀に反するが、リネットリネットには勇気がある。実際、には勇気がありすぎて、単身危険に飛び込みかねないほどだ。「我々は見張られている」

茶色の瞳が見開かれた。「ハメルに？」

「外にいる物乞いはハメルの子分だろう。物乞いにしてはやつれていないし、靴底に穴が一つも開いていなかった」宿屋の窓については、調べてはっきりするまで言わないでおこう。「これから城へ行ってくる」こんなとき、ニコラスやガイやほかの連中がいてくれたら。ハメルが力ずくで店に押し入ってくる場合も考えられる。ウルフズマウント城の隊長が守りの兵士を貸してくれるといいのだが。

留守中リネットをどうするべきか。とっさに思い浮かんだのはワーリン・セルウィンの顔だった。サイモンは昨夜、ワーリンとエールを酌み交わしていた。そのときの印象では、正直で嘘《うそ》が嫌いな男のように思えた。「わたしが留守にする間、君は宿屋のエリナーのところにいてくれ」

リネットは憮然《ぶぜん》とした顔つきになった。「わたしはここにいます」

石頭め。「ハメルはわたしが立ち去るのを待って、君に尋問するつもりかもしれない」

リネットは身震いし、肩を落とした。「わかったわ」

いや、君には事の深刻さがわかってない。彼女を抱擁し、慰めてやりたい衝動が襲ってきた。サイモンはその衝動を振りきり、彼女とともに外へ出た。

「セルウィン夫婦は頼りになる人たちなんだろうな？」

「もちろんよ」リネットの足が止まった。「あなたこそ、一人で大丈夫なの?」

気にしてくれるのか。サイモンは笑みを噛《か》み殺した。「ああ」

エリナーは厨房《ちゅうぼう》で玉ねぎを刻みながら、ドルーサとおしゃべりをしていた。彼女はたちまち包丁を放《ほう》り出した。「なんかあったの?」

「いや、別に」サイモンはリネットの背を押して厨房に入り、扉を閉めた。「これからウルフズマウント城へ行き、わたしが生還したことを知らせてくる。その間、リネットをここに置いてもらえないか?」

エリナーの微笑が薄れた。「やっぱり、なんかあったんだね」

「違うわ」サイモンに不安げな視線を投げて、リネットはため息をついた。「ハメルがうちの店を見張らせているみたいなの」

「じゃあ、ここに連れてきて正解だわ」エリナーは言った。「ハメルは執行長官に任命されたがってるから、うちの人の前で無茶はしないでしょ。うちの人、参事会員だからさ」

「昨夜、本人から聞いたよ」サイモンはリネットに微笑《ほほえ》みかけた。「一時間で戻る。そうだ、出かける前に、君がここにいることをワーリンにも知らせておこう」

「別にそこまでしなくても」

「いや、大切なことだ」一瞬、二人の視線がぶつかった。リネットの瞳には、痛ましいほどの感情が渦巻いていた。彼女は友人を失い、その殺害容疑をかけられているのだ。どれほど恐ろしく、心細い思いをしていることか。サイモンのみぞおちが締めつけられた。いつもの保護本能だけではない。彼は心からリネットの身を案じていた。

くそ。わたしは大ばか者だ。

自己嫌悪を感じつつ、サイモンは酒場に通じる扉に向かった。が、途中であることを思い出し、引き返した。「エリナー。薬種店に目を配れるよう、屋根裏の部屋へ移りたい。あそこからなら、店の裏手が一望できるだろう？」

「悪いけど、あそこは空いてないんだわ」

「誰が借りているんだ？」

「ジェヴァン・ル・コイト。司教の甥《おい》よ。教会書記になるための勉強をしてるんだけど、たまに息抜きが必要なんだってさ」エリナーは片目をつぶった。「あたしの言う意味、わかるでしょ？」

「ああ」サイモンは驚かなかった。サースタンの甥なら、教会の規律を破るくらい平気でするだろう。「あれほどの美男子だ。女が放っておくわけがない」

「あの人には母親がべったりくっついているから」リネットが言った。「夕方になると、よく親子で川沿いを散歩しているらしいわ」

「オルフが姿をくらました話は聞いた？」エリナーは尋ねた。

「オルフはネルダばあさんの息子なの」リネットは説明した。「薔薇《ばら》園の世話係としてサースタンに雇われていたのよ」

「なぜ自分を憎んでいる女の息子を雇ったりしたんだろう？」

「気の毒に思ったんでしょうね。ネルダばあさんは堕胎を裏の商売にしていたの。ところが、患者の一人が命を落としかけて。助祭長は縛り首を主張したんだけど、サースタンはそこまでする必要はないと言って、彼女が町の中に住むことだけ禁じたのよ」

サイモンは顔をしかめた。えらく寛大な処置だな。司教は狭量で欲深い男だと思っていたんだが。「なるべく早く戻る」リネットにうなずきかけながら、彼は酒場へと続く薄暗い廊下に入った。

廊下の途中には外へ通じる扉があり、その反対側には客室へ続く階段があった。客の安全のために、外へ通じる扉には日没から夜明けまで鍵《かぎ》がかけられるということだった。ちょっとジェヴァンの部屋をのぞいてみるか。そんな考えもよぎったが、まだ手の内は見せないほうがいいと考え直し、サイモンは廊下を進みつづけた。

宿屋の酒場は水漆喰《しっくい》の壁に囲まれた細長い部屋だった。通りに面した四つの窓から日差しが流れ込み、壁際の大きな暖炉では火が陽気にはぜていた。時間が時間だからか、人は少なく、十二あるテーブルのうち、三つが埋まっているだけだった。奥の架台には男が二人立ち、ワーリンと言葉を交わしていた。

「おっと、噂《うわさ》をすればだ」ワーリンが叫んだ。

男たちが振り返った。とっさに剣に手を伸ばしたサイモンは、彼らの正体に気づいて笑顔になった。

「ガスパー。ピアーズ」

ガスパー・ル・ヴァリスは部屋を横切って突進すると、すさまじい力でサイモンを抱擁した。「またおまえの元気な顔が拝めるとはな！」

「元気どころか、窒息しそうだ」サイモンは苦しそうにあえぎつつ、ピアーズに向かって片目をつぶった。

ガスパーよりも長身で痩躯《そうく》のピアーズ・デュ・ボナールは、浅黒い顔いっぱいに笑みを浮かべた。

「おかえり」

サイモンはガスパーの太い腕から逃れ、かつてともにウルフズマウント城を守った友人たちに、にんまり笑いかけた。「ただいま」

「ほかに戻った者は？」ピアーズが尋ねた。

「城に仕えていた連中は誰も」サイモンは声を落とした。「おまえたちが知っていそうなのは、ヘイウェルのヒューとヘンドリーのニコラスくらいだ」

「来いよ」ガスパーは彼の背中を叩《たた》いた。「エールをおごろう。聖地の土産話を聞かせてくれ」

「ぱっとしない話でもよければな。ただし、今は時間がないんだ」

「何かあったのか？」ピアーズが問いかけた。

サイモンは周囲を見回し、友人たちを促して、ほかの客から最も離れたテーブルへ向かった。三人分のエールを運んできたワーリンにも、話に加わってくれるよう頼んだ。

「東方遠征がらみの問題か？」ガスパーが口火を切った。

サイモンは首を振った。「司教が亡くなったことは知っているな？」男たちは重々しくうなずいた。三人とも、司教の死を心から悼んでいるようだった。

「ウィリアム・フィッツアレンがエドマンド卿《きょう》に悲報を伝える使者を立てた」ピアーズが言った。

「だが、彼は葬儀には戻ってこられないだろう。カレーに急ぎの用があるから」

手ごろな口実だ、とサイモンは思った。エドマンド卿が本気で司教の死を悼むとは考えにくい。彼らは町の二大実力者としてつねに衝突してきたのだから。「ウィリアム・フィッツアレンはまだ城の騎馬隊長をやっているのか？」

「いや、今は守備隊長だ」ガスパーはふんと鼻を鳴らした。「国王気取りで威張ってやがる」

サイモンはため息をついた。「城の守備隊から人手を借りられればと思っていたんだが、ウィリアムでは力になってくれないだろう」

「あいつはいまだに、馬上試合でおまえに負けたことを恨んでいるからな」ガスパーが答えた。

「なぜ人手が欲しいんだ？」ピアーズが質問した。

「護衛のためだ」近くに人がいないことを確かめてから、サイモンは身を乗り出した。三人に沈黙を誓わせたうえで、サースタンが殺された可能性について説明した。「死因はまだ特定されていないが、生きている司教に最後に会った人間という理由で、わたしとリネット・エスペサーが疑われている」

ガスパーは顔をしかめた。「ばかばかしい。なんでおまえたちが司教を殺すんだ？」

「まったくだよ」サイモンはつぶやいた。「だが、助祭長は事件を早期に解決することで、自分の能力を証明したがっているらしい」

「助祭長め」ガスパーは息巻いた。「あの男にとっちゃ、祈り以外のすべてが罪なのさ。あんなのが司教になったら、町じゅう不満だらけになるぞ」

「サースタンだって、暴君のごとく教区に君臨していただろう」サイモンは指摘した。「エドマンド卿も司教は分をわきまえていないとこぼしていた」

「確かに、司教には強引なところもあった。神よ、彼に安らぎを」ワーリンが十字を切った。「だが、あれほど先見の明のある人物はいなかったよ。少なくともその点に関しては、町のみんなも同意するだろう。町がここまで発展したのは、司教の手腕と才覚のおかげだ。もちろん、エドマンド卿の有能な守備隊のおかげもあるが」

「エドマンド卿も同じ意見だと思うね」ピアーズが口を開いた。「確かに、司教のやり方については不満があったようだ。それでも、彼と司教、二人の力があればこそ、ダーレイは発展したんだ」

その点はサイモンも認めざるをえなかった。彼がいなかった四年の間に、町はさらに大きくなっていた。「助祭長が次の司教になろうがなるまいが、知ったことじゃない。問題はわたしの嫌疑を晴らすことだ。ウォルター副院長が教会内の調査を指揮しているが、ハメル・ロクスビーも動きだしている」

「あの男とおまえは犬猿の仲だったよな？」ピアーズは尋ねた。

サイモンはうなずいた。「わたしが生還したことを喜んではいなかったな」

「おまけに、あいつはリネットに目をつけている」

ワーリンが吐き捨てた。

「彼女は司教の愛人だったんだろう」サイモンはぼそぼそ言った。

「助祭長が流した根も葉もない噂さ」ワーリンはしかめっ面になった。「リネットは昔から女房のいい友人だった。断言するが、彼女と司教の間に友情以上のものはなかったよ」

わたしもワーリンのように確信が持てたら。できればリネットを信じたいが、彼女は何かを隠している気がする。「フィッツアレンはわたしに兵士を貸してくれると思うか？」

「兵士を借りるのがおまえだと知らなければな」ガスパーは答えた。

「しかも、今は城も人手不足なんだ」ピアーズが付け足す。「四人の騎士と五十人の兵士が、エドマンド卿のお供でロンドンへ出かけた。昨日はレディ・イザベラがサー・ガイなる人物とともに彼を追って旅立たれ、そのお供としてさらに二十人が減った」

サイモンはため息をついた。ガイとエドマンド卿の継娘がロンドンへ向かったことは、書き置きを読んで知っていた。あとはニコラスが女遊びを切り上げて、宿へ戻ってくることを祈るしかない。

「わたしの兵士を貸してやろうか」ピアーズが扉に近いテーブルに座っている二人を指さした。「二人とも、腕が立つし知恵も回るぞ」

「恩に着るよ。もちろん、彼らの食費はわたしが持つ。一日に二ペニーの賃金も払う」

雇ったばかりの護衛たちとともに宿屋をあとにしながら、サイモンはジェヴァンが使っている屋根裏を見上げた。窓にちらりと顔が見えた。彼はもう少しで手を振りそうになった。わたしの従弟《いとこ》。ジェヴァンとオデリーンはわたしが親戚《しんせき》であることを知っているのだろうか？　いや、まさかな。サースタンは己の罪を身内にも隠していたに違いない。

リネットは作業場に立ち、開いた戸口を通して二人の兵士をにらみつけた。ジャスパーとマイルズは台所のテーブルに着き、羊肉のシチューを貪《むさぼ》っていた。「ばかばかしいったらないわ」

「確かに。日当二ペニーのうえに食事までつけたのは気前がよすぎたな」サイモンは切り返した。

「わたしがばかばかしいと言ったのは、あの人たちがここにいることよ。いったいどこに寝かせればいいの?」

「一人は裏口の床で、もう一人は正面の出入り口の床で寝る。寝袋もワーリンから借りてある」

「商売の邪魔だわ」

「昼間は一人に店先を見張らせ、もう一人には庭を巡回させる」

「お客が怯えてしまうじゃないの」

サイモンは首をかしげてにんまり笑った。「むしろ、若い女の客が増えるんじゃないか」

「あなたってサースタン並みに質《たち》が悪いわ。人に命令ばかりして」

サイモンの表情がこわばった。「わたしはあの男とは違う」

いいえ、そっくりよ。たとえば目。色は灰色より緑がかっているけど、形はサースタンと同じだわ。傲慢《ごうまん》そうないかつい顎も同じ。そして、主導権を握りたがるところも。

「君にはジャスパーとマイルズをつけたことだし、これで安心してブラザー・アンセルムに会いに行ける」サイモンは言った。

ほらね、自分より弱そうな人間を守りたがるところもサースタンそっくり。わたしは弱くなんかないのに。「わたしも行くわ。あなたが連れていってくれないなら、一人ででも行きますから」その言葉を証明するかのように、リネットはマントを手に取った。戸締まりをエイキンに言いつけ、ぶつぶつ言うサイモンの先に立って正面の出入り口へ向かった。

通りの向かいには、まだ物乞いの姿があった。二人が店から出てくると、物乞いは弾《はじ》かれたように視線を上げた。泥で汚れた顔の中で、目だけがぎらぎらしていた。

リネットはささやいた。「あの人、ハメルと一緒にいるところを見たことがあるわ」

サイモンはむっつりとうなずき、彼女の腕を取って歩きだした。

肘を包む大きな手のひらの感触が、リネットの肌を刺激した。口の中が乾き、心臓が激しく高鳴った。サイモンは礼儀正しくふるまっているだけよ。そう自分に言い聞かせても、夕闇《ゆうやみ》迫る通りを腕を組んで散策する恋人たちを見ると、自分たちも恋人同士であればいいのにと願わずにいられなかった。

「こっちだ。早く」サイモンは彼女を引っ張るように製鉄所前を通り過ぎた。「おかしいな。この道からキャッスルゲートに出られると思ったんだが」

「そのとおりよ。町が発展して、空き地だったところも民家や店で埋まってしまったの。でも、抜け道があったはずだわ」リネットはパン屋の先の路地へ向かった。「ここよ」

肩ごしに背後を確認してから、サイモンは彼女に続いた。「ひどいところだな」雨でぬかるんだ路地の両側に、小屋がひしめき合っていた。食べ物の腐臭が漂う中、赤ん坊の泣き声とわめき声が聞こえた。

リネットは鼻を手で覆って先を急いだ。スパリアゲート通りに出て、やっと息をついた。「あの路地はめったに通らないんだけど、たまに通ると、自分は恵まれているんだなって思うわ」

サイモンはうなずいた。「東方ではもっと悲惨な光景も見た。貧困。病。絶望。でも、故郷で似たような光景を見ると、余計に胸が痛む」リネットの腕を握っていた手に、わずかに力がこもった。「君はああいう場所に入ってはだめだ。ああいうところに住む連中は食べ物目当てに人を殺しかねない」

「食べ物なら救貧院で手に入るわ。あそこでは、いつもスープやパンがもらえるのよ」

「誰がそんな気前のいいことをしているんだ？」

「サースタンが商人たちを説得し、建物の改装費と食料の調達費を出させたの」

「どうやって？」

「さあ。最初は文句が出たらしいわ。商人の中には一ペニーさえ出し渋る者もいるから」

「司教を恨んだ者もいたんじゃないか？」

「いたかもね。でも、救貧院ができたのはもう二年も前の話よ」

「そうか」サイモンはいきなり彼女の腕を引いて道から外れた。閉まった店の戸口に彼女を押しつけ、彼女に背中を向けて、剣に手を伸ばした。


「あの物乞い、まだ尾《つ》けてくるの？」

「いや、あいつはまいたと思う。だが、先へ進む前に確認しないと」

「そうね」リネットは大きな背中を、広い肩を、チュニックの袖《そで》を押し上げる筋肉を見つめた。見るからに無敵という感じだ。でも、この戦士の体には、傷ついた孤独な魂が隠されている。ぬくもりと愛情を知らずに育った魂が。この引き締まった腰に両腕を回したい。愛の力で癒《いや》してあげたい。

「行くぞ」サイモンはささやいた。

リネットはうなずき、彼のあとを追った。

大聖堂の門は閉ざされていたが、二人を見た番人はすぐに門を開けた。「副院長どのからうかがっています。今、植物標本室へ案内しましょう」

「案内はけっこうよ」リネットはサイモンの先に立ち、建物の裏手へ回り込んで、薬草園の中にある石造りの小屋へ向かった。

「のどかな場所だな。この世に悪があることを忘れてしまいそうなくらいだ」サイモンがつぶやいた。

「わたしも同じことを考えていたわ」

いかつい顔が一瞬和んだ。「だんだん気が合ってきたかな」

「そのようね」リネットがにっこり笑うと、彼も笑顔になった。そのとき、アンセルムが扉を開けた。

「ああ、やっと来たか」

「お待たせして申し訳ない」小屋の中へ案内されながら、サイモンは謝った。

「いや、君たちが遅れたわけじゃない。ただ、みんな少々ぴりぴりしているもんでね」アンセルムは隅の暖炉へ視線を転じた。その前に、背中を丸めたオリヴァーが座っていた。「ブラザー、来ましたよ」

振り返ったオリヴァーの頬は涙で濡《ぬ》れていた。

「司教が亡くなられたなんて、いまだに信じられません」

「ええ、わかります」アンセルムは書記の肩にそっと手を置いた。「司教を殺した者を捕らえるのは、我々の務めだ。来客の名簿は持ってきてもらえましたか?」

オリヴァーはうなずき、袖の中から丸めた羊皮紙を取り出した。「ついでに、司教の面会記録も持ってきました」

アンセルムはその二枚を作業台に広げ、小さな壺《つぼ》で四隅を固定した。全員が名簿を取り囲んだ。

「一日にこれだけの人間と会ったんですか?」サイモンが尋ねた。

「ええ、司教はいつもご多忙でした」

「わたしとリネットの名前が載っていない」

オリヴァーは鼻を鳴らした。「あなたたちは面会の予約を取ってなかったでしょうが」

「ほかに予定外の客はありましたか?」

「お昼にレディ・オデリーンがいらして、司教と食事をなさいました」

「ふうむ」サイモンはこう言っただけだった。

オリヴァーの唇がすぼまった。「同じ兄妹《きょうだい》でも、司教やキャサリン院長とは大違いですよ。あの方は次から次と醜聞を起こしてきた。まずは大酒飲みのろくでなしと駆け落ちでしょう。そのろくでなしはあの方の財産を賭《かけ》ですり、幼いジェヴァンを残して死んでしまいましたがね。その後は、妻ある男性と浮き名を流しつづけて」彼はあきれ顔で天井を仰いだ。「最後の相手が国王の叔父で、そのために宮廷を追われたんです。サースタン司教が情けをかけてくださらなかったら、今ごろは母子《おやこ》ともども飢え死にしていたことでしょう」

サイモンはうなずいた。「そういえば、己の今後について気を揉《も》んでいる様子だった」

「当然ですね」オリヴァーは吐き捨てた。「次の司教があの方を館《やかた》に住まわせ、ジェヴァンの学費を払ってくれるとは思えません」

「つまり、彼女にはサースタンの死を望む理由がないというわけか」サイモンは結論づけた。「ほかに名簿に載っていない来客はありませんでしたか?」

オリヴァーは眉をひそめた。「来客ではありませんが、庭園でオルフと一時間ほど過ごされました」

「その庭師は姿を消したとか」

「あの男は頭が弱くてな。助祭長からきつい尋問を受けたせいで怯えたんだろう」アンセルムが答えた。

「オルフは絶対に司教に危害を加えたりせんよ」

サイモンは副院長に目を向けた。「オルフの母親は司教の悪口を言いふらしていたそうです。その女が息子を利用して司教を殺したのかもしれない」

オリヴァーは鼻を鳴らした。「オルフは館に入ることを禁じられています。もし入ろうとしたら、門番が制止したでしょう」

「わかりました」そう答えたものの、サイモンはネルダへの疑いを捨てきれなかった。彼は名簿に目を通し、来客一人一人の用件について質問した。羽根ペンとインクを借り、いくつかの名前の横に書き込みをした。

まさに冷静沈着ね、とリネットは考えた。サイモンの論理的な思考に感心する一方で、その感情の欠如が気になった。父親に対する彼の誤解を解きたかった。認知しなかったとはいえ、サースタンは息子を愛していたのだから。

「助かりましたよ」サイモンは名簿をしまった。

「教会内の調査はどうでした？」

「収穫はなかった」ウォルターが無表情で答えた。

「大聖堂の敷地内に住む者なら、司教のブランデーにも簡単に近づけたはずです。司教を恨んだり、彼の地位を狙《ねら》っていた人間もいるでしょう」たとえば助祭長のように。いや、副院長もそうかもしれない。

「聖職者が殺人を犯すとは思えんね」ウォルターは言った。「問題の時間には、ほとんど全員が食事の席に着いていたのだ」

サイモンは冷静に彼を見返した。「もし何かわかったときは、〈ロイヤル・オーク〉まで知らせてください。わたしは明日、司教と面会した町の人々を訪ねてみるつもりです」

「ええ、わたしたち二人で」リネットはつんと顎を上げて宣言した。

これだから気の強い女は困る。だが、そこがリネットのリネットたるゆえんなのだろうか？　サイモンは誇らしげに輝く茶色の瞳をのぞき込んだ。美と力と名誉の危険な組み合わせ。それがリネット・エスペサーなのだ。

心臓が激しく轟《とどろ》いた。サイモンは自分に言い聞かせた。リネットを好きになってはいけない。それは正気を失うことにほかならないのだから。

8

「日誌は見つからなかったわ」オデリーンが言った。

ジェヴァンは唖然《あぜん》として母親を見返した。「約束したじゃないか」

「わかっていますとも。だから、副院長が立てた見張りがいなくなった隙《すき》に、階下《した》へ行ってみたんでしょう」オデリーンは館《やかた》の三階にある自室の暖炉の前を歩き回った。宮廷にいたときはもっと立派な部屋に住んでいたのに。でも、当時は陛下の叔父の愛人だったんだもの。ここでのわたくしは単なる司教の妹。兄のお情けで住まわせてもらっている厄介者。まったく、最低の立場だったわ。

だけど、それももうおしまい。これからはサースタンに惨めな思いをさせられずにすむ。オデリーンは燃えさしを見つめた。めらめらと燃える炎。もがき苦しむ人間のようだわ。地獄に落ちていく魂のよう。人殺しの罪を償わされているわたくしの魂。

いいえ、あれは事故よ。サースタンを殺したのはわたくしじゃない。あの部屋を出たとき、サースタンはまだ生きていたわ。その後、発作か何かが――。

「たぶん、副院長の仕業だ」

「え？」オデリーンは我に返って振り向いた。「いいえ、わたくしは見張っていたのよ。副院長の部下が部屋から持ち出したのは、酒瓶と杯くらいよ」

「なんのために？　連中、何を疑っているんだ？」

「サースタンが襲われたのか、それとも、自分で倒れて頭を打ったのかで揉《も》めているみたいよ」

「連中は殺しだと思っているの？」

「殺しと決まったわけじゃないわ」オデリーンはあわてて否定した。相手が息子であっても、秘密を打ち明けるわけにはいかない。「でも、生きているサースタンと最後に会ったのはリネットよ。誰かが疑われるとしたら、あの娘だわ」

ジェヴァンはうなずいたが、表情は険しいままだった。「あいつは日誌に証書を隠していた。遺言書が公開される前にあれを見つけないと、ブラックストーン・ヒースは教会のものになってしまう」

「声が大きいわ。サースタンの死でわたくしたちが得することは、誰にも知られないようにしないと」

息子の肩をつかんだオデリーンは、骨張った肩から盛り上がる筋肉を感じて驚いた。小さな息子が大人になりつつあることを知り、寂しさを覚えた。「証書は二人で見つけましょう」

「もし見つけられなかったら？　もし司教があれをサイモンに渡していたら？」

オデリーンは息をのんだ。「その可能性については考えていなかったわ」彼女は眉をひそめて記憶をたどった。サイモンの来訪にサースタンはひどく動揺していた。ちょうど階段を下りていた彼女は、兄の驚きの叫びを聞き、扉の隙間から部屋をのぞき込んで、生き返ったサイモンの姿に愕然《がくぜん》としたのだ。オリヴァーが現れたので、すぐに戸口から離れたが、その間、証書の話は出てこなかった。あのあと、サースタンはサイモンに証書を渡したのだろうか？

「サイモンはどこかに部屋を借りているはずだ」

「でも、勝手に家捜しはできないわ。ハメルに頼んで、見つけてもらいましょう」

「ハメルか」ジェヴァンは不快そうに顔をそむけた。「母上はなぜあんな粗野なごろつきと付き合えるんだ？　僕には理解できないね」

「ハメルにはその方面の権力があるからよ」それに、あの男がわたくしを欲しがっているから。無益な居候の身でも、誰かを操っていると、少しは誇りが癒《いや》されるわ。ハメルはわたくしの欲望を処理する手ごろな相手。でも、それも今だけよ。ブラックストーン・ヒースの女主人になったら、新しい相手を探さなくては。富と権力を持つ男を。そうすれば、ドレスも宝石も思いのまま。二度と人の慈悲にすがらずにすむのよ。

おこぼれを与えるときのサースタンの見下した態度を思い出し、オデリーンは怒りを新たにした。偽善者。自分だって神への誓いを破り、隠し子を作っていたくせに。

でも、サースタンはもういない。

足元に横たわる兄の姿がよみがえり、彼女の怒りを冷ました。

権力者の末路なんてあんなものよ。

「証書を見つけなきゃ」ジェヴァンがぶつぶつ言った。「ブラックストーン・ヒースは僕のものだ。僕が持つべきものなんだ」

「ええ、そうですとも。あれはあなたのものよ」ここまで来たら、もうあとには引けないわ。

彼女の肌は薔薇《ばら》の花びらのように柔らかく、芳しかった。唇は甘い葡萄《ぶどう》酒と欲望の味がした。

温かく迎え入れる唇。サイモンはその唇に溺《おぼ》れ、次第に自制心を失っていった。警戒する必要はない。裏切られる心配はない。彼女はわたしのすべてを無条件に愛しているのだから。彼女は絶対にわたしを捨てない。わたしを傷つけない。「愛している。君を愛している」そうつぶやきながら、サイモンは暗《くら》闇《やみ》の中で目を開けた。

闇に浮かんでいたのはリネットの顔だった。

サイモンはぎょっとして目を覚ました。ここはどこだ？　一瞬戸惑ったあと、彼は宿の客室のごつごつした壁に気づいた。

なんということだ。リネットは起きている間じゅうわたしの心を悩ませ、夢の中にまで入り込んでくる。サイモンは腕で目を覆ったが、リネットの顔を消し去ることはできなかった。

わたしはどうかしてしまった。あんな女に惹《ひ》かれるとは。もしサースタンの愛人ではなかったとしても、彼女は何かを隠している。

寝台を抜け出たサイモンは窓辺へ近づいた。夜明けはまだ遠く、空気は氷のように冷たかった。薄れゆく月明かりが、ダーレイの町並みを照らしていた。彼の視線は草むらの先の薬種店へ向かった。店の中にはジャスパーが、台所にはマイルズが眠っているはずだ。それがわかっていても、リネットを残して宿屋に戻ってきたことが悔やまれた。

店の様子を確かめに行きたい。その衝動を押しのけて、サイモンは窓を離れた。テーブルに向かい、オリヴァーからもらった名簿を写しはじめた。

名簿には十人の名前があった。サイモンは二人――ブラックストーン尼僧院の司祭と尼僧――を除外した。オリヴァーの話では、彼らは商人の娘を連れて、昼前にダーレイを発《た》ったということだった。

〝その娘は尼僧になるつもりなんですか?〟サイモンは尋ねた。

オリヴァーは首を振り、副院長をちらりと見やってから、また首を振った。〝写本彩飾者になりたいのだそうですよ〟

その口調がサイモンの好奇心をかき立てた。彩飾の勉強のために娘を尼僧院へやる。殺人とは関係なさそうな話だが、時間が許せば、娘の父親にも会ってみよう。金属細工商のクラレンス・ビリター。どうしようもない乱暴者だった記憶があるが。

扉を叩《たた》く音で、サイモンは椅子から立ち上がった。剣を手に取って部屋を横切った。「誰だ?」

「エイキンです」くぐもった声が返ってきた。「リネットお嬢さんが一人で出かけようとしてます。マイルズがあなたに知らせるべきだって」

「ばかなことを」サイモンはブーツを履き、剣とマントをつかんで扉を開けた。猛然と宿屋を飛び出し、草むらを抜けると、ちょうどリネットが裏口から出てきたところだった。

「サイモン！」彼女は喉に手を当てて叫んだ。

「どこへ行くつもりだ？」

「あの、早めに訪ねておきたい場所があって――」

「わたし抜きで？」

「それは、その……」リネットは背後を気にして視線を投げた。二人の兵士と使用人たちは興味津々の様子で見守っている。「告げ口したのね」

マイルズは眉をひそめた。「あなたから目を離さないとサー・サイモンに約束しましたから」

「ありがとう。助かった」サイモンはマイルズをねぎらいつつ、リネットをにらみつけた。「我々は一緒に出かける。朝食をとり、最初に訪問する先を決めたうえでだ」

「食事はもうすませたわ」

「わたしはまだだ。ドルーサ？」

「テーブルに焼きたてのパンとチーズ、それにエールがありますよ」使用人はほっとした様子で答えた。

リネットは神経質な雌馬のようにじりじり横に進んだ。「どうぞ召し上がれ、サー・サイモン。あなたの足ならすぐに追いつけると――」

サイモンは彼女の腕をつかんだ。「ドルーサ、悪いが皿と杯をここに運んでくれないか？　リネットとわたしはちょっと話し合うことがあるんだ。二人きりでね」

見物していた者たちは、風に舞う木の葉のように散っていった。

「腕を放して」リネットは強い語気で言った。

「一人で会いに行こうとしていた相手の名前を教えたらな」

「あなた……勘違いしているわ」

「名簿の中に君の愛人でもいるのか？」サイモンはうなった。激しい嫉妬《しっと》の感情に自分でも驚いていた。

「わたしに愛人はいません」

「じゃあ、誰に会いに行くつもりだった？」

リネットは身震いし、目をつぶった。「そうじゃないの。わたし――」

ドルーサがせかせかと盆を運んできた。水差しを持ったエイキンがあとに続いた。彼らは大騒ぎで石のベンチの片側に食事を並べた。

「ありがとう。あとは自分たちでやるから」リネットの腕を放して、サイモンは一礼した。「どうぞ、レディ」

リネットは重いため息をつき、絞首台へ向かう囚人のようにベンチに歩み寄った。

腰を下ろしたサイモンは、杯にエールを注《つ》いだ。

「君はわたしを信用してくれていると思ったが」

リネットははっと顔を上げた。「もちろん、信用しているわ。ただ……あまりおおっぴらにできる話じゃないから」

「というと？」

「ハナ・ビリターのことよ」

「彩飾を学びに行った娘のことか？」

「ええ、まあ」リネットは膝の上で指を絡ませた。

「ハナは妊娠しているの。未婚だけど」

婚外子。古い嘲《あざけ》りの記憶がよみがえった。「それで尼僧院にやられたわけか」わたしの母親と同じように。

リネットはうなずいた。「サースタン司教が手配してくれたのよ」

「そういう手配には慣れていそうだしな」もしかしたら、どこかにわたしの異母兄弟がぞろぞろいるんじゃないだろうか？

「確かに、そういう例はほかにもあったわ。あ、サースタンのことじゃなくて」リネットはあわてて付け足した。「困った立場に陥った娘たちのことね」

「赤ん坊のほうはどうなるんだ？」

リネットは再び視線を落とした。顔から血の気が引いていた。「ちゃんとした家庭に預けられるの。小さな子供を病気で亡くした夫婦とか、子供ができない夫婦のところに」

サイモンは子供たちに同情した。よほどの幸運に恵まれない限り、彼らは愛を知らずに育つことになるのだ。彼自身のように。

「父親のクラレンス・ビリターはこのことに反対だったの。ネルダばあさんに頼んで、ハナの赤ん坊を堕胎させようとしたわ。でも、ジーンが――ハナの母親が告解のときにその話をして。それでサースタンが赤ん坊を救うために動いたの」

「つまり、告解の尊厳を冒したわけだ」

「子供の命を救うためにはしかたなかったのよ」

「ついでに、彼の懐も潤うって寸法か」サイモンは吐き捨てた。「預け先の夫婦は赤ん坊と引き換えに大金を払うからな」

「なぜそんなことが言えるの？」

「わたしはそうやってエドマンド卿《きょう》のところに引き取られた。頑健な男児を鍛え、城に仕える騎士とするために」

「お城でひどい仕打ちを受けたの？」リネットはおずおずと尋ねた。

サイモンは首を振った。「悪さをしたときは罰を受けたが、特別ひどく扱われたわけじゃない」彼はそこでためらった。両親の愛情に育《はぐく》まれてきた人間に、家族を持たない人間の気持ちを理解しろというほうが無理かもしれない。「ひどい仕打ちは受けなかったが、心から望まれたこともなかった」

「ああ、サイモン……」リネットは彼に手を差し伸べながら、ゆっくりと立ち上がった。

サイモンは後ずさりをした。「哀れみはいらない」

「哀れみじゃないわ。わたしは――」

「本題からそれてしまった」サイモンは杯を持ち上げ、一気に飲み干した。それでも、口の中の苦さは消えなかった。「ビリター夫婦は司教を恨んでいたと思うか？」

「クラレンスは恨んでいたはずよ。あの人は大男で癇癪《かんしゃく》持ちなの。ジーンのほうは気が弱くて、いつも夫の言いなり。だから、今度のことは意外だったわ。きっと逆らった罰を受けたはずよ」

「娘のためを思った妻を殴るような男なら、人も殺しかねないな」

「怒って暴れるのならわかるけど、毒殺は……」リネットはかぶりを振った。「あの人には毒草と薬草の区別もつかないと思うわ」

「そうか」サイモンはベンチに腰かけ、彼女にも座るように促した。もっともな説明だが、顔色が悪いし、そわそわした感じだ。リネットはまだ何かを隠している気がする。「なぜ一人で行こうとした？」

「ジーンと二人きりで話せば、クラレンスのおとといの行動がわかるかと思って」

「君とジーンがこそこそ話しているのを見たら、クラレンスは君にまで拳《こぶし》を振るうんじゃないか？」

リネットは驚きの表情になった。「わたし――そこまでは考えてなかった」

案の定だ。「いちおうブラザー・オリヴァーに調べてもらおう。おととい大聖堂でクラレンスを見た者がいないかどうかを」

「じゃあ、わたしたち、どこから始めるの？」

「君はここに残るのが一番だ」

「わたしは行くわよ。たとえ一人でも」リネットは腕組みした。

彼女が一人で歩けば、ハメルや追いはぎの格好の餌食《えじき》になってしまう。それよりは一緒に動いたほうがましだろう。「わかった。最初は墓地の穴掘りを訪ねるぞ」

リネットはうめいた。

「怖《お》じ気《け》づいたか?」

「まさか」彼女は眉を上げた。「あなた、必ず一矢報いないと気がすまない性格なの?」

「そのとおり」サイモンはにやりとした。「ブラックストーンのサイモンはけっして侮辱を忘れない。わたしの知人や敵たちの間では有名な話さ」

リネットの瞳が陰った。「覚えておくわ」


聖マリア教会の裏手の墓地へ行ってみると、墓掘りのマーティンは棺《ひつぎ》をおさめる穴の中にいた。

「墓掘りのマーティンだな?」サイモンは問いかけた。

墓掘りは汚れた顔に泥だらけの手をかざし、目を上げた。「そういうあんたは?」

「黒薔薇団の騎士、ブラックストーンのサイモンだ」

「ああ、あの世から戻ってきた男か」墓掘りはにたにた笑った。「おれの商売にゃ迷惑な話だ」

サイモンは微笑した。「だが、わたしにとってはいい話さ。少し話ができないか?」

「仕事をこなさなきゃ、金がもらえねえんだよ」

サイモンは腰につけた袋から一ペニーを取り出し、宙に放《ほう》って、つかんだ。「謝礼だ」

「そういうことなら」墓掘りは穴から出てきた。

「司教が亡くなったことは知っているだろう?」サイモンは尋ねた。

「ああ」墓掘りはくすくす笑った。「一年くらいしたら、骨を掘り出して、売っ払ってやるかな」

リネットは息をのみ、サイモンに寄り添った。

サイモンは彼女の体に腕を回した。「なぜそんな恐ろしいことを——?」

「あんたら、そのために来たんだろ？　おととい墓掘りが館に来た、あいつが司教の頭をぶん殴ったんじゃねえか──そう誰かに吹き込まれたんだろ？」

「おまえがやったのか？」

「んなわけねえだろ。骨よ。骨のことで館に行ったのさ。あのやろう、噂《うわさ》を聞きつけて、司教とおれを呼びつけやがった。おれを破門するなんて脅しやがって」墓掘りは鼻を鳴らした。「ま、おれは破門されたって、ちっともかまわねえが」

「なんの話をしているんだ？」

「知りたきゃ、あと二ペニー払いな」

「嘘《うそ》じゃないと確信が持てたらな」

「今さら嘘ついたってしょうがねえよ」墓掘りは掘り返した土の上に座った。「ありゃあ二年前のことだ。おれは小遣い稼ぎに、教会の果樹園で林檎《りんご》の枯れ木を掘り出してた。で、見つけちまったのさ。一緒くたに埋められた十人分の死体をな」

「なんてこと」リネットは十字を切った。「その人たちは誰だったの？」

「さあね。身元がわかるものなんてなかった。死体はもう骸骨《がいこつ》になってたし。おれは聖マリア教会の司祭だったスティーヴンス神父に話した。神父はかんかんになったね。穴を埋め戻せ、このことは誰にも言うな、とおれに命令しやがった」

「じゃあ、神父はもともと知っていたのね？」

「ああ。おれは納得できなかった。けど、誰にも言わなかった。聴罪師以外には」

「それがサースタン司教か」サイモンはうなった。

墓掘りはうなずいた。「あの人もかんかんだったね。とくに、その十人が六年前の洪水で死んだ川の住民たちだと知ってからは。たぶん、スティーヴンス神父は聖マリア教会の費用を使って、連中を神聖な土地に埋めやがったんだ」

「で、自分は一ペニーも出さなかったわけだな」

「ああ。けど、サースタン司教は黙っちゃいなかった。聖職者にしちゃ執念深い人間だね、あれは。スティーヴンス神父をスコットランド国境近くの貧乏教会に追いやっちまった」

「川の住民たちの遺体は？」

「司教が言ったんだよ。このことを世間に話せば、教会の評判に傷がつくって。死んだのは身寄りのない連中ばかりだった。で……」墓掘りの目が愉快そうに輝いた。「司教は連中を売っちまった」

「売る？」サイモンは眉をひそめた。

「つまり、聖骨として売ったわけ」

リネットは驚きのあまり声を失った。

「冒涜《ぼうとく》だ」サイモンは吐き捨てた。「神に対する冒涜だぞ。司教がそんないんちき行為をするなんて」

「別にいいだろ。司教はその金を救貧院に使ったんだから。死んだ者の骨で生きてる者のために毛布を買うんだって言ってたよ。第一、聖骨って触れ込みで売られてても、実は聖人じゃなく動物の骨だ。そんなこと、誰でも知ってらあ」

「あのやろうが噂を聞きつけた――そう言ったな」

「クリスピン助祭長のことだよ。あいつ、どこかで骨のことを知って、強気に出やがった。司教の椅子を脅し取る腹だったんだろうな。なあ、ひょっとしてあいつが司教をぶん殴ったんじゃねえかな」

「興味深い意見だ」サイモンは静かに言った。製鉄所へ向かう道すがら、彼はその可能性について考えつづけた。確かに、ネルダやクラレンスにも疑われる理由はあるが、どうもぴんとこない。サースタンの酒に簡単に近づけたのは教会内の人間だ。その点、クリスピン助祭長にはサースタンの死を望む理由が二つもある。憎しみと野心が。

「ここよ」リネットは羽振りのよさそうな家の扉を叩いた。出てきた使用人は逃げるように奥へ消えると、また戻ってきて二人を中に案内した。

ジーン・ビリターは小さな部屋の炉の前に座り、縫い物をしていた。二人が近づいていくと、彼女は警戒気味に顔を上げた。左の頬が紫色に腫《は》れていた。左目もほとんど開けられない状態だった。「司教のことは聞きました。お気の毒に」裂けた唇を動かして、ジーンはつぶやいた。

「ええ」リネットはやり場のない怒りを感じつつ、サイモンを紹介し、勧められた椅子に腰かけ、使用人からエールを受け取った。「ハナはもう出発したんですって？」

「ええ、昨日」

「ご主人は反対したそうですね」サイモンは手の中の杯を握りしめ、乱暴者の首にも同じことをしてやれたらと願った。

「ええ、まあ」ジーンはため息をついた。「あの人はハナをモーリス・ラーソンに嫁がせるつもりだったんです。ところが、ハナはギブ・ファーマーの末息子のアランを好きになってしまって。ハナのおなかにアランの子がいると知ったとき、クラレンスは子供を始末して、予定どおりにハナを嫁がせようと考えました」声が震え、彼女は手に視線を落とした。「司教が止めてくださって本当によかった。あの人を止められたのは司教だけですもの」

「とはいえ、生まれてくる赤ん坊は他人に渡されるわけだ」サイモンは吐き捨てた。

軽蔑《けいべつ》のにじむ言葉にリネットはひるんだ。いつの間にか過去を忘れかけ、サイモンとの未来があるような気になっていたけれど、もし彼があのことを知ったら……。

「先のことはわかりません」ジーンはつぶやいた。「二人が駆け落ちすることも考えられます……アランの脚さえ治ったら」またため息が出た。「クラレンスがやったんです。あちらの父親が駆けつけなかったら、アランは殴り殺されていたかも」

サイモンはリネットに意味ありげな視線を投げた。

「クラレンスは司教にも仕返しするつもりだったと思いますか？」

「わたしの次は司教だったかもしれません」ジーンはおずおずと頰に触れた。「でも、クラレンスはまず最初に若い者を二人引き連れ、ギブの農場へ乗り込んだんです」

「それはいつのことです？」

「おとといの昼過ぎでした」

「で、彼が戻ってきたのは？」

「夕方近く」ジーンはわずかに微笑《ほほえ》んだ。「ギブ親子に殴られて、しばらくは動けなかったんでしょう。帰ってくるなり、葡萄酒を飲んで寝込んでしまいました。今もぼろぼろの顔でうなってますわ」微笑は苦笑に変わった。「人の苦しみを喜ぶのはキリスト教徒にあるまじきことですけど――」

「クラレンスに関しては、神も例外をお認めになりますよ」サイモンは断言した。

同感だわ、とリネットは思った。だけど、サイモンはわたしの罪を許してくれるかしら？

ティリーが〈ロイヤル・オーク〉の勝手口から出てくると、ハメルは背を起こした。「あいつの部屋を調べたか？」

「ええ。けど、本なんて一冊もなかったわ」

ハメルは顔をしかめた。考えられる可能性は三つだ。サイモンが日誌を隠したか、持ち歩いているか、あるいは誰かに――リネットあたりに――預けたか。

ティリーが彼の腕に触れた。「昼食の給仕まで一時間くらいあるの。よかったらエールでも――」

「そんな暇があるか」ハメルはぶつぶつ言った。エリスはまたサイモンとリネットを見失いやがった。二人はどこへ消えたのか。何を企《たくら》んでいるのか。

オデリーンは日誌を持ってこいと言う。だが、兵士が二人も見張っていては、薬種店に押し入るわけにもいかない。またしてもサイモンの仕業だ。目障りなやつ。死んだままおとなしくしていればいいものを。

まあ、おとなしくさせる方法はいくつもあるが。

ハメルは暗い微笑を浮かべたが、これから始まる対決のことを思い、またしかめっ面に戻った。必ず司教の日誌を見つけると約束したのに。オデリーンになんて言い訳すればいい？　兄の思い出の品だから、なんて言っていたが、あそこの兄妹《きょうだい》はそんなに仲がよかったか？　まあ、死なれてみると、見方が変わったりするものだからな。

それに、オデリーンの頼みはサイモンを追いつめるいい口実だ。じきバードルフたちがあいつを捕まえてくるだろう。

果たしてあいつがおれの尋問に耐え抜けるかな？　にやにや笑いながらハメルは宿屋から歩み去った。

9

二人が布地商の家を出るころには、雲が太陽を覆っていた。あつらえたような天気だな。そう思いながら、サイモンは横目でリネットを見やった。彼女は空模様を映したような陰鬱《いんうつ》な表情をしていた。司教と会った人々を訪ねて半日以上も過ごしたが、事件の解明に結びつきそうな話は一つも聞けなかった。

市民の中には、サースタン司教が権力志向の強い人間だったことを認める者も少なくなかった。司教の差し金で不本意なことをさせられた、と語る者さえいた。しかし、恐れや敵意を示す者は一人もいなかった。彼らが答えた面会の理由も、オリヴァーから聞いた話と一致していた。面会者と司教が多少なりとも揉《も》めたのは、町の有力商人たちが司教の栄誉をたたえるために建てる礼拝堂の相談で、四人の代表がやってきたときくらいだった。

「司教が彼の石像の図面に文句を言ったのさ」石工の親方が説明した。「これじゃ立派すぎる。もっと地味なものにしてくれってね。けど、司教が地味じゃおかしいだろ」

「で、結論はどうなったんだ?」サイモンはそっけなく尋ねた。

「まあ、ちっとは飾りを控えることにしたよ」石工は答えた。「天に召された人間に逆らうわけにはいかねえからな」

昨日までのサイモンであれば、このような話に嘲笑《ちょうしょう》を浮かべただろう。しかし、今日一日で彼はサースタンの善行の数々を知った。確かに、サースタンは聖人とは言えなかった。自分の都合で規則も破った。それでも、ダーレイには彼のおかげで救われた人々が数えきれないほど存在する。虐待から救われた女たち。食料を、住む場所を、仕事を、未来を与えられた貧しい者たち。

結果が手段を正当化するとは思わない。だが、サースタンが型破りな方法を用い、規則に執着していてはできないことを成し遂げたのは、否定できない事実だ。それで罪が帳消しになるだろうか? いや。罪は罪だ。だが、わたしは彼よりましな人間と言えるだろうか? サイモンは東方から持ち帰った身の代金のことを考えた。ばかな。わたしは金目当てに戦ったわけじゃない。戦いは殺すか殺されるかだ。運と剣の腕のおかげで、わたしは勝つことができた。敵が武器を捨てて命乞《ご》いをしたときはそれを許した。

わたしは司教とは違う。断じて違う。だが、この体に流れているのはサースタンの血なのだ。

「これで全部回ったわけね」リネットがつぶやいた。

サイモンはうなずき、暗い思考を振り払った。残すはネルダのみだ。だが、あの老女のところは一人で訪ねよう。リネットを薄汚い毒舌にさらさないために。

この時間の通りはかなり混雑していた。食料の買い出しをする使用人たち、売り声をあげる行商人、茶色の長いガウンを着た書記や、汗まみれの職人たちもいた。肉屋が軒を並べるシャンブルズ通りの入り口まで来たとき、サイモンの足が止まった。

シャンブルズ通りは血のにおいがあふれていた。死の気配が漂い、黒蝿《くろばえ》が飛び交っていた。

彼は向きを変えた。

「どこへ行くの？」リネットが問いかけた。「うちへ帰るなら、ここが一番の近道よ」

「ほかの道にしよう」

店先に置かれた動物の死骸《しがい》を見て、リネットはひるんだ。再び歩を進めながら付け足した。「親切なのね。気に食わない女にまで配慮してくれて」

「どういう意味だ？」

「サースタンとわたしは単なる友人じゃなかったと思っているんでしょう」

「それは……今は違う」

「どうして気が変わったの？」

「君という人間がわかってきたからだ。君は名誉を重んじる人だ。恥ずかしい真似《まね》をするはずがない」

やましさに打ちのめされ、リネットの足元がふらついた。サイモンに腕をつかまれなければ、そのまま倒れていただろう。肩ごしに振り返ると、気遣わしげなまなざしがあった。

「大丈夫か？」

いいえ、大丈夫じゃないわ。わたしは詐欺師よ。嘘《うそ》つきなの。「サイモン、わたし――」

「くそ！　バードルフだ！」サイモンは小声で悪態をついた。

首を巡らしたリネットは、通りの反対側に執行長官の部下の姿を見つけた。バードルフは一軒一軒、店をのぞき込み、通行人に目を配りながら、ゆっくりと歩いていた。「何か捜しているみたいね」

「我々を捜しているのさ」サイモンは彼女の腕を放し、剣に手をやった。

リネットは素早く逃げ道を探した。「こっちよ」とサイモンの腕を引き、薄暗い部屋へ入っていった。

サイモンは戸口で立ち止まり、安全そうな場所を探した。そこにリネットを隠して、バードルフと戦うつもりだった。部屋は細長く、シャンブルズ通りよりもひどいにおいがした。巨大なたらいが四つあり、その中に立つ女たちが唖然《あぜん》として二人を見返した。女たちは若く、スカートの裾《すそ》を膝までたくし上げて、たらいに浸された衣類を踏んでいた。

「ここがさっき話した縮絨《しゅくじゅう》業者の店よ」リネットが快活に言った。「この地方で一番上等な服を作っているの」

サイモンは目をしばたたいた。そうだな。リネットの安全を考えれば、戦うよりも逃げるほうが得策かもしれない。「なるほど」

「毛織物を特別な土——砂と尿を混ぜたもの——でこすってから、水に浸して踏むと、生地が柔らかくなるのよ」

「実にすばらしい」サイモンはつぶやいた。

「よく言うわ」

彼は唇を寄せて耳打ちした。「君の機転がすばらしいと言ったんだよ」

「あなたがバードルフに襲われたらいやだもの」

「あんなやつには負けないさ」

「あなたが剣の達人だということは知っているわ。よく訓練を見ていたもの。でも、もしバードルフが仲間と一緒だったら——」

「見ていたって、わたしをか？」サイモンはドルーサの言葉を思い出した。

リネットの頬が赤く染まった。「わたし――」

裏口から中年の男が現れた。「リネットじゃないか。なんでここに？　病人でも出たのかね？」

「いいえ、フラーさん」邪魔が入ったことに感謝しつつ、リネットは急いで否定した。「サー・サイモンにこちらの品物を見せてあげようと思って。彼は黒薔薇《ばら》団の騎士なんですよ」

「ああ」縮絨業者の顔に笑みが広がった。「よく戻られましたな」

サイモンはうなずいた。「立派な店ですね。リネットから聞いたとおりだ」彼は室内に視線を走らせた。戸口を確認しているのね、とリネットは思った。もしバードルフがここをのぞき込んだら、すぐに見つかってしまうわ。なんとかして店の裏手へ出なくては。

「努力の賜物《たまもの》です」縮絨業者は太った腹を叩《たた》いた。

「とはいえ、今の景気がいつまで続くか。サースタン司教はわたしらに有利な取り引き協定を結んでくれたが、次の司教もそうだとは限りませんからな」

「本当に惜しい人を亡くしたわ」リネットはつぶやいた。

「いや、まったく。司教はもともと聖職者になるつもりはなかったそうですな。最初は廷臣になる予定だったとか。ところが、ダーレイの司教になるはずだった兄が亡くなり、彼があとを引き継いだ。あの人だったら、宮廷でも出世したでしょうに」

サースタンは教会に仕える気はなかった。初耳だが、意外ではなかった。それに、聖職者の身で子供を作り、捨てた理由にもならない。「助祭長も彼が廷臣になっていればと思ったんじゃないですか」

縮絨業者はうなずいた。「あの二人は昼と夜ほども違っていましたからな。司教は柔軟に善悪を判断していた。結果がすべてだった。一方、助祭長はがちがちの石頭だ。物事は白か黒しかないと思っている。当然、司教との折り合いは悪かった」

「そうですか」サイモンは通りに面した扉をちらちら見やった。

「サー・サイモンに、仕上がった布地を見せてもらえません？」リネットが明るく尋ねた。

「喜んで」縮絨業者は先に立って裏口を抜け、高い石塀に三方を囲まれた中庭へ出た。そこには木の枠がずらりと並べてあった。「洗った生地はこの枠に固定して干します。生地が乾いたら、けばを切り取るんですよ」彼は枠の迷路を抜け、布を広げた長いテーブルへ二人を案内した。六人の女が布の上にかがみ込み、大きな鋏《はさみ》でけばを切っていた。

適当に相槌《あいづち》を打ちながら、サイモンは出口を求めて中庭を見回した。首を伸ばし、枠の向こう側をのぞき込んだ。どこかに出口があるはずなのだが。

「恩に着ます、フラーさん」リネットはいたずらっぽくサイモンに微笑《ほほえ》みかけた。「そろそろおいとまして、手袋を探しに行きましょうか」

「手袋？　そんなことより」

「たしか、この裏に手袋屋がありましたよね？」

「ああ。わざわざ正面に回るより、裏門から出たほうが早いよ」縮絨業者は木枠を回り込み、樫《かし》の扉の前へ来ると、腰に下げた鍵《かぎ》束を使って扉を開けた。

サイモンは先に門を出た。草むらに人影がないことを確かめ、それから、リネットについてくるよう合図した。「ありがとう、フラーさん」

縮絨業者は会釈をし、扉を閉めて鍵をかけた。

「ああ」リネットの膝から力が抜けた。

サイモンは彼女を抱きとめた。彼女の乱れた心臓の鼓動を感じ、その繊細さに胸打たれた。「たいした演技力だ」

「本当は今にも走り出しそうだったの。でも、走ったりしたら、フラーさんはわたしたちを泥棒と勘違いして叫んだかもしれないでしょう」

「そうなれば、バードルフに見つかっていたな」サイモンは彼女を抱きしめ、金色の髪に鼻を埋《うず》めた。かすかな薔薇の香りが鼻孔を満たす。心臓が高鳴り、全身が熱くなった。欲望と闘いながら、彼はリネットと視線を合わせた。「君は賢く、勇敢だ」

「わたしは勇敢どころの気分じゃないわ」リネットのうわずった声が彼の欲望を吹き飛ばした。「バードルフはわたしたちを逮捕するように命じられているのかしら？」

「ハメルはなんとかして我々を裁こうとする気だ」

「あの男に公正な裁きは期待できないわ」

「クリスピン・ノーヴィル助祭長にもな」

「わたし、助祭長が犯人だと思うの」

「まさか」サイモンは人けのない草むらに視線を走らせた。

「あなたもみんなと同じね。クリスピンが怖いんだわ」リネットは腕を振りほどき、草むらを横切って、ベルトや革袋が並ぶ店の前を通り過ぎた。

サイモンは靴屋の前で追いつき、彼女を路地に引っ張り込んだ。「でも、クリスピンは――」

「バードルフに見つかるぞ」

「その話はあとだ」

「わたしを信じてないのね？」

「君の首が心配なんだ。我々には助祭長を疑うだけの証拠はない。もし彼を非難すれば、君の立場はさらに悪くなるんだぞ」

「わたしは間違っていないわ」

「二人きりになるまで黙っていろ」サイモンは彼女をにらみつけた。

リネットは毅然《きぜん》として顎をそびやかし、彼の視線を受け止めた。「あなたの協力がなくても、助祭長が犯人だと証明してみせますから」

不安がサイモンのみぞおちを締めつけた。リネットならやるだろう。少なくとも、やろうとするだろう。彼はリネットの肩をつかんだ。「口をつぐんでいろ。さもないと、さるぐつわを噛《か》ませて縛り上げるぞ」これにはさすがのリネットもひるんだ。後ろめたさを感じたサイモンは、低く悪態をつきながら、彼女を胸に抱き寄せた。

「サイモン、何をしているの？」

「わからないんだ、自分でも」リネットはわたしを混乱させる。慎重に抑えてきた感情を呼び覚ます。

その動揺を感じ取ったのか、リネットは彼の腰に両腕を回した。「怒らせてしまってごめんなさい」

「怒ってはいない。君のことが心配なんだ」

「サイモン」リネットは顔を上げた。唇はすでにキスを求めて開いていた。

サイモンはうなった。鎖を引きちぎろうとする飢えた獣のように、欲望が全身を駆け巡った。鎖がちぎれたら最後だ。だから、彼は自制した。「ここではだめだ。行こう」

リネットの傷ついた表情を無視して、彼はハイダーゲート通りを急いだ。緊張を引きずったまま橋を渡り、ダーレイの町を二分する川の対岸へ向かった。リネットはおとなしくついてきた。おとなしすぎるほどだった。やがて、店や宿屋が点在する川沿いの狭い通りに出た。彼はリネットの疲れた足取りに気づき、清潔そうな宿屋に入った。素早く室内を見回し、出口を確認してから、その近くのテーブルに彼女を誘導した。この位置なら、万が一バードルフが入ってきても、すぐに逃げ出せるはずだ。

サイモンは彼女を腰掛けに座らせ、自分は入り口が見える壁を背にした席に着いた。すでに昼食の時間は過ぎていたが、愛嬌《あいきょう》のある給仕女がパンとチーズと冷たい肉料理なら出せると言った。

「ごめんなさい。あなたが助祭長を恐れているなんて言って」給仕女が立ち去るのを待って、リネットはつぶやいた。

「ある意味では恐れている。あの男が君に何かするんじゃないかという気がして」

「彼には何もできないわ。わたしは無実だもの。犯人は彼なのよ」

「だが、証拠がない」

「そうね。だけど――」

「女の勘か？」

「それだけじゃないの」リネットは瞳を輝かせて身を乗り出した。「薬草入りのブランデーについて思い出したことがあるのよ」

「あれはクリスピンからの贈り物だったのか？」

「いいえ。サースタンがイタリアの商人から買ったものよ。彼が最初に封を切ったのは、わたしが訪ねていったときだったわ。わたしたち、彼の部屋で一緒にブランデーを飲んだの」リネットはためらいを見せた。頬が赤く染まった。「そこへクリスピンが入ってきて、破廉恥なふるまいだとわめき立てたのよ」彼女はサイモンに手を触れた。「わたしたちはただ座って話していただけなの。嘘じゃないわ」

「君を信じると言っただろう」

リネットの顔に苦悩の表情がよぎった。「クリスピンはあのブランデーを魔女の酒だと言ったわ。わたしが魔女の酒でサースタンの魂を堕落させようとしているって」

「そして、ブランデーに毒が混ぜられた」

「そうなの。偶然にしてはできすぎでしょう」

サイモンはため息をつき、顔をこすった。「しかし、それだけの証拠で聖職者に殺人の疑いをかけるのはな」

リネットはついかっとなった。「どうしてそんなに冷静でいられるの？」

サイモンは超然とした態度で壁にもたれた。「それがわたしの流儀だ。わたしの血管には氷が詰まっていると言う男たちもいる」

リネットは伏し目がちに視線を返した。「熱い血が流れていなければ、あんなキスはできないわ」

「リネット!」サイモンはうろたえて赤面した。

リネットは片方の眉を上げた。「もちろん、男の人にそういう一面は見せないと思うけど」

「それはそうだ」サイモンがにやりと笑った。屈託のない笑顔。これが本来のサイモンなのかしら？　愛情をこめて育てられていたら、こういう人間になっていたのかしら？

「サイモン――」給仕女が来たことに気づき、リネットは言葉を切った。テーブルに料理の皿や杯、水差しがそろうころには、彼女の思考はさらに先へ進んでいた。「犯人を捜すべきよ。それがサースタンに対するあなたの務めだと思うわ」

サイモンの瞳が曇った。「あの男にはなんの恩義もない。ただ、今日一日、町の住民たちと話してみて、サースタンという人間について、いろいろと学んだことは確かだ」

「サースタンが生きていれば、きっと事情を――」

「彼がやったことに弁解の余地はない」サイモンは無表情につぶやいた。「さっさと食事をすませて腰を上げよう」そう言うと、顔を伏せてパンとチーズを食べはじめた。

リネットは自分の軽率さを呪《のろ》った。うかつな言葉のせいで、ようやく縮まりかけた距離がまた開いてしまった。どうしてわたしはこう考えなしなの？

サイモンは深い心の傷をよそよそしい態度で隠している。サースタンもそう言っていた。わたしはあの子を兄たちのような騎士にしたつもりでいた、あの子が母親譲りの愛情深い人間で、訓練ばかりの寒々とした人生に傷ついていると気づいたときはもう遅かった、と。

サイモンには頼れる家族がなかった。いやでも、しっかりせざるをえなかった。そうやって必死に築き上げた人生が嘘だと知ったら、ますます人が信じられなくなって当然だ。それでも、彼はわたしを信じてくれた。わたしの身を気遣ってくれた。なのに、わたしは彼に隠し事をしている。そのうえ、彼の心の傷を刺激して……。

リネットは息をついた。「ごめんなさい。母にもよく言われたわ。言わなくてもいいことを口走るのはおまえの悪い癖だって」彼女は手にした杯をサイモンに差し出した。「休戦しない？」

「休戦だ」その言葉を繰り返しつつ、サイモンは彼女のふっくらした唇を見つめた。微笑むために……情熱のために作られたような唇。リネットは感受性が強く、自分の感情を素直に出す人間だ。彼女が羨《うらや》ましい。彼女の自然体が羨ましい。わたしはつねに自分を磨くためにあがいてきた。自分の力を証明しようとしてきた。だが、その努力が報われても、満足することはできなかった。

「あなたと友達になりたいの、サイモン」

リネットのかすれた声が彼の背筋に甘い衝撃を走らせた。求めてはいけない未来。だが、彼は求めていた。起きているときにさえ、リネットの夢を見た。彼女にキスすることを夢見、質素な服に隠された魅惑的な曲線を想像した。肉欲だ、と彼は考えた。肉欲なら理解できる。アッコンを発《た》って以来、修道士のように生きてきたのだから。だが、リネットはこれまでに会った女たちとは違った。それが彼を怯《おび》えさせた。彼はリネットを求めたくなかった。「我々は互いに深入りしないほうがいい」

「そうね。本当にそのとおりだわ」

「早く食べてしまおう。ぐずぐずしていると日が暮れるぞ」

彼らは無言で食事をした。リネットはずっとうなだれていた。親密な雰囲気が失われてしまったことを、サイモンは寂しく思った。だが、初めからはっきりさせておいたほうがいいのだ。ダーレイを去るとき、リネットが傷つかずにすむように。

リネットはため息とともに皿を押しのけた。「ごちそうさま」しかし、皿はほとんど手付かずの状態だった。

サイモンは立ち上がり、腰の袋から数ペニーを取り出した。

「自分の食事代くらい払えるわ」

「いや、昨夜はわたしがごちそうになったから」彼女のしおれた様子を見ると胸が痛んだ。「まずは君を店まで送ろう。それから大聖堂へ行き、ブラザー・アンセルムと話すことにする」

ようやくリネットの顔が上がった。「助祭長の件で？」

「リネット、クリスピンは聖職者だぞ」戸口へ向かいながら、サイモンは言い聞かせた。

「本人はサースタンから教会を救うつもりだったのかもしれないわ」

「だったら、ウォルター副院長も怪しいことになる。彼もダーレイの司教の座を望んでいるからな」

リネットはためらったあとに首を振った。「どうもぴんとこないわ」

「それは君がクリスピンを嫌い、ウォルターには好感を持っているからだろう」

「クリスピンは有罪よ。わたしにはわかるの」

「しっ」サイモンは彼女の肩をつかみ、ため息とともに二人の額を寄せた。「君をどうすればいいんだろう？」

「犯人捜しを手伝って」

「そうしているつもりだが」

「そうね」リネットは彼の頬を撫《な》でた。「今日は、あなたがいてくれて本当によかった」

優しいまなざしで見つめられ、サイモンはいたたまれない気分になった。リネットのために何かしてあげたくても、自分にそれだけの力がないことを知っていたからだ。「暗くなる前に店に戻らないと」彼はぼそぼそ言った。

リネットはわかっていると言いたげに微笑した。

「ええ、帰りましょう」

重要な戦いで負けたような気分で、サイモンは外をのぞいた。夕闇《ゆうやみ》が迫り、建物の影が伸びていた。歩行者はほとんどいなかった。バードルフの姿も見えなかった。

「よし、大丈夫だ」彼はリネットの腕を取り、南のダー橋を目指して歩き出した。

「あの橋、新しく造られたのよ」

サイモンは通りの端へ移動し、上流を見やった。古い木造の橋は立派な石橋に生まれ変わっていた。

「たいしたもんだ」

「川の通行料で費用をまかなったの。普通、通行料は司教の金庫に入るんだけど、サースタンがその半額を建造費として提供し、町も同額を出したのよ」

「けっこうな取り決めだ」体の向きをずらしたサイモンは、背後に近づく人影に気づいた。

その男は凶暴な目つきをしていた。頬は茶色の不精髭《ひげ》で覆われていたが、サイモンにはすぐに男の正体がわかった。

ヨークからの道中で襲ってきた盗賊だ。

「きさま!」サイモンは剣に手を伸ばした。しかし、盗賊はすでに短剣を構えて突進していた。

「やめて!」リネットは盗賊の腕に飛びついた。盗賊は悪態をつき、彼女を突き飛ばした。

愕然《がくぜん》とするサイモンの目の前で、リネットの体は低い防壁を越え、流れの急な川へと落ちていった。

「主よ、わたしの罪をお許しください」

礼拝堂の石の床から染み出す冷気が、粗末な僧服を通して骨張った体を凍えさせた。しかし、クリスピン・ノーヴィルはその冷たさに気づいていなかった。彼の心はすでに氷の塊となり、魂を押しつぶそうとしていた。

「司教を死なせるつもりはなかったのです。主はご存じでしょう。わたしはあなたにサースタンが汚れていることを申し上げた。それで、あなたはわたしに外国産のブランデーと鳥兜《とりかぶと》を与えられた。司教の悪《あ》しき導きからダーレイを救う道をお示しくださった。わたしは彼を殺してはおりません」だが、サースタンに犯人に抵抗する力が残っていなかったのは、わたしのせいだろうか？

苦痛に歪《ゆが》んだサースタンの死に顔が思い出され、クリスピンは身震いし、まぶたを閉じた。たとえ敵であろうと、あんな死に方をしていいわけがない。

「悪いのはあの女です」リネットが犯人であることを証明し、罰してやる。あの女が死なない限り、わたしの魂の汚点は消えないのだ。

10

冷たい水がリネットの頭をのみ込み、鼻や口を詰まらせた。一瞬、彼女はぼんやりと流れに身を任せた。それから、焼けつくような肺の痛みで、はっと我に返った。

手足をばたばたさせ、必死に水面を目指す。彼女は水から顔を出し、あえぐように空気を求めた。川岸との距離はすでに二十ヤードに達し、さらに広がりつつある。泳ぎの基本は父親から教わっていたが、濡《ぬ》れたガウンとマントのせいで身動きがとれない。

「リネット！　がんばれ！」

その声に振り向くと、流れに逆らって泳いでくるサイモンが見えた。このままでは彼まで溺《おぼ》れてしまう。「岸に戻って！」リネットは叫んだが、頭が再び水中に没し、最後は声にならなかった。何かが彼女の髪をつかんで引き上げた。水面に出た彼女は、むせながらぜいぜいあえいだ。

「もう大丈夫だ」水の流れと闘いながら、サイモンは彼女の腰に腕を回した。

「服が……重くて……」リネットは途切れ途切れに訴えた。「腕を離して」言葉とは裏腹に、彼女の手はサイモンのチュニックにしがみついていた。

「落ち着いて。必ず助けてやるから」水をかき分けながら、サイモンは彼女のマントを留めていたブローチを引きちぎった。マントはたちまち川にのみ込まれた。「早く岸に戻らないと、二人とも凍え死にだ。わたしの背中にしがみついて。できれば水を蹴《け》ってくれ」彼はリネットを背中にのせ、岸に向かって泳ぎだした。

リネットは足を動かそうとしたが、しびれて言うことを聞かなかった。何時間もたった気がした。水はぞっとするほど冷たく、流れは容赦なく二人を川下へと押しやる。彼女はサイモンの疲労を感じた。サイモンが死力を尽くしていることが全身から伝わってきた。

これでは岸にたどり着けない。わたしが足かせになっている。わたしのせいで彼を死なせるわけにはいかない。リネットは身を震わせると、彼のチュニックから手を離した。

「だめだ」サイモンはすぐさま彼女の腕をつかんだ。そしてリネットの腰に腕を回し、岸に向かって泳ぎつづけた。

「縄をつかめ！」誰かの声がして、前方の水面に何かが落ちた。

サイモンは懸命に水をかき、太い麻縄を腕に巻きつけた。「引っ張ってくれ！」

リネットは岸を見上げた。ぼんやりした目に、縄を引く人々の姿が映った。男たちがいた。女たちも。子供たちまでもが一緒になって縄を引いていた。

伸びてきた手が彼女を岸に引きずり上げた。彼女は腹這《はらば》いになって横たわり、あえぎながら咳《ぜ》き込んだ。

「リネット」サイモンが彼女を起こして抱きしめた。「君を失ったかと思った。なぜ手を離したんだ?」

あなたを愛しているから。しかし、リネットは口に出しては答えず、ただぐったりと彼の腕に抱かれていた。

「リネット。大丈夫か?」サイモンは彼女の顔をのぞき込み、濡れた髪を撫《な》でつけた。血の気のない顔。それでも、彼女は生きている。生きているんだ。

「なぜなんだ?」

「あなたの邪魔にならないように」

「リネット」サイモンは目をつぶった。「死んでいたかもしれないんだぞ」

「でも、生きているわ。あなたが助けてくれたから」リネットは片手を上げ、彼の頬を撫でた。「あなたは命の恩人ね」

サイモンはゆっくりと目を開けた。そこには強い感情があふれていた。「リネット、わたしは――」

「いらっしゃい」新しい声が割り込んだ。「風邪をひかないうちに中へ入って、服を乾かしたほうがいい」声の主はかたわらに立つ修道士だった。

サイモンは視線を上げた。「助けていただいて感謝します、ブラザー……」

「ブラザー・ジョン・ギブソン。慈善係です」

リネットはいいところで邪魔に入った修道士を蹴飛ばしてやりたかった。サイモンは何を言おうとしたのかしら? わたしを愛していると? だとしても、わたしには愛される資格がない。ため息をつくと、彼女は無理に笑顔を作った。「そのうちサイモンを救貧院に案内するつもりだったけど、まさかこんな形で訪ねることになるなんて」

「急ぎましょう、ブラザー・ジョン。早く濡れた服を脱がせないと、彼女が病気になってしまう」サイモンはしかめっ面でリネットを抱き上げた。

「さあ、どうぞ」ジョンはあわてた様子で、煌々《こうこう》と明かりが灯《とも》る救貧院に彼らを案内した。

リネットはたくましい腕の中で体を丸めた。これほど安心できる確かな場所はない。そう思いながら、サイモンの険しい顔を見上げた。以前の彼女なら、怒りの表情と勘違いしたかもしれない。しかし今は、その表情の裏に不安と気遣いが隠れていることがわかった。サイモンはわたしのことを気にかけている。それがわかっただけでも、溺れかけたかいがあるわ。


「確かに死んだのか？」ジェヴァンは問いただした。

ロブ・フィッツヒューはうなずいた。「川に落ちた女を助けようとして飛び込みやがった」

「ばか」ジェヴァンは彼の頭を平手で殴りつけた。「生け捕りにして日誌を手に入れろと言っただろう」

壁まで飛ばされたロブは、次の一撃をかわすために両腕を上げた。「おれのせいじゃない。おれは生け捕りにするつもりであいつに襲いかかったんだ。そしたら、あのばか女が腕にしがみついてきて。ほらな」彼は袖《そで》をめくり、リネットの爪が残した長い引っかき傷を見せた。

ジェヴァンは冷笑を浮かべ、宿屋の狭い屋根裏部屋を歩き回った。彼は講義を抜け出してここへ来ていた。これ以上欠席が増えれば鞭《むち》打ちの罰を与えると学長から警告されていたが、司教の死によるごたごたが続いているため、彼の不在が気づかれる可能性は低かった。おとといの夜、彼が食事の席にいなかったことに誰も気づかなかったように。

今は証書を見つけるのが最優先事項だった。あれはサースタンの遺言書の修正版なのだ。司教は修正版でブラックストーン・ヒースをサイモンに譲渡すると認め、サイモンの死後、譲渡相手をジェヴァンに変更していた。サイモンが日誌もろとも川に飛び込んだとしたら、どうすればいいのか？「死体は見つかったのか？」

「いや」ロブは壁から背を起こした。「今、執行長官の子分どもが川沿いを捜索してる。けど、あれだけ流れが急だと、どこまで流されたか。おれも加勢に行ったほうがいいかな？」

「ああ、行ってこい。ただし、今度はへまをするな。サイモンの死体を見つけて、日誌を手に入れろ」

「任せとけって」ロブは屋根裏を飛び出していった。

その足音が消えるのを待って、ジェヴァンはサイモンの部屋へと下りていった。

サイモンとリネットが救貧院をあとにしたのは、宵闇《よいやみ》がいちだんと濃さを増すころだった。救貧院にいる間に一雨降ったが、今はその雨も上がり、空気に爽《さわ》やかな湿り気が感じられた。今のわたしの心を映したようだ、とサイモンは思った。彼は今、生まれ変わった気分だった。

「お世話になりました、ブラザー」サイモンは礼を言った。

「それがわたしたちの務めですから」修道士は答えた。「困っている者を手助けすることが」

謙虚すぎる言葉だった。ジョンと救貧院の住人たちは、二人の命を救ってくれたのだ。ジョンは小柄な男で、優しい目に似合わぬ活力の持ち主だった。二人の濡れた服を脱がせて厚い毛布にくるみ、談話室の炉で服を乾かしてくれた。料理人は体が温まるようにと熱いスープを運んできた。女たちは二人のかじかむ足をさすってくれた。その大半は小さな子供のいる寡婦たちだった。

サイモンは大勢の人間に囲まれていることを感謝

した。そうでなければ、起きたことについてよくよ考えていただろう。命を落としかけたのはこれが初めてではない。だが、今回はリネットが一緒だった。リネットの指が離れたときの感覚を、彼は繰り返し思い出した。

彼女はわたしを救うために死を選んだ。

そのことを考えると胸が熱くなった。謙虚な気持ちになった。今まで恐れていたものを直視する勇気がわいてきた。

「本当にありがとう、ブラザー・ジョン」リネットの声はまだかすれていた。体も小刻みに震えていた。

その震えがサイモンが築き上げてきた心の壁を突き崩した。彼は細い腰に腕を回し、リネットを引き寄せた。いつもは気丈な彼女がもたれかかってくるのを感じると、心臓が激しく轟《とどろ》いた。リネットはわたしを必要としている。必要とされることには慣れていた。困っている人々を助けたこともあった。しかし、自分が誰かを必要としているのは衝撃的な新事実だった。

サイモンはその衝撃を振り払った。「あなたの救貧院には心から感銘を受けました」

「神とサースタン司教のおかげです」ジョンは十字を切った。「今後もこの仕事を続けられればよいのですが」

「何か問題でも？」サイモンは尋ねた。

ジョンはため息をついた。「助祭長は救貧院が設立された経緯を快く思っていないのです。場合によっては、閉鎖を命じられるかもしれません」

「それでは貧しい人たちが飢え死にしてしまうわ」リネットは叫んだ。

「確かに」ジョンは唇を噛《か》みしめた。「しかし、ブラザー・クリスピンは規則は厳密に守るべきだという考え方なので。最初に彼に会ったのはウェルズでした。当時、彼は司教座聖堂の参事会員で、わたしは見習い修練士にすぎませんでした。あるとき、仲間の修練士が病気の父親を見舞うため、許可を得ずに抜け出したのです。彼が戻ってきたのは、聖堂の門が閉ざされたあとでした。その晩は吹雪でね。それでも、クリスピンは規則に従い、朝まで門を開けることを許さなかった。結局、その修練士は凍死しました」

「その人を見殺しにしたの？」

「それが神のご意思だ、とクリスピンは言っていた。不服従に対する罰だとね。ウェルズの主任司祭も彼に反論しなかったのです」

リネットは大きく息を吸った。「でも――」

サイモンは彼女に警告の視線を投げた。確かにひどい話だ。これでクリスピンに対する疑いがさらに濃くなった。だが、その疑いを口にするのはまずい。

「行こう。ドルーサとエイキンが心配しているぞ」

「無事に帰り着けるよう、二人の助修士に送らせましょう」

「ありがとう」サイモンはつぶやいた。店へ着くまでに、外は真っ暗闇になるだろう。そして、その暗闇のどこかに、例の盗賊が潜んでいるはずだ。わたし一人なら、それでもかまわないが……。

彼は片手を剣の柄《つか》に置き、もう一方の手をリネットに回して歩きだした。二人の大柄な助修士がすぐ後ろに続いた。張りつめた沈黙の中、彼らはダーレイの中心部を抜けていった。

スパイサー通りに入ったとき、サイモンは店の向かいに陣取っていた物乞《ものご》いが消えていることに気づいた。我々を捜しているのだろうか？　だとしたら、連中に見つからないうちに店の中に入ったほうがいい。

彼は助修士たちを振り返り、年上のほうの手に二枚の硬貨を押しつけた。「救貧院のそばにパン屋があった。帰る途中、子供たちに菓子でも買ってくれないか」

「みんな、喜びます。菓子なんてめったに食べられないから」

「わかるよ」だが、ブラザー・ジョンの愛情があるだけ、あそこの子供たちはわたしよりましかもしれない。

「ブラザー・ジョンによろしく」リネットが挨拶《あいさつ》した。

扉を叩《たた》くと、待ちかねたようにエイキンが飛び出してきた。「お嬢さん。サー・サイモン。心配してたんですよ」

サイモンはリネットを中に押し込み、扉を閉めて閂《かんぬき》をかけた。「服を見繕っているうちに時間を失念してしまってね。例の物乞いだが、いつごろ消えたかわかるか？」

エイキンは眉をひそめた。「一時間くらい前かな。僕がお客さんの注文で胡椒《こしょう》の実を量ってたときでした。それが何か？」

「物乞いは一人で移動したのか？」

「ええと」エイキンは顎をかいた。「たしか、バードルフがやってきて、そのあと、いなくなったんじゃなかったかな」

「そうか」つまり、ハメルは我々が溺死《できし》したと信じているわけだ。「兵士たちはどこだ？」

「台所です。ちょうどこれから食事で。呼んできましょうか？」

「いや、いい。ドルーサに我々が戻ったことを伝えて、リネットの世話を頼んできてくれないか」

「自分の面倒くらい見られるわ」エイキンが台所へ走り去るのを待って、リネットはぶつぶつ言った。

「あんなことがあったんだ。今晩は体を休めたほうがいい」

「お願いだから、川での一件は黙っていて。エイキンやドルーサを心配させたくないの」

サイモンは顔をしかめた。「彼らに嘘《うそ》をつく気はない。わたしは嘘が嫌いだ」当然だ。自分の人生が嘘で固められていたのだから。「盗賊がまた襲ってきた場合に備えて、警戒する必要もある」

「盗賊？　ただの追いはぎじゃなかったの？」

ドルーサがあわててやってきた。「エイキンから聞きましたよ。何があったんです？」彼女は二人の顔を交互に見比べた。

「リネットが川に落ちてね」サイモンはそっけなく説明した。

「それで、彼まで飛び込んだの」

ドルーサはあんぐりと口を開けた。「二人そろって溺れたかもしれないのに」

「サー・サイモンは泳ぎが得意なのよ」リネットは話を省略することで嘘を避けた。「それにほら、わたしたち、こうしてぴんぴんしているわ。救貧院の人たちが助けてくれて、そこで長居をしてしまっただけなの」

「かわいそうに」ドルーサはリネットを抱きしめた。「すぐにやすまなきゃ。あたしが寝台を温めて――」

「わたし、疲れていないわ」リネットは使用人の抱擁から身を引いた。「おなかはすいているけど」

「そうでしょうとも。エイキンが宿屋から羊肉のパイをもらってきたんですよ。けど、台所でむさくるしいお兄さんたちと一緒に食べるってのはどうもねえ」ドルーサはためらった。「そうだ、お嬢さんの部屋までエイキンに運ばせましょう」

「サー・サイモンの分もお願い」リネットは言った。

サイモンに値踏みするような視線を投げてから、ドルーサはせかせかと立ち去った。

「リネット、君の部屋で二人きりになるのはまずいだろう」実際、危険すぎる。

「今日、調べたことをまとめて、次の予定を決めなくては。そのためには、邪魔の入らない場所のほう

「がいいわ」

サイモンはため息をついた。リネットの言うとおりだ。ドルーサは聞いた話をうかつにしゃべったりしないだろうが、エイキンは当てにならない。「では、お先にどうぞ」彼はしぶしぶ譲歩した。

リネットはからかうような微笑を浮かべた。「安心して。悪さはしないから」

わたしもそんなふうに断言できたらいいのだが。サイモンは重い足取りで彼女のあとに続いた。手持ち無沙汰《ぶさた》にならないよう、暖炉の火をおこした。それがすんでも、剣は外さなかった。剣を身につけた状態なら、女を誘惑しづらいからだ。「さて、どこから始めようか？」

「まず、わたしをにらみつけるのをやめて」リネットは借り物のマントを脱ぎ、寝台にかけた。「今日は大変だったわね。百年分生きた気分だわ」

「ああ。めまぐるしい一日だった」サイモンは落ち着かなかった。心を丸裸にされて、彼女の前に立っているような気がした。

「ほんと」リネットは暖炉の前に彼と並んで立ち、燃える炎を見つめた。「わたしの世界は一変してしまったわ。サースタンの死、あなたの生還、わたしたちへの脅し……」

サイモンはうなずき、彼女の横顔を盗み見た。彼にとっては、司教の死も目下の危険もたいした問題ではなかった。父親はもともと死んだも同然の存在だったし、この四年間、つねに危険と隣り合わせで生きてきたからだ。彼の心の平和を乱しているのはリネットだった。

エイキンが覆いをかけた盆を運んできた。瞳が好奇心に輝いている。「お嬢さんを助けてくれたんですってね。ありがとうございます」

サイモンは肩をすくめた。「たいしたことじゃない」

「わたしにとってはたいしたことだけど」リネットは哀れっぽく微笑《ほほえ》みかけた。

「何があったんですか？」

「例によって、わたしが無茶をしたのよ」

サイモンは彼女をにらんだ。「食事がまだなんだろう、エイキン？　わたしはお嬢さんと……彼女の無茶について話があるから」

エイキンは名残惜しげな様子で出ていった。

「あなたはわたしたちを襲った男を知っているんでしょう？」リネットは問いただした。

「なぜそう思うんだ？」

彼女は無言で見つめ返した。

そう簡単に折れてたまるか。「食事をしよう」サイモンはテーブルへ近づき、腰掛けを二つ引き出して、片方に腰を下ろした。

リネットは腕組みしたまま動かなかった。

「わかったよ」サイモンはうなった。「ここに座って」

リネットはもう一方の腰掛けに座った。

「あの男はヨークからの道中で我々を待ち伏せした盗賊団の頭《かしら》だ」

「一人だけ逃げたという盗賊？」

「ああ」サイモンは羊肉のパイを切り分け、一番いい部分を彼女の鉢に盛り、続いて自分の鉢に盛った。それから、匙《さじ》を手に取って食べはじめた。「断言してもいいが、あの顔はダーレイの大聖堂で見たことがある。君は？　見覚えはなかったか？」

「ないと思うけど。わたし、短剣のほうに気を取られていたから」

サイモンの体が震えた。そうだ、わたしは彼女を失うところだったのだ。

「不思議ね。盗賊がわざわざあなたを追ってくるなんて」

サイモンは顔を上げた。リネットは料理には手をつけず、じっと彼を見つめていた。「たまたまわたしを見つけて、仲間の仕返しをしようと考えたんじゃないか」

「だったらなぜ、あなたが一人きりになるのを待たなかったの？」

「そこまで知恵が回らなかったんだろう」

「でも、盗賊団の頭だったんでしょう。そうとう頭が切れたはずよ。ターンブル執行長官にもハメルにも捕まらなかったんだから」

サイモンは目をしばたたいた。「言われてみれば確かにそうだな。裏に誰かいるのかもしれない。どこかの貴族が略奪の分け前をもらう代わりに、連中を保護していたとか」

「じゃあ、なぜわざわざダーレイまで来たの？」

「その貴族に罰せられることを恐れて、逃げてきたのかもしれない」

「あるいは、傷を治しに来たのかも。ネルダばあさんなら、うさんくさい傷も黙って治療するから」

サイモンは顔をしかめた。「それも考えつかなかった。今日は頭がどうかしているな。あの男の居所を知らないか、ネルダばあさんにきいてみよう」

「彼女は口が堅いわよ」

「銀貨を出せば、その口も柔らかくなるだろう」

「ええ、確実にね」リネットは匙を取り上げ、パイをもてあそんだ。「ねえ、わたしがクリスピンを疑うのは間違っているのかしら？」

「虫の好かない男だが、殺人となると……」サイモンはかぶりを振った。

「ブラザー・ジョンの話を聞いたでしょう。こっそり抜け出した見習い修練士を見殺しにするような人なら、何かの罪でサースタンを罰するくらいやりかねないんじゃないかしら？」

「だろうな。富、権力、女。望むものを手に入れるために罪を犯す聖職者の話はよく聞くし」サイモンは母親のことを考えた。母親は自ら進んでサースタンに身を委《ゆだ》ねたのだろうか？　それとも、サースタンに力ずくで寝台に連れ込まれたのか？

「このまま犯人を突き止められなかったら……」リネットは不意に立ち上がり、暖炉へ向かった。

「まだあきらめるのは早い」サイモンは彼女の背後に歩み寄った。

小さな背中が震えていた。その震えを抑えるかのように、リネットは両腕で自分の体を抱きしめた。

「生と死がこれほど近いものだなんて、今日の午後まで気づかなかったわ」

彼女を失いかけたことを思い出し、サイモンも身震いをした。「リネット」彼は両腕を広げた。リネットは自然にその腕の中へ吸い込まれた。

柔らかく華奢《きやしや》な体。わたしの体とは全然違う。なぜ今まで意識しなかったのだろう？　一人の女と長い時間を過ごしたことがなかったからだろうか？

世間の親たちは年ごろの娘をわたしに近づけようとしなかった。わたしが文無しの婚外子だったからだ。

わたしには絆《きずな》と呼べるものがなかった。エドマンド卿《きよう》に誓った忠誠と、黒薔薇《ばら》団の五人の騎士たちとの間に芽生えた友情以外は。だが、リネットは違った。快活で思いやりにあふれ、強いくせにもろくて。彼女はわたしの中に埋もれていた何かを呼び覚ました。だが、このままではいけない。わたしはリネットにはふさわしくない。一生妻を娶《めと》らない、父親にはならない、と心に誓っているのだから。

「これが必要だったの」リネットは大きな胸に寄り添ってささやいた。「ブラザー・ジョンもいろいろと気遣ってくれたけど、わたしが求めていたのは、こうしてあなたに抱かれることだったの」

「わかっている」そう、わかっているんだ。サイモンは歯を食いしばって欲望に耐えた。「君のところまで泳ぎ着けないかと思った」

「でも、あなたは来てくれた」リネットは潤んだ瞳を上げた。「命がけでわたしを救ってくれたわ」

「当然だろう？」涙を浮かべた琥珀《こはく》色の瞳に、彼自身の姿が映っていた。わたしは溺れかけている、とサイモンは思った。この瞳に。リネットに。次の瞬間、二人の唇が重なった。

リネットは小さなため息をついた。両腕を彼の首に絡め、自ら体を預けた。彼女の反応はみずみずしく素直だった。サイモンの体に火がついた。これほど熱く、これほど必死に誰かを求めたことはなかった。彼はリネットを持ち上げ、二人の体を密着させた。

完璧《かんぺき》だ。柔らかなふくらみと窪《くぼ》みが、わたしのごつごつした体にぴたりと合わさる。あの夢のように。

サイモンはうなり、キスを深めた。これは正しいことだ。ここがわたしのいるべき場所なのだ。

「サー・サイモン！　サー・サイモン！」

サイモンは弾《はじ》かれたように顔を上げ、リネットの瞳をのぞき込んだ。それから、叫び声が階下から聞こえてきたことに気づいた。

護衛の兵士たちだ！

「ここにいて」彼はリネットを床に下ろし、階段まで走った。マイルズが階段の下に立っていた。「どうした？」

「裏口に男が訪ねてきています」

「こんな時間に？　よほどの急用だな」悪い知らせを覚悟して、サイモンは台所へ下りていった。

11

「サイモン！」戸口に立っていたのはアンセルムだった。彼はふらふらの状態で苦しそうに胸を押さえていた。

「大丈夫ですか、ブラザー・アンセルム」サイモンは看護僧の体を支えて、炉辺のベンチへ案内した。

「生きとったのか！」アンセルムの青ざめた顔に希望の色が現れた。「リネットはどうした？」

「二階でやすんでいます」視線を上げたサイモンは、自分たちが囲まれていることに気づいた。ドルーサは気を揉《も》んだ様子で、エイキンは勢い込み、兵士たちは好奇の表情だった。「ドルーサ、ブラザー・アンセルムに何か飲ませたほうがいいと思うんだが」

「じゃあ、ウィスキーを。ついでにお嬢さんの様子を見てきます」ドルーサは小走りで去っていった。

兵士たちに庭の見回りを、エイキンに店の見回りを命じたうえで、サイモンは修道士の横に座った。

「いつ誰から我々が死んだと聞いたんです？」

「九時課をかなり過ぎたころだった。調査報告のために助祭長のところへ行くと、ハメル執行長官とレディ・オデリーンがいて、サースタンを殺した犯人たちが死んだと喜んどった」

「つまり、リネットとわたしのことですね」

「ああ。クリスピンは君たちが犯人だと決めてかかっとるからな。それにしても、いったい何があったんだね？　なぜ死んだことにされたんだ？」

「その話はあとで」瓶を運んできたドルーサを見て、サイモンはつぶやいた。

すぐにリネットが現れた。サイモンは彼女に席を譲り、少し距離を置いて、涙の再会を見守った。リネットとアンセルムの親しさは見た目にも明らかだった。ドルーサも気遣う様子で周囲をうろついている。人々の純粋な愛情を目の当たりにして、サイモンは羨望《せんぼう》を覚えた。だが、それを認める気にはなれなかった。

エイキンが作業場を抜けてきたのとほぼ同時に、兵士たちも戻ってきた。三人とも異状はなかったと報告した。

サイモンはきびきびと指示を出し、兵士たちを持ち場につかせた。あとはこの場をどうさばくかだ。彼にはアンセルムに尋ねたいことがあった。人には、とりわけリネットには聞かれたくないことが。「ブラザー・アンセルム、大聖堂まで送りましょう」

リネットが顔を上げた。疲労がにじむ瞳に疑いの表情がよぎった。「わたしも行くわ」

「何を言ってるんです」ドルーサが叫んだ。「お嬢さんはもうやすまなくちゃ。あたしが枕元《まくら》で見張ってますからね」

リネットはサイモンをにらみつけた。サイモンは愛想のいい笑みを返し、ジャスパーのマントを借りて、アンセルムを急《せ》かすように戸口を抜けた。

「いったい何事かね？」アンセルムが尋ねた。

「歩きながら話します」サイモンはマントのフードで顔を隠し、裏道を選んで歩きだした。夜気は身を切るように冷たく、外に出ている人間はほとんどいなかったが、彼は声をひそめて今日の出来事を語った。

「よく助かったもんだ。神に感謝しなければ」アンセルムは十字を切った。「しかし、その盗賊はなぜ君を尾《つ》け狙《ねら》うんだろうな？」

「わたしは執行長官の差し金じゃないかとにらんでいます」

「執行長官と無法者が仲間だと？」アンセルムはかぶりを振った。「信じがたい話だ」

「それはハメルの本性を知らないからですよ。あいつは貪欲《どんよく》で情け容赦のない狡猾《こうかつ》な男なんです」

「そう考えれば、盗賊一味がなかなか捕まらなかったことも納得がいくが」

「でしょう。わたしはあの男を見たことがあるんです」サイモンは盗賊の頭《かしら》の人相をできるだけ詳しく説明した。「そういう男を町の中か大聖堂で見た覚えはありませんか？」

「なんとも言えんな。わたしは町へはめったに出かけんし、大聖堂は人の集まる場所だ。学生、巡礼者、よそから来た修道士などでつねにごった返しとる」

「まあ、肝心なのは我々が無事だったということですから」

「まったくだ。しかし、悪い噂《うわさ》が広まっていてな」

賑《にぎ》やかなハイダー通りを抜け、脇道《わきみち》へ入るのを待って、アンセルムは説明を続けた。「罪の重さに耐えかねたリネットは川へ身投げをして、君は愛人を救おうとして溺《おぼ》れた。そう助祭長が触れ回っとるんだ」

「都合のいい話ですね」これでクリスピンに対する疑いはますます深まったな。「執行長官の部下たちはまだ我々を捜しているんですか？」

「わたしの知る限りでは。この時期の川は流れが急だから、町の外まで捜索範囲を広げとるだろう」

「副院長は？　あの人も助祭長のところにいたんですか？」

「いや、今日は一度も姿を見とらん」

サイモンの第六感が騒ぎだした。助祭長に疑いを抱いたのは、副院長の言葉がきっかけだった。副院長は疑いの目を自分からそらそうとしているのだろうか？「まさかダーレイを離れたとか？」

「さあ。わたしは施療院にこもりきりだったから」

「ほかに何かわかったことは？」

アンセルムはため息をついた。「推論が裏付けられた。司教は毒を盛られとったよ。少しずつ」

「いつから?」サイモンは足を止めた。

「司教の具合が悪くなったのは五カ月前だった」

「十二月か。そのころ、何か変わったことはありませんでしたか?」

「彼は十一月に発作を起こした。十字軍の戦死者を弔うミサでな。だが、徐々に回復し、十二月には降誕祭のミサを催せるまでになった」

「ネルダばあさんが追放されたのはいつです?」

「あのばあさんに対する訴えが起こったのは、年が明けてからだ。担当したのは助祭長だった。聴聞の結果、訴えが事実であることがわかったが、司教は気候がよくなるまで追放を見合わせた」

「司教と助祭長はそのことで揉めたんでしょうね」

「ああ」

「そのうえ、骨の問題もあったし」サイモンは墓掘りから聞いた話を説明した。

「それは初耳だ」

「墓掘りはサースタンが亡くなった日に、助祭長に呼びつけられたんだそうです。司教を非難するための証人として。助祭長はサースタンに対してひどく腹を立てていたようですよ」

「何が言いたいんだね?」戸口からこぼれる明かりが、アンセルムの当惑した表情を照らし出した。

「助祭長は司教を憎んでいたってことです」

「サースタンを最も憎んでいたのはビリターだぞ」

「ええ、聞いています」サイモンはジーン・ビリターの話を伝えた。

アンセルムは微笑した。「それも神の思《おぼ》し召しだろう」

「まあ、当然の報いですね。しかし、クラレンスにはおとといの晩、司教を襲うことはできなかった。それに、誰かに毒を盛りつづけるだけの辛抱強さもないでしょう」

「だが、クリスピンにはそれがあると?」アンセルムはかぶりを振った。「彼ほど信心深い人間はおらんよ」

「異常なほどに」。一瞬、間を置いてから、サイモンはウェルズの聖堂から締め出されて凍死した見習い修練士のことを話した。「助祭長も結果が手段を正当化するという考え方なのかもしれませんね」

アンセルムはうなだれた。

「それに、助祭長なら簡単に司教の部屋や持ち物に近づけたはずです」

「確かに」アンセルムは大聖堂の前の通りで立ち止まり、その塀を悲しげに見上げた。「しかし、殺人となると……」彼はまたかぶりを振った。「わたしには信じられん」

誰だって信じられないだろう。確かな証拠がない限り。「助祭長の持ち物を調べることができれば、あるいは――」

看護僧はぎょっとしてサイモンを見返した。「助祭長がそんな真似《まね》を許すはずがない」

「わたしも許可を求める気はありません。彼を警戒させるだけですから。彼がすでに毒を処分した可能性もありますし」

アンセルムは眉をひそめた。「クリスピンには司教を突き飛ばすことも、ベラドンナをのませることもできなかった。副院長とともに大広間にいて、サースタンが来るのを待っていたんだからな」

「助祭長に共犯者がいたとしたら?」

「レディ・オデリーンか?」

「たとえばの話ですが」サイモンは慎重に答えた。

「確かに、倒れている司教を発見したのは彼女だ」アンセルムがつぶやいた。「ただし、その時点で司教はまだ生きていた、と彼女は言っている。皆で司教の部屋へ駆けつけ、彼の死体を見つけたときも、彼女は心底驚いた様子だった」

「演技だったのかもしれませんよ」

「やれやれ」アンセルムは顔をこすった。「聖職者と被害者の血縁か。どっちが犯人でも最悪だ。いずれにしても、あの凶行にはかなりの腕力が必要だった。犯人は生きているサースタンの口に無理やりベラドンナを押し込んだのだ」

「無理やり？」サイモンは喉が締めつけられるのを感じた。

アンセルムはサースタンの胃に大量のベラドンナが残っていたことを説明した。「彼の顎にはこじ開けられたような痣《あざ》があった」

「痛かったんでしょうか？」

「多少は」アンセルムはぼそりと答えた。「ベラドンナは体をしびれさせてから命を奪う毒だが、意識ははっきりしたままだそうだ」

「くそ」サイモンは思わず目をつぶった。わたしを捨てた男が生きようが死のうが、知ったことじゃない。だが、その男が助けを呼ぶこともできず、じわじわ死んでいったとなると。サイモンの喉に苦い罪悪感がこみ上げた。わたしがもう少しあの場に残っていたら、何かを目撃したかもしれない。殺人を防げたかもしれないのに。

「しかし、長くはかからん。せいぜい数秒だ」

数秒の生き地獄。レディ・オデリーンには薬草の知識があるのだろうか？

「最初は発作のせいかと思ったが、司教の死に顔が歪《ゆが》んでいたのはベラドンナのせいだったわけだ」

「その話はリネットにはしないでもらえますか？」

「君と副院長以外に話すつもりはないよ。確かに憎むべき凶行だが、わたしはクリスピンやオデリーンを疑いたくはない」

サイモンはやりきれない思いで天を仰いだ。満天の星空に、サースタンの面影が重なった。「しかし、誰かが殺したんです。わたしはその正体を突き止めなければならない。リネットとわたしの濡《ぬ》れ衣《ぎぬ》を晴らさなければならない。鳥兜《とりかぶと》とベラドンナの出所は施療院ですか？」

「わたしもその可能性については考えた。施療院の毒薬は鍵《かぎ》のかかる戸棚に保管されている。鍵は一つしかなく、それを持っているのはわたしだ。昨夜、戸棚を徹底的に調べてみたが、何も問題はなかった。一粒、一滴として欠けていなかった」

「中身がすり替えられた可能性は？」

「むろん、中身も確認した」アンセルムは語気荒く断言した。

サイモンは片手を上げた。「自分でも鵜《う》の目鷹《たか》の目になっていると思います。しかし、なんとしてでもリネットの嫌疑を晴らしたいんです」

「わかっとる」アンセルムは彼の腕に手を置いた。「リネットを川から救ってくれてありがとう」

潤んだ目で見つめられ、サイモンは決まり悪そうに肩をすくめた。

「それで、次はどうするね？」

「明日は司教館へ乗り込み、我々の無事な姿を見せて、助祭長の反応を探るつもりです」

終祷《しゅうとう》の鐘が町じゅうに鳴り渡った。

「行かなければ」アンセルムはつぶやいた。「リネットを助けてくれたことを改めて感謝するよ。あの子はサースタンにとって娘も同然の存在だった。君たちの仲むつまじい様子を見たら、彼もさぞ喜んだだろう」

「我々はそういう間柄じゃありません」サイモンはあわてて否定した。

「まあ、君の心を一番よく知っているのは君自身だから」そう言い残して、アンセルムは去っていった。

それがわからないのだ、とサイモンは思った。自分の心がどうなっているのか。以前はわかっていた。わたしの心は墓場のように冷たく空虚だった……リネットに会うまでは。

「おれのレディに乾杯」ハメルは掲げた杯をオデリーンの杯と触れ合わせた。彼らは市場の近くにあるハメルの家の寝室に座っていた。

オデリーンは杯を傾けながら、彼を言いなりにする方法を考えた。少しだけ事実を話すのも悪くないかしら。ハメルはごうつくばりだから。「わたくし、不安なの。サースタンがいなくなったら、もうあの館《やかた》には住めないんじゃないかしら」

「君一人くらいおれが面倒を見てやるよ」ハメルは杯を置き、彼女の両手を取った。「ジェヴァンには大聖堂の寮があるし」

「それはサースタンが学費を出していたからよ」こんな小さな家でハメルのような薄のろと暮らすなんて、考えただけで涙が出るわ。「サースタンはわたくしたちに小さな土地を遺《のこ》すつもりでいたの。証書も見せてもらったわ。でも、その証書が消えてしまって。サイモンに盗まれたのよ」

「土地？」ハメルの瞳が輝いた。

「小さいけれど豊かな土地よ。日誌を見つけてほしいとあなたにお願いしたでしょう。証書はあの中に挟んであったの」

「任せとけ。おれが取り戻してやるよ」

「どうやって？　ジェヴァンがサイモンの部屋を捜しても、見つからなかったのよ」

「おれが改めて捜そう。サイモンが死んだ今なら、やりたい放題だ。やつの荷物を持ち去ろうが、マットレスを引き裂こうが、服をびりびりにしようが――」

「溺れたとき、サイモンはあれを持っていたのかもしれないわ」

「死体はまだ見つかってないからな。だが見つかったときは、やつの手足をばらばらにしてでも――」

「そこまで聞かせないで」オデリーンはつぶやいた。

「すまない。君が繊細だってことを忘れてた」ハメルは彼女の腕を軽く叩《たた》いた。「司教が信頼できる人間に証書の写しを預けたって可能性はないのか？　たとえば、助祭長あたりに？」

オデリーンは目をむいた。「クリスピン・ノーヴィルに何かを預けるくらいなら、サースタンは地獄に落ちるほうを選んだでしょうね」そうよ、今ごろ、地獄に落ちていればいい。証書を餌《えさ》にしてわたくしを嘲《あざけ》った罰よ。当然の報いだわ。

ここにいる間、面倒を起こさなければ、ジェヴァンが学業を終えたあかつきにブラックストーン・ヒースを与えよう――サースタンはそう約束したのだ。

その約束を頼りに、オデリーンは尼僧のように暮らしてきた。少なくとも、サースタンが病気になるまでは。

「いちおう助祭長に尋ねてみてもいいけれど、あの人はわたくしを快く思っていないもの。きっと土地を教会のものにしようと画策するわ」

ハメルは鼻を鳴らした。「あの男ならやりかねんな。よし、おれたちだけで捜そう」

そうこなくちゃ。オデリーンは伏し目がちに微笑を返した。男って本当にばかで単純な獣《けだもの》ね。彼女はハメルのたくましい体に視線を這《は》わせた。ふと見上げると、ハメルの瞳が欲望でぎらぎらしていた。

「証書のことは誰にも言わないと約束して」

ハメルはにやりと笑った。「わかってる」

オデリーンはわざと気を持たせ、彼がキスをしようと身を乗り出した瞬間に立ち上がった。「サイモンがあの薬種店に証書を預けた可能性もあるわ」彼女は窓辺へ歩み寄った。ハメルが忠犬のようにあとを追ってくるのは承知のうえだった。

「じゃあ、あそこも家捜ししよう」

「どうやって？　どんな口実で？」

「ハメルは証書を捜す気でいるわ」

「よかった。いけすかないやつだが、執行長官なら僕が入れない場所も堂々と捜索できる。これだけ苦労したあげく、ブラックストーン・ヒースを失うのはごめんだからね」

オデリーンはうなずき、マントのフードを引き上げた。母子《おやこ》は大聖堂へ向かってゆっくりと歩きだした。

「先に証書を取り上げればよかった」道に転がる石ころを蹴《け》りながら、ジェヴァンがぼやいた。

オデリーンの背筋にぞっとする感覚が走った。「先にってどういう意味なの？」

母親をちらりと見返してから、ジェヴァンは肩をすくめた。「ここにとどまると同意する前にさ。学校にはもううんざりだ。僕が教会書記だって？」盛大に鼻を鳴らす。「死んだほうがましだね」

「サースタンも同じことを言ったわ。リチャード兄

ハメルは彼女を振り返らせた。「口実はなんとでもなる」そう言いつつ、強引に唇を合わせた。「おれを信じろよ」

オデリーンは男を信用していなかった。唯一の例外はジェヴァンだ。彼女とジェヴァンはお互いにとってただ一人の頼れる存在だった。「いいわ。ただし、サースタンの葬儀までに証書を見つけて」

「任せとけ」ハメルは彼女を寝台へ運び、飢えた獣のようにのしかかった。情熱が情熱を呼び、彼らは性急に互いの服をはぎ取った。

サースタンに今のわたくしを見せてやりたいわ。ハメルの下で絶頂に昇りつめながら、オデリーンは考えた。

しばらくのち、身繕いをすませた彼女は、いびきをかいているハメルを残して部屋を出た。

裏門で待っていたジェヴァンが立ち上がった。

「それで？」

様が亡くなって、代わりに司教になれとお父様から命じられたときに。でも、結局はうまくいったでしょう」オデリーンは前方の司教館に目を向けた。松明《たいまつ》の光が灰色の石造りの建物を白く輝かせていた。

権力。富。威信。

確かにわたくしの異母兄はよくやったわ。ろくでなしにしては。

だけど、それももうおしまい。

オデリーンはひっそりと微笑した。

店の周囲を一巡し、怪しい気配がないことを確かめてから、サイモンは裏口を叩いた。

すぐにマイルズが扉を開けた。「どうかしましたか、サー・サイモン？」

「いや、何も問題はない」

ドルーサがテーブルから立ち上がった。すでに寝支度をすませていたが、落ち着かない表情だった。

「お嬢さんがやすもうとしないんですよ。あなたが戻るまで待つって」

悪夢が怖いのか。サイモンは考えた。わたしも今夜はうなされそうだ。できればリネットのそばにいてやりたい。一晩じゅう抱いていてやりたい。だが、そうなれば彼女を慰めるだけではすまないだろう。

「同じ部屋で眠ってあげたらどうだ？」

「あたしもそう言ったんですけどねえ」ドルーサは袖《そで》で目をこすった。「お嬢さん、祈祷書を抱きしめて、ただぼんやりと座ってるんですよ」

「祈祷書？」

「ええ。あの夜、司教からいただいたとかで」

サイモンはみぞおちが締めつけられるのを感じた。死んだ人間に嫉妬《しっと》するのは理不尽だが、リネットのこととなると、彼は理性を失ってしまうようだった。

「彼女と話してくる」

リネットは消えかけた火の前に座っていた。いとしい子供を抱くように、革張りの小さな本を胸に押し当てていた。

「リネット、このままだと病気になってしまうぞ」

「館に残るべきだったの」彼女はつぶやいた。「わたしが残っていれば、殺人犯も――」

「やめろ」サイモンはひざまずき、彼女の肩をつかんだ。「それはわたしも同じだ。わたしが自分を責めなかったと思うのか？」

「でも……あなたは彼が死んでも平気なんでしょう」

「数日前まではそうだった。だが今は……」サイモンはため息をついた。「父親としては失格だったかもしれない。だが、彼は悪い人間じゃなかった。信徒たちにとっては、有能で思いやりのある指導者だったんだ」

リネットは弱々しく微笑した。「ええ、そうよ。あなたが少しでも彼のことを好きになってくれてよかった。だけど、やっぱり考えてしまうの。もしあのとき……」

「あのとき、君が殺人を防いだとしても、犯人はまた別の機会を狙っただろう」

「そうね」リネットは本をさらに強く抱きしめ、悲痛なまなざしで彼を見返した。

サイモンはためらった。このようなまなざしは前にも見たことがある。戦友を失った騎士たち。戦いで生活を破壊された罪のない農民たち。深い苦悩に対する答えはないが、せめて少しでも楽にしてやれたら。「その祈祷書を朗読してやろうか？」

リネットは一瞬考えてから首を振った。「まだ癒《いや》しの言葉を受け止められる気分じゃないから」

サイモンはうなずいた。「ドルーサを呼んで、ここに寝かせるといい」

「それより、あなたにそばにいてほしいの」

サイモンの血が騒ぎ、心臓が高鳴った。「君は疲れて、動揺している。だから、自分が何を言っているかわからないんだ」

「わかっているわ」苦悩の色が薄れた瞳に、思慕の表情があふれた。

サイモンの体が震えた。彼はリネットが欲しかった。リネットも彼を求めていた。彼女の肌は上気し、瞳は情熱にかすんでいた。しかし、その瞳の奥に垣間見えるもろさが、彼を思いとどまらせた。「そばにいるよ」サイモンはささやき、彼女の頰を撫《な》でた。

リネットは彼の名前をつぶやき、手のひらに唇を当てた。その仕草にサイモンは胸が詰まり、彼の決心をより確かなものにした。

「リネット」サイモンは立ち上がり、彼女を抱えて寝台へ運んだ。彼女を横たえた瞬間、薔薇《ばら》の香りが鼻孔を満たした。あの夢と同じにおい。彼女の体もあの夢と同じなのだろうか。「リネット」サイモンは再びつぶやき、理性を失わないうちに背を起こした。

「サイモン？」リネットは戸惑いの表情になった。

「おやすみ。わたしはここにいる……あの椅子に」

「だけど、わたし……」リネットの瞳に涙があふれた。「わたしが望んでいたのは……」

「わたしも同じ気持ちだ。だが、今夜は二人とも疲れている」金色の髪にそっと触れてから、サイモンは寝台を離れ、炉棚の蝋燭《ろうそく》を吹き消した。

「サイモン？」

サイモンは既視感に襲われた。暗闇《くらやみ》を通して聞こえてくる声は、夢の中の声とそっくりだった。「どうした？」

「帰らないでくれてありがとう。あなたのそばなら安全ね」

サイモンはうなった。安全どころか。わたしの自制心は崩壊寸前だ。「おやすみ」彼はつぶやいた。

しかし、彼自身は眠れそうになかった。

12

クリスピン助祭長は大聖堂の階段を小走りで下りていった。後ろに続く修道士や学生たちを気遣う余裕はなかった。彼は気が立っていた。大聖堂の運営方法の改善など、やるべきことは山とあった。しかし、司教が襲われた夜の全員の所在確認について、ジェラードがこぼすのを聞いていたとき、彼はとんでもないことに気づいた。自分とサースタンの病を結びつける証拠が残っていることに。

鳥兜《とりかぶと》の粉が入った壺《つぼ》を始末しなければ。

「死なせるつもりはなかった」クリスピンはつぶやいた。わたしはただ、サースタンが病気で司教を辞し、もっとふさわしい人間が司教になることを望んだだけだ。

「神のご意思ですね」いつの間にか隣に現れたジェラードが言った。

「え?」クリスピンはぎょっとした。

「あの娘と騎士のことですよ。溺《おぼ》れ死んだのは天罰でしょう。騎士が十字軍に加わる前から、二人は深い仲だったとか」

「ああ。十字軍が東方へ発《た》つ前夜に、ハメル執行長官が二人が一緒にいるところを見たそうだ」

「司教に愛人を横取りされたと知って、騎士は激怒したでしょうな」

クリスピンはうなずいた。危うく罠《わな》を逃れた兎《うさぎ》のように、心臓が飛びはねていた。これで調査は打ち切りだ。わたしのしたことが露見する恐れはない。あとは鳥兜を始末し、大司教へ報告書を送って、わたしが司教に任命されることを祈るのみだ。「神のご意思だな」彼は言った。

「本当に。今夜のご用は？」

「ない」上の空で答えてから、クリスピンはジェラードの意外そうな表情に気づいた。「今夜は僧房で祈ることにする。仕事は明日の朝から始めよう」

うなずいたものの、ジェラードはまだついてきた。わたしの僧房までついてくるつもりだろうか。クリスピンは不安になりかけた。しかし、ジェラードは階段の手前で別れを告げ、参事会堂の方角へ向かった。

クリスピンは安堵《あんど》の息を吐き、そそくさと司教館に入った。入り口は薄暗く、壁の輪に差し込まれた一対の松明《たいまつ》が影を落としていた。その暗がりから人影が現れ、彼は息をのんで後ずさりをした。

「わたしです、助祭長どの」若々しい声が言った。

「ああ、ご苦労」クリスピンはどきどきしながら、今夜の門番役を務めている修道士にうなずきかけ、右手の階段へ進んだ。ここでも松明がわずかな光を投げかけていた。彼は反射的に司教の部屋を見上げた。神に仕える身にあんな贅沢《ぜいたく》な部屋はいらない。そう考えつつ、貯蔵室や放浪修道士のための簡素な部屋が並ぶ地下へ下りていった。

助祭長には参事会堂の続き部屋が割り当てられていたが、クリスピンが選んだのは、じめじめと冷たいこの地下の小部屋だった。彼は床に置かれた籠《かご》から蝋燭《ろうそく》を一本取り、それに松明の火を移すと、貯蔵室の扉の前を通り過ぎ、扉のない自分の僧房に入った。僧房は薄っぺらな寝台と櫃《ひつ》が置けるだけの広さしかなかった。櫃の中には、祈祷《きとう》の言葉を書き記した羊皮紙や粗末なマント、古い僧服がおさめられ、その下に布にくるんだ壺が隠してあった。

クリスピンはちらりと櫃を見やり、背後を確認した。今夜ばかりは扉が欲しいと思った。だが、悪行の証拠をこのままにしてはおけない。彼は蝋燭を床に置き、そろそろと櫃の蓋《ふた》を持ち上げた。

「ブラザー・クリスピン」低い声がした。

あわてて振り向いたクリスピンは、勢い余って床にひっくり返った。その衝撃に呆然《ぼうぜん》としながら、戸口に立つ人影を見定めた。

ウォルター・ド・フォーク。

「ふ、副院長どの」クリスピンは口ごもった。「なぜこんなところに？」

「わたしはこの隣で眠っていますから」

「しかし……あなたの部屋は上の階に……」

「立派な部屋です」ウォルターは含みのある微笑を浮かべた。「だが、わたしは誓ったのです。サースタンを殺した犯人が捕まるまで、贅沢はいっさい慎もうと」

クリスピンは急いで立ち上がった。「しかし、あの娘は……二人は……死にましたぞ。川で溺れて」

「そうですか？」ウォルターのまなざしは冷たく懐疑的だった。「だとしても、これで事件の全容がわかったわけではない。すべてが解明されるまで、わたしは質素な生活を続けます。そのために隣の部屋をお借りし、夜は瞑想《めいそう》と祈りのうちに過ごすことにしたのです。では、おやすみ、ブラザー」軽く会釈をして、彼は戸口から消えた。

クリスピンはうなり、その場にひざまずいた。ウォルターは何かを疑っているのだろうか？　それとも、わたしが事件を解決し、昇進することを妨げようとしているだけなのか？

いずれにしても、あの男は要注意だ。

クリスピンは櫃に視線を投げた。今、鳥兜を動かすのはまずい。すべてがうまくいくことを祈りながら、しばらくは様子を見るとしよう。

サイモンは扉の前に横たわっていた。リネットが頑固に主張したため、いちおう藁《わら》の寝台を使っていたが、藁の薄いマットレスでは床の固さは緩和できなかった。彼はほとんど寝ていなかった。しかし、寝心地の悪さや不眠は十字軍遠征で慣れていた。慣れないのは、心の奥でうずいている思慕の感情だった。

リネットの安らかな寝息が、寝返りを打つかすかな音が、一晩じゅう彼を苦しめた。もしわたしがあの寝台へ這《は》い込んでも、リネットは歓迎してくれるだろう。そう思うと、余計に欲望がつのった。

名誉なんてろくなものじゃないな。夜明けを迎えるころ、サイモンは考えた。だが、名誉にこだわる性格を変えることはできない。この体に流れる血を変えられないのと同じように。

わたしは変えたいのだろうか？

彼は夜通しその疑問を反芻《はんすう》していた。悩ましい疑問だったが、サースタン・ド・リンドハーストが自分の父親だと知ったあと、彼を苦しめた疑問とはまるで違っていた。

わたしの父親。

サイモンは身じろぎした。以前はその言葉を考えることさえ避けていた。だが、リネットと出会い、ダーレイの人々の話を聞いたことで、考え方に変化が生じた。もちろん、無視されつづけてきた心の傷は消えるものではない。しかし今は、あれほど孤児たちを擁護した男がなぜ自分の息子を捨てたのか、その理由を考えるようになっていた。

ばかばかしい。サイモンは起き上がった。凝った筋肉が抗議の声をあげた。どんな理由があろうと、事実は変わらない。自分の子供を捨てたサースタンに弁解の余地はない。サイモンはそろそろと肩を回してみた。それで痛みは多少和らいだが、心に開いた穴は永遠に埋まりそうになかった。

彼は毛布を押しのけて立ち上がり、寝台に目をやった。リネットは顎の下に両手を添え、こちらに顔を向けていた。頼りなげな寝顔。その頼りなさも彼の不眠の一因だった。サースタンを殺した犯人を突き止めなければ、リネットが犯人にされるかもしれない。恐怖にみぞおちが締めつけられるのを感じながら、サイモンは忍び足で階段を下りていった。

ドルーサはすでに起き出し、火にかけた鍋《なべ》で粥《かゆ》を煮ていた。「お嬢さんはどんな具合です？」

「眠っているよ」

彼女は鋭い視線でサイモンの顔を探った。彼の表情に納得したらしく、にっこり笑った。「あなたはいい人だわ、ブラックストーンのサイモン。さあ、朝食をどうぞ」

サイモンはチーズの塊とパンを受け取り、爽《さわ》やかな朝の空気の中に出た。閂《かんぬき》がかけられる音を確かめてから出発した。町を抜けていく間、彼はどこかの路地から盗賊が飛び出してくることを期待していた。そのときは返り討ちにしてやるつもりだった。

しかし、何事も起こらないまま、レッドタワー門にたどり着いてしまった。彼は門番にネルダばあさんの住まいを尋ねた。目指す小屋は町の壁に寄り添うように建っていた。意外にも頑丈そうな造りだった。ネルダばあさんは小屋の前で腰掛けに座り、鍋をかき回していた。サイモンが近づいていっても、彼女は顔を上げなかった。しかし、彼がすぐそばまで来ると、うつむいたまま口を開いた。「あんたは死んだって聞いたけどね、ブラックストーンのサイモン」

「ほう」サイモンは腕組みをした。「いい知らせは伝わるのが速いな」

「いい知らせ？」ネルダはようやく視線を上げた。「誰があんたの死を喜ぶってんだい？」

「サースタン司教を殺した犯人だ」

彼女の表情は変わらなかった。「それで鼻息荒く乗り込んできたってわけだね？　このネルダが司教を殺したと思って？」

「あるいは、オルフがやったか」

ネルダは鼻を鳴らした。「あたしがこんなところに追いやられたことを恨んで、せがれに司教を殺させたって筋書きかい？」彼女は小屋と川岸を示した。ダーレイから続く流れは汚物で悪臭を放っていた。

「町にいたときのほうが暮らしはましだったろう」

「そうでもないね。今のほうがましなくらいだ。ここでは自由に生きられる」

サイモンは小屋の閉ざされた扉を見やった。「オルフはあの中か？　司教が亡くなって以来、姿を消しているが」

「だったらどうなのさ？」

「彼に二、三、ききたいことがある」

「あれは何も知らないよ」

「オルフは庭で遅くまで働いていたそうだ。あの晩、何かを見聞きしたかもしれない」

「無駄だと思うね」ネルダは川を眺めやった。「オルフはおつむが弱いんだ。親の因果が子に報いってやつさ。それでも、サースタンはあの子を雇って、薔薇《ばら》の手入れの仕方を教えてくれた」彼女は暗いまなざしをサイモンに戻した。「薔薇園は、あの子はどうなっちまうんだろう？」

「新しい司教が決まるまではなんとも言えないな」

「もしクリスピンが選ばれたら、薔薇園はつぶされちまうよ。あいつは陰険な男だから」

サイモンは微笑した。「同感だ」

「あいつはうちのオルフを疑ってるのかい？　リネットに狙《ねら》いをつけてたんじゃないのかい？」

「助祭長は事件を手っ取り早く片づけ、大司教に自分を売り込みたいんだろう」

「ふん。クリスピン・ノーヴィルが司教だって？」

ネルダは白髪頭を振った。「そうなったら町はお先真っ暗だ。あんたはどう思ってるか知らないが、今のダーレイがあるのはサースタンのおかげなんだよ」

「司教を憎んでいたんじゃないのか？」

ネルダは肩をすくめた。「サースタンは自分が正しいと思うことをやっただけさ。確かに、あたしとは考え方が違ってた。でも、あたしを縛り首にしろって話が出たとき、止めてくれたのはサースタンだった」欠けた歯を見せて、彼女はにやりと笑った。「命の恩人を憎むわけにはいかないだろ」

「それにしては、司教の悪口を言っていたぞ」

「しょうがないんだよ。あたしがサースタンを褒めたら、やっぱりネルダばあさんへの罰は軽すぎた、とっちめてやれって言い出す連中もいるから」

サイモンは小屋へ歩み寄り、改めてじっくりと眺めた。小屋の木材は古びていたが、しっかりと補強され、扉も新しいものに替えられていた。「この費用はサースタンが出したんだな？」

ネルダの笑みが広がった。「鋭いね、あんた。普通の人間は気づかないよ。司教が罰当たりなネルダを援助してたなんてさ」

「なぜ援助したんだ？　おまえがやっていたことは教会の教えに反していたのに」

「サースタンもあたしも望んでることは同じだった。亭主もいないのに孕《はら》んじまった娘たちを助けてやりたいって意味じゃね」ネルダは肩をすくめた。「ただ、やり方が違ってた。それだけのことだよ」

サイモンは冷たい水の流れに視線を転じた。「少なくともおまえのやり方なら、親の罪を背負った赤ん坊が生まれることはないわけだ」

「まだサースタンを許せないのかい？」

彼ははっと振り返った。「どういう意味だ？」

「ネルダは物知りなうえに口が堅いんだ」ネルダは得意げに微笑した。「あたしが隠してる秘密を知ったら、あんたは腰を抜かすよ。ここにはお偉い貴婦人たちもやってくる。あんたのリネットの店なんかじゃ買えない薬を求めてね」

「彼女とはなんでもない」サイモンは否定した。つまり、ネルダはわたしがサースタンの息子だと知っているわけか。

「ま、口ではなんとでも言えるさ」ネルダは鍋をかき混ぜ、話題を変えた。「あんた、町に戻ってきて真っ先に司教のとこに行ったんだろう」

「ああ」苦い後悔がサイモンの胸の中に広がった。あれがサースタンとの今生の別れになると知っていれば、もっと違った態度をとっていたのだが。

「怒ってわめき散らしたってとこかい？　あんたは堅物の石頭だからね」

「彼がしたことに弁解の余地はない」

「サースタンは人から恐れられていた。敵もいた。そんな男のもとで育つより、自分の力で人生を切り開くほうが幸せだと思うんだけどね」

「どっちにしろ、わたしは生き延びた」

「だろうね。あんたは強くてたくましいから。けど、赤ん坊がどんな性格の人間に育つかは親だってわからない。だから、赤ん坊を守るために、親は精いっぱいの手を尽くすしかないんだ」ネルダは含みのある表情で頭をかしげた。「歴史は繰り返すとはよく言ったもんだね」

サイモンは背筋を起こした。「サースタンにはほかにも隠し子がいたのか？」

「あたしの知る限りじゃいないよ。けど、どんな人間も罪を犯す。あんたみたいな善人でも。面白いもんだね、罪ってのは。人は自分の罪を隠すためならなんでもやる。隠せない場合でも、なんとか自分を弁護したり、ごまかそうとする。サースタンはそれをよく知ってたよ」

「何を知っていたというんだ？」

「数えきれないくらいの秘密さ」ネルダはけたたましく笑った。「自分の知ってることを利用して、人を言いなりにさせる。サースタンにはそういう天賦の才能があった」

サイモンは贖罪《しょくざい》のために十字軍入りを強要された男たちのことを思い出した。「人を操るのは天賦の才能じゃない」

「じゃあ、ただの才能でもいい。あんたにもそれがあるみたいだね」彼が否定しようとすると、ネルダはまた笑った。「すべての指導者には人を従わせる才能がある。その才能を生かすか殺すかは使い方で決まるんだ。あたしは殺すほうの例を山ほど見てきたけどさ」

サイモンはうなずいた。一瞬ためらったあと、ブランデーに入っていた鳥兜のことを話した。「そして、オルフも庭で鳥兜を使っていた」

ネルダの唇が引き結ばれた。「うちのせがれを疑ってるのかい？」

「犯人はずる賢く計算高い人間だ」オルフはそのどちらでもない。「そのうえ、司教の部屋に近づける立場にある」

「クリスピンならどんぴしゃだね」

「証拠もないのに助祭長を疑うわけにはいかない。それでオルフと話がしたいんだ。彼の小屋の周辺で怪しい者を見なかったか」

「話す分にはかまわないよ」ネルダは好奇心旺盛《おうせい》な雀《すずめ》のように小首をかしげた。「助祭長はリネットが犯人だと決めてかかってるんだろう。あんた、またあの娘の助《すけ》っ人《と》をするつもりかい？」

「また？」

「十字軍が遠征に出る前の晩、ハメル・ロクスビーからリネットを助けたじゃないか。あたしはこの目で見たんだよ」

サイモンは顔をしかめ、曖昧《あいまい》な記憶の糸をたぐり寄せようとした。「それはわたしじゃないな。誰かと見間違えたんだろう」

「かもしれないね。あの晩は、誰も彼も飲みすぎてたから。あたしも含めて」

「そうだな」サイモンはつぶやいた。あの夜の出来事を正確に思い出せないことが心に引っかかっていた。「話がそれてしまった。オルフと話をさせてくれるか？」

ネルダに名前を呼ばれた男は、眠そうに目をこすりながら出てきたが、サイモンの姿に気づくと、ぎょっとした様子で後ずさりをした。

サイモンは空の両手を差し出した。「わたしはただ、薔薇の話をしたいだけだ」

「サー・サイモンに司教の薔薇のことを話しておあげ」ネルダが優しく促した。

オルフは不安そうにサイモンを見返した。「司教様、昨日、薔薇を見に来なかった。おれのこと、怒ってるのかな？」

サイモンは目を閉じた。胸が締めつけられた。誰もオルフにサースタンの死を伝えていないのだ。

「オルフ、話しただろう。司教は神様に会いに行ったって」ネルダはつぶやいた。

「ああ。でも、行ったら戻ってくる」オルフの唇からよだれが一筋流れた。「おれ、ずっと待ってた。もぐらをこんだけ捕まえた」彼は指を三本立てた。

「それはよかった」サイモンは意気阻喪していた。「そのもぐらが薔薇をかじっていたんだな？」

オルフはうなずいた。「あいつら、根をかじる。薔薇が死ぬ。だから司教様、リネットから鳥兜を買った」

リネットから。忘れていた疑念がよみがえり、サイモンをぞっとさせた。なぜリネットは司教に鳥兜を売ったことを黙っていたのだろう？「それはいつのことだ？」

「知らない」

「二月じゃなかったかね」ネルダが代わって答えた。

「それで、もぐらを退治できたのか？」

「少し、できた。でも、できなくなった」オルフは

しかめっ面になった。「あいつら、オルフがまいた

餌《えさ》を食べる。でも死なない」

つまり、誰かが鳥兜を無害な粉にすり替えたわけ

か？「司教には話したのか？」

「話した。おれの小屋に誰かいたことも話した」

「誰かって誰だ？」

「知らない」オルフは母親に目を転じた。「いじめ

っ子かな」

ネルダはため息をついた。「ばかな連中がときど

きオルフにいたずらを仕掛けるんだよ。オルフのも

のを取り上げ、取り返そうとするオルフをからかう

のさ。顔は見たのかい？」

「見てない。でも、ものが動いてた。動かしたの、

おれじゃない」オルフの顎が震えた。「司教様、お

れのこと、怒ってるのかな？　それで、来てくれな

いのかな？」

「そんなことはないさ」サイモンはオルフの肩に手

を置いた。「三日前の晩、司教の館《やかた》から立ち去る人

間を見なかったか？」

「あんたを見た。いちいの垣根のとこに立ってた」

「ほかには？」

「リネット。あとから出てきた。急いでた」

「なぜリネットだとわかった？」

「だって、あの人の歩き方……」オルフはせかせか

と歩いてみせた。腰の振り方とぴんと伸びた背筋が、

リネットの特徴をよくとらえていた。

サイモンは笑った。「うまいもんだな、オルフ」

「おれ、うまい」オルフはうなずき、自分でもくす

くす笑いながら、さらに何度か往復した。続いて、

クリスピンの無駄のない足取りを真似《まね》、アンセルム

のきびきびした歩き方を演じてみせた。「ほかのレ

ディはこう……」彼は胸を突き出し、滑るように進

んだ。「蛇みたい」

「誰のことだ?」サイモンは尋ねた。

オルフは肩をすくめた。「ほかのレディ。夜、見かける」

サースタンの最近の愛人か? 「そのレディは司教を訪ねてきたのか?」

「そう。司教様にキスしてた」

サイモンの中で好奇心と嫌悪感がぶつかり合った。その女がわたしの母親なのだろうか? 「若い女だった? それとも年寄りだった?」

オルフは眉をひそめた。

「そのレディの髪は白かったのかい?」ネルダが助け船を出した。

「違う。黒だよ。男も黒。学校にいる若い男。一緒に司教様に会いに来てた」

オデリーンとジェヴァンのことか。「オデリーンは夜、どこへ出かけていくんだ?」

「外。坊さんの服を着てる。でもおれ、歩き方でわかる」オルフは不安げな表情になった。「おれ、戻らなくちゃ。司教様を待たなくちゃ」

サイモンはネルダに目をやった。ネルダは首を振った。確かにそうだ。この男に真実を突きつけて、どんな成果が得られるというのか? 「話してくれてありがとう、オルフ。君の薔薇はとてもきれいだ。司教もそう思っているはずだよ」

オルフの顔が輝いた。「おれ、腹減った」

「ごはんにするから、川で顔を洗っといで」

オルフが背中を向け、岸辺へ歩いていくのを待って、サイモンは真顔に戻った。「ダーレイに戻る途中、盗賊に襲われた。わたしと友人たちとで返り討ちにしたが、頭《かしら》だけ逃がしてしまった。黒髪に黒い目をした細面で痩《や》せ形の男だ。左肩に傷を負っている。そういう男が治療に来なかったか?」

「来たような気もするね」

「その男の滞在先に心当たりは？」

ネルダはうなり、鍋の前にしゃがんだ。「向こうは言わなかったし、あたしもきかなかった。だから、うちは繁盛してるのさ」

「男はハメルと一緒じゃなかったか？」

「いや。でも、誰かが一緒だったね。ずっと暗がりに隠れてたから、顔は見えなかったけど」

「男だったか？」

「ああ。でも、ハメルみたいな大男じゃなかった」

「やつの子分の一人かも」

ネルダは肩をすくめた。「ハメルなら盗賊とでも手を結びかねないね。あいつは権力が欲しくてたまらないのさ。サースタンが元気なうちは、いちおう遠慮してたけど」

「ハメルが目障りなサースタンを殺したという可能性はないだろうか？」

「まさか。ハメルにそんな知恵があるもんかね。けど、レディ・オデリーンが夜、出かけていく先なら知ってるよ。ハメルのとこさ」

「ハメルとレディ・オデリーン？」

「きれいな顔とお上品な態度にだまされちゃいけないよ。あれは狐《きつね》みたいにずる賢く図太い女だ。けど、ハメルとはただの遊びだと思うね。あの女にとって大事なのは、自分と自分のせがれだけさ」

「兄のサースタンについてはどう思っていたんだろう？」

「いちおう感謝してたんじゃないのかね。面倒見てもらってたんだし」

あるいは、悔しい思いをしていたか。そういえば、オデリーンの部屋は司教の部屋の真上だ。

「ああ、あと盗賊の名前だけどね、ロブ・フィッツヒューってんだよ」ネルダは付け足した。「ブーツにナイフを仕込んでる卑劣な悪党さ」

サイモンは感謝をこめてうなずいた。「あの男、ダーレイの大聖堂で見た覚えがあるんだが――」

「あってもおかしくないよ。五年前、司教の庭を造った男たちの一人だ。その後、仕事を転々とするうちに、盗賊にまで身を落としちまったんだろうね」

「ありがとう、ネルダ」サイモンは腰の袋から取り出した銀貨を彼女に渡した。

「背中に気をつけな、ブラックストーンのサイモン。サースタンに息子がいると知って喜ばない連中もいるから」

息子じゃない。婚外子だ。「わたしを無視すればすむ話だろう。現にサースタンはそうした」

「サースタンがあんたを無視した？　とんでもない。あの人はあんたのやることなすことすべてに注目してたよ」ネルダは笑った。「あれだけの金持ちだ。きっとあんたに遺産か何かを遺《のこ》してると思うね」思案顔で立ち尽くすサイモンをその場に残して、彼女は小屋の奥へ消えた。

13

裏口からサイモンが入ってくると同時に、リネットは腰掛けから飛び上がった。「卑怯《ひきょう》者！」

「卑怯者？」サイモンは戸口で立ち止まり、訝《いぶか》るように眉を上げた。

「よくもわたしを置いていったわね」

「それは――君には睡眠が必要だと思って――」

「睡眠？」台所をうろついている兵士や使用人たちの存在を無視して、リネットはサイモンをにらみつけた。「眠れるわけがないでしょう。気が気じゃなかったのよ。あなたがまた、あの悪党に襲われたんじゃないかと思って」

「そう言われても――」サイモンは救いを求めて、

野次馬たちへ視線を移した。

リネットはきっと振り返り、店の扉を指さした。

「席を外してちょうだい」そして、四人が出ていくのを待たずに、改めてサイモンに向き直った。「自惚《うぬぼ》れ屋！　自分は大きくて強いから、絶対に負けることはないと思っているんでしょう」

「別にそんなふうには思ってないが」

「いいえ、思っているわ。あなたは人を守ることに気を取られて、自分の安全のことなんかまるで考えてないのよ」

「リネット、ばかを言うな。わたしは――」

「あなたのほうこそ、ばか言わないで。わたし、ものすごく怒っているんだから。あんまり頭にきて「……」リネットの下唇が震えた。「あなたを押しつぶしたいくらいだわ」彼女はサイモンの腰に抱きついた。

サイモンはくすくす笑い、彼女の背中を撫《な》でた。

「心配させて悪かった」

たくましい体から伝わってくるぬくもりが、リネットの不安を消し去った。「わたし、二度とあなたを失いたくない――」

「もう何も言うな」サイモンの両腕が彼女を包み込んだ。こめかみにかかる温かな息が、彼女の胸を熱くした。

早く。早くあなたと一つになりたい。でないと、焦がれる思いで死んでしまいそう。固い胸に寄り添いながら、リネットは考えた。

「わたしも同じ気持ちだ」サイモンがささやいた。そのささやきで、彼女は考えを声にしてしまったことに気づいた。

リネットは頭をのけぞらせ、彼の顔を見上げた。炉の火に照らされた顔には、優しい表情が浮かんでいた。緑色の瞳には思慕があふれている。愛しているわ。四年前よりもっと。唇まで出かかった言葉を、リネットはぎりぎりのところで押しとどめた。

サイモンはわたしを求めている。だけど、わたしの愛を受け止めてくれるかしら？　身構えた表情。瞳の奥にひそむ冷ややかな光。彼は簡単に心を開く人じゃない。

彼は人を愛することができるかしら？　わたしを愛することができるのかしら？

リネットは視線を落とした。わたしには彼に愛される資格はない。

サイモンはため息とともに抱擁を解いた。「ずっとこうしていたいが、そろそろ大聖堂へ出かけたほうがいい。我々が生きていることが知れ渡らないうちに、助祭長に先制攻撃を食らわせるんだ」

サイモンに赤ん坊のことを告白するよりは、クリスピンと対決するほうがましね。どんなことでも、死ぬことでさえまだましだわ。心の痛みを隠して、リネットは彼から後ずさりをした。

「どうかしたのか？」

彼女は首を振った。「わたしの顔を見たら、クリスピンはまた非難するんでしょうね」

「そうだな。君はここに残ったら？」

「あなた一人では行かせないわ」リネットは扉の釘《くぎ》にかけてあったマントを羽織り、エイキンに留守中の指示を残して店を出た。

日はすでに高く、通りは賑《にぎ》やかだった。彼女は横目でサイモンを見やった。不意打ちを警戒しているのか、サイモンはフードで顔を隠しつつも、通り過ぎる人々を油断なく値踏みしていた。

一瞬、通りから目を離した彼は、リネットの視線に気づいた。「どうした？」

「今朝はどこへ行ったの？」

「ネルダばあさんのところだ」

「何か収穫はあった？」

「ああ」サイモンは通行人に視線を戻した。

リネットは歯を食いしばり、悪態をつきたい衝動に耐えた。「どんな?」

「たいしたことじゃない」

ひどい人! たいしたことかどうか、聞いてみなければわからないでしょう。リネットは反論しかけてやめた。自分だって似たようなものだ。せめて四年前の夜のことだけでも彼に話すべきなのに。でも、いったん口を開けば、何もかも吐き出してしまう。わたしたちの間に娘が生まれたことまでしゃべってしまう。わたしがあの子を手放したと知ったら、サイモンはきっとわたしを憎むだろう。

真実を話したい。でも、真実を話せば、サイモンとの将来は完全に消えてしまう。わたしはどうすればいいの?

「よし、乗り込むぞ」サイモンがつぶやいた。

リネットは暗い思考を振りきり、大聖堂の門を見上げた。

「わたしのそばにいろよ。何が起こるかわからないからな」

「あなたこそ気をつけて」

「自分の面倒を見ることには慣れている」

確かにあなたは強いわ。でも、無敵じゃない。

「あなたのことが心配なの」リネットはつぶやいた。

サイモンの表情が和らいだ。「リネット、わたしは――」

司教館の角から、緊張の面持ちのアンセルムが現れた。「時間どおりだな。首尾は?」

「上々です」サイモンは答えた。「今朝、ネルダに会ってきました。彼女とオルフは犯人じゃないでしょう。オルフの話だと、彼の小屋に何者かが侵入し、もぐらの駆除に使っていた鳥兜《とりかぶと》の効き目がなくなったそうです」

リネットは眉をひそめた。わたしには話してくれなかったのに。男は男同士というわけ?

「誰かが毒をすり替えたということかな？」看護僧は尋ねた。

サイモンはうなずいた。「小屋を調べてみる必要がありますね」

「なんのために？　鳥兜はもうなくなっとるんだろう？」

「あとで犯人が戻した可能性もある。小屋の中にない場合は、助祭長の部屋を捜すつもりです」

「えっ」リネットは叫んだ。

サイモンは彼女に向かって顔をしかめてみせた。

「証拠が見つかるまで、このことは口外するな。いいね？」

「秘密を守るのは得意よ」得意すぎるくらいに。

サイモンはアンセルムに視線を戻した。「クリスピンの部屋は司教館の中ですか？」

「ああ。地下の小さな僧房だ」

「本人は今どこに？」

「大広間に。副院長と大司教宛《あて》の書簡を作っとる」

「我々の無事を副院長に伝えてもらえましたか？」

「ああ、君に頼まれたとおりに。副院長はたいそう喜び、絶対に口外しないと誓ってくれた」

館《やかた》の中へ入ると、オリヴァーが階段を下りてくるところだった。「生きていたんですか！」彼は三人に駆け寄った。慈善係に救助された話を、涙を流しながら聞いていた。「まさに奇跡ですね」

「助祭長はそうは思わないかもな」サイモンは皮肉っぽくつぶやいた。

「確かに」オリヴァーは涙をぬぐった。「助祭長は今、大広間で大司教に宛《あ》てた手紙を書いています。事件を解決した手柄を吹聴《ふいちょう》するつもりなんですよ」

サイモンは考え込んだ様子で尋ねた。「司教は日誌をつけていたんですか？」

「ええ。わたしの告解、と呼んでおいででした」

「それは今どこに？」

「わかりません。いつも寝台の横の櫃《ひつ》にしまっておられたのですが、副院長どのが蓋《ふた》を開けられたときにはなくなっていました」

「遺言書はあったのかね？」アンセルムが質問を挟んだ。

「ええ。ブラックストーン尼僧院のキャサリン院長が到着されるのを待って、読み上げられることになっています。ブラックストーン・ヒースの領地も含め、司教の遺産の大半は尼僧院に譲られるはずですから」

「お気の毒な院長」尼僧院長に親切にしてもらったことを思い出し、リネットはつぶやいた。「司教とはとても仲のいい兄妹《きょうだい》だったのに」

「ええ、本当に」オリヴァーは相槌《あいづち》を打った。

「我々を助祭長のところへ案内してもらえませんか？　それから、司教の日誌を捜してほしいんですが」サイモンは頼んだ。

「では、こちらへ」オリヴァーは先に立ち、松明《たいまつ》に照らされた廊下を進んだ。彫刻を施した両開きの扉の前で足を止め、その扉をゆっくりと押し開けた。

大広間は奥行きの深い部屋で、水漆喰《しっくい》の壁には綴《つづ》れ織りが飾られ、床には藺草《いぐさ》を編んだマットが敷いてあった。奥の暖炉では火が勢いよくはぜ、その前に置かれたテーブルに、副院長と助祭長が座っていた。豪華な造りの司教の椅子とクリスピンの粗末な僧服がひどくちぐはぐな感じだった。

その椅子の背後にはジェラードが控えていた。戸口に立つ一行に気づき、彼は驚きに目を丸くした。

「神よ、我々をお救いください！」

何事かと振り返ったクリスピンが、愕然《がくぜん》とした表情で立ち上がった。

サイモンは微笑した。「お邪魔して申し訳ない、助祭長。我々が死んだという噂《うわさ》のせいで、ご迷惑をかけてはと思いましてね」

した。

「噂？」クリスピンは青ざめた顔で椅子に腰を落とした。

「噂です」サイモンはリネットの手を取り、自分のかたわらに引き寄せた。「このとおり、我々はぴんぴんしていますよ」

リネットは顔を伏せ、こぼれた笑みを隠した。いかめしい助祭長のあわてふためく姿を見られただけでも、川に落ちたかいがあったというものだ。

「しかし……執行長官ははっきりと断言したぞ。おまえたちが溺《おぼ》れ死んだと」

「それは執行長官の勘違いですね」奥の暖炉へ向かいつつ、サイモンはさらりと受け流した。

助祭長の顔に怒りの表情がよぎった。「どうやって助かった？」

「泳ぎは得意なので。なんとか彼女のところまでたどり着き、岸へ引き返すことができました。もっとも、その間にだいぶ川下まで流されてしまいましたが」サイモンはいったん言葉を切った。「そのせいで、我々が溺れ死んだと思われたんでしょう」

クリスピンの顔は真っ赤で、今にも破裂しそうに見えた。

「では、この奇跡に感謝しよう」ウォルターは立ち上がり、テーブルの前へ出た。祈りを唱えながら、まずリネットの肩に触れ、続いてサイモンの肩にも触れた。口調は厳かだったが、顔には共犯者の笑みが浮かんでいた。しかし、助祭長を振り返ったとたん、その笑みは消えた。「神への感謝の印として、特別にミサより尋問だ」クリスピンはわめいた。

「ミサより尋問だ」クリスピンはわめいた。

「それはちょっと大げさでしょう」サイモンは滑らかに言った。「リネットを突き飛ばした男も、別に殺すつもりがあったわけじゃ――」

「司教の死に関して尋問するのだ」クリスピンは歯をむいた。「司教はその女に殺された。わたしがそれを証明してやる」

リネットの体が震えた。

サイモンは彼女の腕を握っていた手に力をこめた。

「犯人は我々じゃありません。我々が館を立ち去ったあと、ブラザー・オリヴァーが司教と言葉を交わしているんです」

「その女は毒を使ったのだ」クリスピンは反論した。「それで司教は、おまえたちが去ったあとに倒れ、亡くなったのだ」

「彼女には司教を殺す理由がない」

クリスピンの口元に歪《ゆが》んだ微笑が浮かんだ。「理由ならあるとも。愛人が十字軍遠征から戻ってきて、司教が邪魔になったのだ」

「わたしが彼女の愛人だと?」サイモンは語気を強めた。「断言しますが、わたしは――」

「遠征に出発する前の晩、その女と二人でいただろう。執行長官が証言しておる」

リネットはサイモンの体が震えるのを感じた。彼に腕をつかまれてなければ、その場から逃げだしていただろう。彼女は神に祈った。お願いです。今ここで秘密を暴かないで。

彼女の祈りは思わぬ形でかなえられた。

「ちょっとよろしいかしら、助祭長」尊大な言葉とともに、レディ・オデリーンが入ってきた。しかし、部屋の半ばまで来たところで、彼女の足は止まった。

「悪魔！　亡霊！」

「本物ですよ」サイモンは言った。

オデリーンは叫びはじめた。「悪霊よ！　死者から抜け出た悪霊だわ！」

「しっかりなさい、レディ！」ウォルターが彼女の両肩をつかんで揺さぶった。「リネットとサー・サイモンは悪魔ではない」

「それはどうかな」クリスピンはつぶやいた。

ウォルターは自分の椅子にオデリーンを座らせ、

葡萄酒《ぶどう》の杯を勧めた。

「おまえは死んだと聞いていたけれど」オデリーンは杯の縁ごしにサイモンをにらみつけた。

リネットはサイモンの反応をうかがった。彼は簡潔に救助された経緯を語った。レディの態度に違和感を抱いていたとしても、そんな素振りは見せなかった。

「これこそ奇跡ですな？」ウォルターは言った。

オデリーンはサイモンをにらみつけたままだった。

「ハメルにおまえを逮捕させてやるわ。わたくしの兄を殺した罪で」

「これは教会の問題ですから」ウォルターはたしなめた。「教会法で裁かれなくては」

「我々もあなた以上に、サースタン司教を殺した犯人を突き止めたいと願っているんです」サイモンは硬い口調で言った。

クリスピンがたじろいだ。少なくとも、リネットの目にはそう見えた。

「サースタン司教の葬儀は明朝一番におこなうことにした」クリスピンは宣言した。「死者をしかるべく弔ったうえで、審問を――」

彼の言葉はいっせいの抗議に遮られた。

「それでは町の人々に通達し、ふさわしい葬儀を手配する時間がありません」オリヴァーが叫んだ。

「そこまで急ぐ必要はないでしょう」副院長は言った。「大司教どのも葬儀には参列なさりたいはずです」

「キャサリン院長が間に合わなかったら？　院長は司教の妹なのよ」リネットは訴えた。

クリスピンは片手を上げて皆を黙らせた。「決めるのはわたしだ。これ以上葬儀を遅らせると、遺体が――」彼は大げさに鼻を鳴らした。「不快な状態になってしまう」

「どう思われます、レディ・オデリーン？」ウォルルターは問いかけた。「司教の血縁として、あなたの希望は尊重されるべきだ」

オデリーンは何も言わず、ただサイモンをにらみつづけていた。

「でも――」言いかけたリネットの腕をサイモンがつかんだ。

「葬儀の時間はいつです?」彼は尋ねた。

「三時課がいいだろう。早すぎず、遅すぎず、頃合《ころあい》の時間だと思うが」クリスピンはジェラードに向き直った。「新しい羊皮紙を。大司教への手紙を書き直すぞ」

サイモンたちは体よく追い払われた格好になった。廊下に出たオリヴァーは、扉が閉まるのを待って口を開いた。「これは暴挙ですよ!」

「まあ、落ち着きたまえ」ウォルターがなだめた。

「しかし、ちゃんとした葬儀もおこなわずに我らの司教を葬るなんて! 大司教様にもご参列願うべきなのに」

ウォルターは怒りを抑えてうなずいた。「この異常な慌ただしさについては、大司教も納得はなさらないだろう。ただ、参列となるとどうかな。ヨークへ書状を送っても、お留守ということもありうる」

「なぜ?」オリヴァーはつぶやいた。「なぜ助祭長はこんな真似《まね》をするのでしょう?」

やましさのせいだわ、とリネットは考えた。

「くどくど言っても始まらんぞ、ブラザー・オリヴァー」アンセルムが言った。「それより、市長とギルドに明日の葬儀のことを知らせてはどうだ?」と

ぼとぼと立ち去るオリヴァーを見送ると、彼はリネットを振り返った。「発言は慎重にせんとな。ブラザー・オリヴァーは善良な人間だが、考えなしにしゃべる癖がある」

「わたしと同じね」リネットはため息をつき、サイモンを見上げた。「わたしたち、どうすればいい

の？」

「君の無実を証明する」サイモンは静かに答えた。

アンセルムは顔をしかめた。「助祭長はサースタンとともに証拠も埋めてしまうつもりか。早く調査の続きをやらんと」

「その前にちょっと付き合ってもらえますか」サイモンは頼んだ。「オルフの小屋を調べてみたいんです。薬草の専門家が二人いれば心強いので」

ブラックストーンのサイモンが生きていた。

サイモンが退出したあとも、オデリーンは扉を見据えつづけた。心の中は怒りで煮えくり返っていた。

人生は意地悪だわ。証書は手に入らない。サイモンはまだ生きている。わたくしはどうすればいいの？

やがて、彼女は二人の聖職者の口論に気づいた。

「あの女は薬師《くすし》だ。毒薬に通じている」クリスピンがわめいた。

「薬種商なら誰でも毒薬に通じている」ジェラードはかぶりを振った。「それだけでは不充分です」

「だが、あの女は司教の愛人だった」クリスピンはたたみかけた。

オデリーンは冷笑を浮かべた。わたくしの素行をうるさくとがめながら、聖職者の分際で愛人がいたとはね。

「それも証拠がありません。あの女が訪ねてきたときは、必ず聞き耳を立てていたんですが」ジェラードはぶつぶつ言った。「あの女の店を捜してみたら、何か見つかるかもしれませんね」

「なんの証拠ですの？」オデリーンは尋ねた。

彼女の存在を忘れていた二人はぎょっとして振り返った。

ジェラードは横柄に彼女を見下ろした。「司教は鳥兜の毒を盛られていた、とブラザー・アンセルムが主張していましてね」

オデリーンは息をのんだ。ジェヴァンには毒薬の心得があるわ。まさかあの子、土地のために人を殺すほど追いつめられていたのかしら?「ど、どうやって?」

「数カ月前から少量ずつ盛られていたという話ですよ」ジェラードは答えた。

「数カ月」オデリーンはつぶやいた。ジェヴァンにそれだけの忍耐強さはないわ。

「ブラザー・アンセルムが言うには――」

「もういい」クリスピンが遮った。「女性に聞かせる話ではないだろう」そう付け加えたものの、青ざめているのは彼自身だった。

オデリーンのほうはむしろ安堵《あんど》していた。サースタンが死んだのは、彼女が押したからではなく、鳥兜のせいだったのだ。「リネットは兄を慕っていましたわ。なぜあの娘が兄を殺すんです?」

「サー・サイモンと一緒になるためだ」クリスピンは唇を歪めた。「あの二人は昔から深い仲だった」

「まあ」知恵の回るオデリーンは、すぐに助祭長の理論の欠陥に気づいた。「では、リネットはサイモンが帰国してくることを知っていたと?」

ジェラードはうなずいた。「あの夜、わたしは見たのです。館を出たサー・サイモンが、リネットが出てくるのを待って、あとを追っていくのを」

それだけでは、リネットがじわじわとサースタンを毒殺した理由にならないわね。まあ、ほかの誰かが犯人にされる分にはかまわないけれど。その誰かがサイモンならなおけっこうだわ。「サイモンがリネットと兄の関係を知って、兄を殺したのでは?」

「その可能性はないだろう」クリスピンは残念そうに答えた。「あの男が立ち去ったあとにブラザー・オリヴァーが司教と言葉を交わしている。それに、サー・サイモンはダーレイに戻ったばかりだった」

オデリーンはため息をついた。サイモンを厄介払いするには別の方法を探すしかなさそうね。「執行長官なら、リネットの罪の証拠を見つけ出せるかもしれませんわ」

「これは教会の問題だ」クリスピンはうなった。

「彼女の店の捜査はジェラードがやる」

「聖職者が商店を家捜しするのを見たら、善良な市民たちはどう思うかしら?」いったん言葉を切ったオデリーンは、男たちの動揺した表情を満足げに眺めた。「その点、執行長官は悪人を捕らえて罰するのが仕事ですもの」それに、ハメルなら家捜しついでに証書も捜してくれるし。

「確かに」クリスピンはしぶしぶ折れた。「ただし、見つかった証拠はこちらに渡してもらわなければ」

「ええ、その点はご心配なく」オデリーンは請け合った。


司教館を去るサイモンの胸には、いくつもの疑問が渦巻いていた。なかでも最大の疑問は、犯人捜しとは無関係のものだった。

東方へ出立する前の晩、わたしはリネットと一緒にいたのだろうか? 覚えているのは演説と祈祷《きとう》。それから始まったお祭り騒ぎのことくらいだ。そして真夜中過ぎ、気がつくと厩《うまや》に寝ていた。酒でまだ頭がくらくらしていた。だが、夢の記憶は鮮明だった。完璧《かんぺき》な女と愛し合った夢。

あれは夢ではなかったのだろうか?

彼はリネットの横顔を盗み見た。穏やかな春の日差しを受けた横顔は、とても清らかに見えた。いや、リネットは見ず知らずの男に身を任せるような女ではない。だが、彼女は訓練でわたしを見ていたと認めた。ドルーサも十字軍の中に彼女の愛する男がいたと言った。その男とはわたしなのか? サイモンは本人に確かめたい衝動を我慢した。この質問は二人きりになるまで待つべきだ。そう自分に言い聞かせ、リネットや修道士たちのあとを追って、薔薇園《ばらえん》の間の小道をたどった。

「わたし、この庭園が大好きなの」リネットがそっとつぶやいた。

「わかるよ」サイモンは手入れの行き届いた花壇を見回した。車輪の形をした花壇はいちいちの垣根に縁取られ、中央に丸いベンチが置いてある。周囲には薔薇の甘い香りが漂っていた。「わたしも遠征中は薔薇が恋しかった」

「ダーレイに来た人たちは皆、ここの薔薇がイングランド一だと言うわ」

サイモンは感傷を振りきった。「ブラザー・アンセルム、住人たちに見られずに小屋へ入る方法はありますか?」

アンセルムはうなずき、先頭に立った。小道を外れ、施療院の背後を回り込み、敷地の裏手にある小屋へ彼らを案内した。木の扉を開くと、土と汗のにおいが感じられた。納屋の内部は意外と片づいていた。棚には壺《つぼ》や厚い革の手袋、道具類が置かれ、大きな道具はオルフのものらしいくたびれたチュニックと一緒に壁にかけてある。隅には藁《わら》の寝台があり、毛布もきちんとたたまれていた。

サイモンは種の袋をのぞき込んだ。

「気をつけて」アンセルムが警告した。「それは駆除用の餌《えさ》だ。鳥兜が混ぜてある」

「君の店で売った鳥兜だな?」サイモンは尋ねた。

リネットはうなずいた。「鳥兜の粉を小さな壺に詰めて司教に渡したわ。しっかり封をして、鳥兜と書いておいたのよ」

アンセルムも壺捜しに加わった。「半分は餌に使った。残りは邪魔にならんよう高い位置にしまえとオルフに命じたんだが」

サイモンは木箱を足場にして棚の最上段を捜した。

しかし、鳥兜の壺は見当たらなかった。

「誰かが持ち出したようだな」ウォルターが言った。

「ええ、これはその人物の置き土産でしょう」サイモンは棚のささくれた端に引っかかっていた布の断片を指さした。

「オルフのものではないのかね？」

「この布は灰色です。壁にかけてあるチュニックは朽ち葉色。今朝オルフが着ていた服もそうでした」サイモンは問題の布をささくれから外し、木箱を下りた。それを三人に見せながら、ネルダばあさんを訪問した経緯について説明した。

「鳥兜を持ち出したのは司教自身かもしれないわ」リネットは言った。

「司教の部屋はわたしと部下とで徹底的に調べた」ウォルターの口調は重かった。「葡萄酒の瓶を三本見つけ、毒の検査へ回したが、それらしい壺は見かけなかったぞ」

「その布は織りが粗末です。こういうのを着るのは職人か」サイモンは言った。「あるいは聖職者か」

「いかに聖職者でもここまで粗末なものは着ないだろう」ウォルターは反論した。

「大聖堂で学ぶ若者たちは茶色の服を着とる」アンセルムはつぶやいた。「わたしを含めた修道士の多くもそうだ。しかし、これは——」彼は布切れを指で確かめた。「助祭長が好みそうな生地だな」

「わたしもそう思っていました」サイモンは答えた。

「しかし、これだけを証拠に助祭長を犯人と決めつけるのは」ウォルターはかぶりを振った。「聖人ぶったところが癇《かん》に障るが、あれは善良な男だ」

だからこそ、教会の教えに対していいかげんなサースタンが許せなかったんだろう。「そうですね」サイモンは相槌を打った。「もっと証拠を集めなければ」

「どうやって？」ウォルターは尋ねた。

「当てはありませんが、なんとかします」そう、なんとかしなきゃならない。リネットの青ざめた顔を見ながら、サイモンは自分に言い聞かせた。これはリネットの命がかかった問題なのだから。

　父親を殺した犯人を罰したい気持ちもあった。しかし、今の彼にとって最も重要なのは、リネットを守ることだった。

14

「ブラックストーンのサイモンは生きているわ！」オデリーンはハメルに向かってわめいた。

「生きているだと？」

「そうよ」オデリーンは歯をむいてにらみつけた。ハメルにこの事実を知らせるために、じりじりしながら夜を待ち、彼の家へ乗り込んできたのだ。

「だが、あいつらは川に流されたんだぞ。あの急な流れじゃ、誰も助からんだろう」

「でも、事実助かったのよ」

「くそ」ハメルは眠たげな目をこすり、二人分の杯に葡萄酒《ぶどうしゅ》を注《つ》いで、片方をオデリーンに渡した。

　オデリーンは杯を床に叩《たた》きつけた。「あの男を始末すると約束したじゃないの」

ハメルは顔をしかめ、絨毯《じゅうたん》に広がる染みをぬぐうために腰をかがめた。「そのうち始末するさ」

この愚か者は、時間が重要だということがわかっていないのかしら？　そうね、わかるわけがないわ。

オデリーンは怒りを静めながら、どこまでハメルに話したものか考えた。もちろん、本当の話はできない。サースタンがブラックストーン・ヒースをサイモンに譲るつもりだったとわかれば、ジェヴァンが疑われてしまう。キャサリンが到着し、遺言状が読み上げられる前に、証書を見つけなくては。

「大丈夫、おれに任せとけ」ハメルは彼女に歩み寄り、両腕を回した。

「今はだめ」オデリーンは抱擁を逃れ、みすぼらしい小さな部屋を歩き回った。

「おれにどうしろっていうんだ？」ハメルは情けない声で訴えた。「できるものなら、やつを捕まえて締め上げてやりたいさ。だが、理由がなくては」

「あの証書がないと、ジェヴァンの遺産が横取りされてしまうわ」オデリーンは媚《こ》びた表情でまつげをしばたたいた。「あの子の落ち着き先が決まらないと、あなたとの将来も考えられないし」

ハメルはにんまり笑った。「それでむきになって日誌を捜していたのか……おれと結婚するために」

彼はオデリーンに濃厚なキスをした。「日誌は本当にサイモンが持ってるのか？　やつの部屋を捜したが、本なんて一冊もなかったぞ」

「もしかして、誰かに預けたんじゃないかしら……リネット・エスペサーあたりに」

「リネット？」ハメルの目が細められる。「ああ、あの二人、しょっちゅう一緒にいるみたいだな。だが、彼女の店を捜すにも理由がないと」

「なぜ理由がいるの？　あなたは執行長官なのに」

「まだ正式に任命されたわけじゃない。ここで権限を悪用すれば、その可能性も消えてしまう」ハメルは及び腰で言い訳した。

「助祭長は彼女がサースタンに毒を盛ったと考えているわ」

「毒を？　だが、司教は突き飛ばされて――」

「あの女が鳥兜《とりかぶと》で兄を殺したのよ。助祭長はそれを証明するためにリネットの店の記録を見たがっているわ」

ハメルは目をしばたたいた。「しかし、リネットにそんな真似《まね》は――」

オデリーンは悪態をつき、彼の胸に指を突き立てた。「執行長官に任命されたいんでしょう？　だったら、助祭長に逆らっちゃだめよ。あの人は次の司教の最有力候補なんだから」

「だが、なんでリネットが司教を殺すんだ？」

「年寄りの愛人に飽きたからじゃないの。サイモンがダーレイに戻ってくると知ったからかもね」

「ありえない話じゃないな」ハメルはしぶしぶ認めた。

「これで意見が一致したわね。今夜、決行よ。あなたの部下とわたくしが雇った男をあの店にやり、台帳と日誌を押収させましょう」そのついでに、ジェヴァンの手下がサイモンを殺してくれるはずだわ。


何かの物音でリネットは眠りから覚めた。目を開けると真の闇《やみ》だった。寝台脇《わき》の蝋燭《ろうそく》は消えていた。

今の音は何？

彼女は耳を澄ました。昨日の記憶が一気によみがえった。クリスピンとの対決。オルフの小屋の捜索。乏しかった収穫。彼女はもどかしい思いに襲われた。犯人は絶対にクリスピンよ。ただ、証拠がないだけ。それにサイモンは……。

サイモン。

リネットの体が震えた。彼女はできるだけサイモンと二人きりになることを避けていた。しかし、サイモンの瞳に疑問が渦巻いていることはわかった。四年前の夜に関する疑問が。

低いうめき声が彼女の思考を破った。

ぎょっとして起き上がったリネットは、声がしたほうを見やった。扉の前の床に横たわる黒い人影があった。

ドルーサ。

感謝の涙がこみ上げた。年老いた使用人は彼女の身を案じ、同じ部屋で寝てくれていたのだ。

ドルーサはまたうめき、寝返りを打った。

リネットは微笑を浮かべた。寝台を下り、冷たい床を忍び足で横切った。「ドルーサ、わたしのことなら……」そこで声が途切れた。

床に寝ていたのはサイモンだった。かたわらに剣が置いてあった。毛布がめくれ、裸の胸がのぞいている。彼は片腕で顔を覆っていたが、その下に不精髭《ひげ》の生えた顎と、陰鬱《いんうつ》そうに引き結ばれた唇が見えた。その唇からため息がもれた。「リネット……」

「わたしはここよ」リネットはひざまずき、彼の腕に手を置いた。腕は石のように固く、冷たかった。かわいそうに。これでは寝苦しいはずだわ。わたしを三度も救ってくれた人を、こんな冷たい床に眠らせておくことはできない。「サイモン、こっちよ」

彼女はサイモンの手をそっと引いた。「来て……」

来て。その声はサイモンの夢の中に忍び込み、いつものように彼を魅了した。しかし今度の声には、夢とは思えない現実味があった。彼の冷えた手を握る手にもぬくもりが感じられた。寒い。凍えそうだ。サイモンは手を伸ばした。彼女のぬくもりに包まれ、ため息をついた。

彼はやみくもに唇を求めた。薔薇《ばら》の香りがした。開かれた唇はさらに甘い味がした。彼がうなると、降伏のうめき声が返ってきた。彼はさらにキスを深めた。触れるごとに、ため息をつくごとに、欲望が高まった。今夜の夢は違う。いつも以上に鮮明だ。彼は柔らかな体にしがみついた。目を開けたら、一人きりの寝床に戻ってしまいそうで怖かった。

これほど激しく夢の恋人を求めたことはなかった。服を通して乳房のふくらみが感じられた。固くなった乳首が彼の胸に押しつけられた。欲望に全身が震えた。彼は女の頭をのけぞらせ、首に唇を這《は》わせた。

「サイモン」女はささやいた。「ああ、サイモン」

サイモンの動きが止まった。やはり夢じゃない。

彼はそろそろと目を開けた。「リネット？」

「そうよ」リネットは彼の顔を両手でとらえて微笑した。「寝台に来て。床は固いし、冷たいわ」

サイモンはまばたきを繰り返し、頭の中を整理しようとした。ダーレイでの最後の夜、ネルダはわたしとリネットを見たと言った。ハメル・ロクスビーも同じことを言っていた。「あの夢……」

「わたしの夢を見ていたの？」

「古い夢だ。出征する前の晩に見た。少なくとも、夢だと思っていた。だが、あれは……」

リネットは小さくうめき、目を閉じた。

「夢じゃなかったんだな。あの晩、わたしは君といたんだ」

「サイモン……」リネットは身を引こうとした。サイモンは寝返りを打ち、彼女を下に組み敷いた。

「わたしを見ろ」

開かれた茶色の瞳には涙がにじんでいた。

「なぜ黙っていた？」

「あなたはわたしを覚えていなかったわ」

あの晩のわたしは酔っていた。前後不覚になるほど。だが、それを認めてはお互いの立場がなくなる。

「あのときは暗かったから」

リネットはうなずいた。「それに、あなたは酔っていたし」

サイモンはそれを聞き流すことにした。「君はまだ幼かった。わたしが出征することも知っていた。それなのになぜ？　なぜわたしと寝たんだ？」

「わたしがばかだったの」

「いいや、違う。君は――」サイモンは決定的な表現を避け、当たり障りのない言い方を選んだ。「わたしに熱を上げていたんだ」

リネットは身震いし、顔をそむけた。

サイモンは彼女の顎をとらえ、二人の視線を合わせた。「君は好きでもない男に身を任せるような女じゃない」

リネットの下唇が震えた。やがて、彼女は意を決したように答えた。「あなたを愛していたの」

サイモンの中にあった冷たく固い何かが崩れはじめた。わたしはずっと一人だった。自分を孤独だと思っていた。だがその間も、リネットはわたしを愛してくれていたんだ。「もっと早く知りたかった」

リネットの瞳に希望の光が現れた。「本当？」

「自分を大切に思ってくれる人がいるのは嬉《うれ》しいものだ」だが、当時のわたしにそのありがたみが理解できただろうか？　四年前のわたしは若かった。世をすねていた。人を愛した経験も愛された経験もなかった。それは今も同じだが、リネットが愛することを教えてくれている。少しずつわたしの心の傷を癒《いや》してくれている。

「今もあなたは大切な人よ」リネットは彼の首に両腕を絡めた。柔らかな唇を開き、彼を受け入れた。

サイモンはその唇を楽しんだ。飢えたように貪《むさぼ》った。ようやく唇を離したときには、二人とも息を切らしていた。「リネット」彼は指先でリネットの頬と耳に触れた。「君が欲しい」

「わたしも」リネットの声は弱々しかった。表情にためらいが感じられた。

もしかしたら。「あのとき、君に痛い思いをさせてしまったのか？」

「あの……少しだけ」

やっぱり。「すまなかった」

「少しだけよ。すぐに痛くなくなったわ」

「わたしは君を喜ばせたか？」

「わたし、あなたと一緒にいたかったの」

答えになっていない。だが、それだけ聞けば充分だ。つまり、わたしはリネットを手荒く扱ってしまったのだ。過去の過ちを正さなければ。「君が許してくれるなら、あのときの埋め合わせをしたい」

「ええ、いいわ」リネットは再び唇を求めた。

サイモンは軽くキスをしただけだった。「ここではだめだ」そう言って立ち上がり、彼女を腕に抱いて寝台へ向かった。横たえられた彼女が両手を差し伸べても、それに応《こた》えようとしなかった。「待ってくれ。先にやることがある」

彼は蝋燭を集め、暖炉の炭から火を移した。それを周囲に並べて、金色の光で寝台を照らし出した。

「何をしているの？」

サイモンは微笑を浮かべ、彼女のかたわらに腰を下ろした。「最初は暗闇の中だった。今度は光がある。すべてを見て、記憶にとどめることができる」

「ああ、サイモン」リネットの瞳が潤んだ。

「リネット」サイモンは彼女の三つ編みを解き、長い髪を枕《まくら》に広げて指で梳《す》いた。「金色の絹糸のようだ。ずっとこうしたかった。戻ってきた最初の晩、庭で君と出会ったときから」

彼は髪に触れているだけだった。にもかかわらず、その長い指が肌を撫《な》でる感触を想像して、リネットは熱くなった。

茶色の瞳が陰った。開かれた唇から官能のため息がもれた。その反応がサイモンの欲望をかき立てた。薄い夜着を引きはがし、彼女の湿った熱の中に埋もれたい。だが、それでは最初のときと同じだ。償いにならない。どんなに苦しくても、ここは我慢するべきなのだ。

「とてもきれいだ」ささやきながら、彼はブーツを脱ぎ捨て、リネットのかたわらに横たわった。リネットの身構えた様子は、彼の最悪の不安を裏付けるものだった。「最初のとき、わたしは飢えた狼《おおかみ》のように君に襲いかかったんだろう？」

リネットは微笑した。「嬉しかったわ。それだけあなたに求められているんだと思って」

「今夜は君を満喫するつもりだ」

「満喫？　どういう意味なの？」

「いい意味だよ」サイモンは指の背を彼女の頬から首筋へ這わせた。「あの晩、何があったのか教えてくれ。どういう経緯で二人きりになったんだ？」

「わたしたち、サースタンが催した宴《うたげ》に出ていたの。広場に町じゅうの人たちが集まっていたわ」

「それはわたしも覚えている。料理と音楽と酒。故郷を離れて遠い異国へ旅立つ。二度と戻れないかもしれない。そんな思いで、皆、やけになって酒を飲んでいた」

「それはわたしも同じよ。あなたが行ってしまうことを思うと泣きたくなって。それで、両親のそばを離れて、一人で川沿いを歩いたの」

「あんな晩に無茶な真似をしたものだ」

「確かに無茶だったわ。実際、ハメルに尾《つ》けられていたんだから。ハメルは今の救貧院あたりで襲ってきたの。悲鳴をあげて抵抗したけど、力ではかなわなくて」リネットは身震いした。「もうだめだとあきらめかけたとき、あなたが現れたの。まるで復《ふく》讐《しゅう》の天使みたいだった」

「ただの酔っ払いさ」

「あなたはハメルをやっつけたあと、わたしの手をつかんで走ったわ」

「そこは夢にも出てきたな」サイモンはつぶやいた。

「ただし、相手は竜だった」

「ハメルは竜みたいに吠《ほ》えていたもの」彼女の言葉に、二人は一緒になって笑った。

「それから、どこへ行った？」

「厩《うまや》に隠れたの」リネットの頬が赤くなった。

「それから」サイモンは彼女の夜着の紐《ひも》をもてあそんだ。

「あなたはわたしに触れたわ」

「君のどこに？」彼は紐を一本ずつ解いていった。

リネットの息遣いが速くなった。「わたしの……胸に」

「そうか」サイモンは胸の谷間を指でたどった。

「これほど柔らかな感触をどうして忘れられたんだろう？」

「あのときは……二人とも服を着たままだったから」

サイモンは悩ましげな視線を上げた。「わたしは何一つまともなことをしなかったのか？　君に苦痛と悲しみしか与えなかったのか？」

赤ん坊のことを思い出し、リネットは身を硬くした。たくさんの苦痛と悲しみ。いいえ、今はそのことは考えないで。「もう終わったことよ。過去より未来に目を向けましょう」もし今夜、子供が授かれば、その子がわたしたちの未来をもたらしてくれる。サイモンは身ごもった女を捨てる人ではない。

「君は心の広い人だ」サイモンは彼女の頬に、まぶたに、鼻に羽根のようなキスを続けた。彼女が落ち着かなげに唇を噛《か》むのがわかった。当然だ。最初のとき、わたしは彼女に襲いかかったのだから。「あのときの埋め合わせをするよ」

「もう充分よ。こうしてあなたといられるだけで、わたしは幸せだわ」

「いや、まだだ」サイモンは彼女の下唇に舌を這わせた。花のように開いた唇が、彼の舌を誘った。

サイモンの舌は彼女の舌を探り、戯れ、そして引っ込んだ。ついておいでと誘うかのように。リネットは抵抗できなかった。彼の豊かな髪を両手でとらえ、顔を傾けてキスを返した。

サイモンの全身が震えた。自分が彼女の欲望をかき立てられるのはわかっていた。だが、彼女にキスを返されただけでこれほど熱くなるとは思っていなかった。彼はうなり声とともに唇を引きはがし、リネットの上気した顔を見下ろした。

「サイモン」リネットのささやきには驚きが満ちあふれていた。「知らなかったわ。キスするだけでこんなに……頭がくらくらするなんて」

つまり、四年前はキスもまともにしなかったということか？「今夜はあのときとは違う」サイモンは彼女の首筋を指でたどった。「わたしはこんなふうに君に触れたか？」指はそのまま夜着の下へ滑り込み、乳房の上の部分をかすめた。

リネットは荒い息で首を振った。

サイモンは敏感な喉に唇を当てた。「あのときはここにキスをしたか？」唇が鎖骨に沿って移動する。「ここは？」胸の谷間をたどった唇は、激しい旋律を刻むリネットの心臓に行き着いた。薔薇と女の香りが彼を刺激した。「君の肌をじかに感じたい」

「いいわ」夜着がはだけられた瞬間、リネットの体が震えた。自分が無防備にさらされている気がした。それでも、これは彼女自身が望んだことだった。

「美しい」そうつぶやきながら、サイモンは固い手のひらを彼女の脇腹から乳房の下へ滑らせた。「ここには触れた？」

「いいえ、わたし……ああ……」乳房を包み込まれ、リネットはため息をついた。優しい手のひらの動きが快感をもたらした。彼女はサイモンの名を呼んだ。さらなる愛撫《あいぶ》を求めて、背中を弓なりにそらす。サイモンは敏感な乳首を指でとらえ、軽く引っ張った。

めくるめく衝撃の波がリネットを襲った。

サイモンは唇を合わせ、彼女の唇からこぼれ出た歓喜のすすり泣きをのみ込んだ。そのまま唇を乳房へと滑らせた。「ここにはキスをしたか?」固くなった乳首を口に含みながら、彼はささやいた。

リネットはただうめくことしかできなかった。次に何が起こるかはわかっていた。しかし、わかることと感じることとは別物だ。感じやすくなった乳首を舌で愛撫された瞬間、彼女の全身は激しく震えた。

「気に入った?」サイモンはささやいた。

「ええ。もっと」リネットは彼の頭を引き寄せた。

「欲張りめ」からかいつつも、サイモンは彼女をさらに駆り立てた。ただのキスではなかった。彼はリネットを味わった。乳首をついばみ、口の中にとらえ、強く吸った。

リネットは喜びの声をあげた。彼の髪をまさぐり、夢中でしがみついた。顔を上げたサイモンに、彼女は訴えた。「行かないで」

「行かないよ、二度と」サイモンはもう一方の乳房に注意を移した。貪欲《どんよく》な愛撫が彼女を燃え上がらせた。「とてもきれいだ。とても感じやすい」サイモンは火照った肌に向かってつぶやき、両手をなだらかな腰から腹部へと這わせていく。

体の奥で凝縮された欲望がリネットの両脚の間をうずかせた。そのうずきを和らげようとして、彼女は膝をすり合わせた。しかし、うずきはさらにつのるばかりだった。

そんなリネットの反応がサイモンの体に火をつけた。激しい欲望に自制心が吹き飛びそうになる。しかし、彼はこの瞬間を長引かせたかった。リネットに本当の喜びを教え、最初の悲惨な記憶を消し去りたかった。「力を抜いて。君を喜ばせたいんだ」

「急いで。早く」リネットは懇願した。

その性急な反応にサイモンは微笑した。「急がないよ、今回は」彼はリネットの体の中心に手を伸ばした。「君にすべてを受け取ってほしいから」

秘密の部分を守る柔らかな毛を指で探られ、リネットは小さくうめいた。本能的に脚を広げ、長い指が刻む旋律に合わせて、体を弓なりにそらす。甘く鋭い快感が弾《はじ》け、彼女は宙に舞い上がった。

茶色の瞳が陰り、リネットはすすり泣くように彼の名をつぶやいた。サイモンはかつて経験したことのない満足を感じた。彼自身の体は痛いほどいきり立っていたが、心はリネットの喜びに満たされていた。リネットのために、自分自身のために、彼は貪欲なキスを続け、再び彼女を頂点へ導いた。

「サイモン」リネットは自らの激しい反応に呆然《ぼうぜん》としながら、ささやいた。

「ああ」サイモンの瞳には勝利の輝きがあった。その奥に、彼自身にも隠している愛情が垣間見えた。

リネットの胸に勇気があふれた。いつかきっと、サイモンが自分の感情を認めるときが来るわ。それまでは……。彼女はサイモンに向かって両腕を広げた。「来て。あなたはわたしが知らなかった喜びを教えてくれた。でも、わたしの中は空っぽなの」

「まだだめだ。君に必要なのは――」

「あなたよ。わたしを満たして」

サイモンはうなり声とともにズボンを下ろした。再び横になると、彼女を引き寄せて腰と腰を合わせた。「なるべく優しくする。だが、これほど誰かを欲しいと思ったのは初めてなんだ」

「早く来て。あなたが必要なの。今すぐに」

「わたしも同じだ」サイモンは震える手で彼女の両脚を開いた。そして、一気に彼女を満たした。

リネットはその力強さに息をのんだ。だが、痛みはなかった。侵入された感覚も違和感もなかった。

「平気か？」サイモンの顔が上にあった。蝋燭の光が乱れた黒髪と張りつめた表情を照らし出す。遠い昔、わたしの心をとらえた騎士。傷ついた心を隠し持つ複雑な男。この人を愛するのは簡単ではない。でも、わたしはこの人を愛している。

「とてもいい気分よ。おかえりなさい、サイモン」リネットは彼の首に両腕を巻きつけ、腰を浮かせて、より深く彼を迎え入れた。

「帰ってきたよ」実際、サイモンは我が家に帰り着いた気がした。リネットの熱い体に包まれていると、長年引きずってきた心の傷が癒されていくように思えた。「わかってほしい。わたしが君をどれほど大切に思っているか」彼はリネットのお尻に両手を当て、生まれ変わるために旅立った。

リネットは彼の体にしがみつき、互いがもたらす衝撃にのみ込まれた。彼の動きが速まるにつれて、リネットの中の炎も熱く燃え上がった。やがて、炎は突然砕け散った。サイモンの名前を叫びながら、彼女は暗闇を抜け、光の中へ飛び出した。

15

サイモンが冷静に考えられるようになったのは、しばらくあとのことだった。リネットは彼の胸を枕《まくら》にして、小さな寝息をたてていた。温かい蜜《みつ》のような満足感が彼の全身に広がった。永遠にこのままでいたいと思った。

わたしにはリネットが必要だ。欲望だけではない。わたしは彼女を大切に思っている。尊敬している。だが、愛しているかとなると……。サイモンはとっさにその言葉を否定した。愛は戯言《たわごと》を信じる愚か者のための言葉だ。私には関係ない。

彼はリネットを抱く腕にわずかに力をこめた。彼女の小ささ、もろさを改めて痛感し、不安をつのらせた。もしクリスピンがリネットに罪をなすりつける方法を見つけたら？

遠くから、朝課を告げる大聖堂の鐘が聞こえた。午前三時。助祭長はそろそろ起き出して、一日の最初のミサへ臨もうとしているだろう。ミサがすめば、サースタンの葬儀の準備が待っている。

つまり、しばらくは自分の部屋に戻らないわけだ。助祭長の秘密を探る絶好の機会かもしれない。

サイモンはゆっくりと抱擁を解き、寝台を出た。一瞬その場にたたずみ、リネットを見つめた。穏やかな寝顔。枕に広がる蜂蜜《はちみつ》色の髪。目覚めてわたしがいないと知れば、リネットはまた気を揉《も》むだろう。だが、これだけは一人でやるしかない。

リネットはすすり泣くような声をもらし、彼が残した窪《くぼ》みに体を寄せた。眠っていても彼を捜しているのだろうか。サイモンは毛布を彼女の顎まで引き上げた。心臓が痛いほど鳴っていた。毎夜リネットとこの寝台で眠ることができたら。永続的な関係などまっぴらだと思っていた。だが今は……。

しっかりしろ。おまえにはやるべきことがあるんだぞ。サイモンは自分を叱《しか》り、素早くズボンとチュニックとブーツを身につけた。忍び足で部屋を出て、階段を下りていったが、皆まだ眠っているらしく、家の中は暗かった。唯一灯《とも》された台所のテーブルの蝋燭《ろうそく》が、裏口の前で眠るマイルズの姿をぼんやりと照らしていた。

「マイルズ？」

マイルズは即座に飛び起き、剣に手を伸ばした。

「ああ、あなたでしたか、サー・サイモン」

「ちょっと庭を散歩してくる。わたしが戻るまで、しっかり見張っていてくれ」

外に出たサイモンは、閂《かんぬき》のかかる音を確かめてから店の正面に回った。通りに人けはなく、周囲の家々も真っ暗だった。無事に大聖堂までたどり着くと、彼は塀伝いに裏手へ移動し、マントの下から攻城縄を取り出した。縄の先についた鉤《かぎ》を塀に引っかけ、身軽に塀を乗り越えた。

中庭のかなたに、大聖堂に入っていく黒っぽい行列が見えた。礼拝に集まった修道士と学生たちだ。

サイモンは身をひそめ、行列の最後の一人が大聖堂の中へ消え、大きな扉が閉まるのを待った。それから、中腰の姿勢で中庭を横切り、司教館へ走った。短剣を使って鎧戸《よろいど》をこじ開け、大広間の窓から中に入った。

大広間には誰もいなかった。暖炉の埋《うず》み火のぼんやりとした光を頼りに、彼は扉までたどり着いた。その先は完全な闇《やみ》だった。廊下を進み、入り口通路を横切ると、松明《たいまつ》の明かりが見えてきた。目指す階段はそこにあった。

サイモンはほんの一瞬足を止めた。人けがないことを確かめてから、地下へ下りていく。こういうことには慣れていた。十字軍がダミエッタを侵攻した際に何度も経験したからだ。だが、あのときは仲間がいた。今ここにヒューかガイがいてくれたら。この際、ニコラスでもいい。まったく、あいつときたら。何もこんなときに女と遊びほうけることはないだろう？

すり減った階段を下りきったところで、壁の松明を手に取り、狭い廊下をゆっくりと進んだ。まずは貯蔵室がいくつか続いた。その先は寝台と腰掛けがあるだけの狭い部屋が並んでいる。見たところ、放浪修道士のための宿坊らしい。どの部屋も使われていないようだったが、最後の部屋だけは違った。

質素な調度はほかの部屋と同じだが、その部屋の寝台には灰色の僧服がかけられ、腰掛けのそばに小さな櫃《ひつ》が置いてあった。櫃の上には一本の蝋燭と筆記具がのっていた。

サイモンは室内を見回した。扉がないことを恨めしく思いつつ、中へ入った。僧服を調べたところ、袖の部分に鉤裂きが見つかった。　オルフの小屋で見つけた布と同じものだろうか？　彼は糸を数本引き抜き、腰の袋にしまった。寝台を手で叩《たた》いて確かめたが、鳥兜《とりかぶと》の壺《つぼ》は見つからなかった。狭い部屋の捜索はあっと言う間に終わった。

最後に残ったのは櫃だった。櫃には鍵《かぎ》がかかっていたが、短剣の先でこじ開けることができた。中には冬物の服が少しと、巻いた羊皮紙が入っていた。一部は白紙だったが、ほとんどは几帳面《きちようめん》な字でラテン語が書き連ねてあった。

サイモンはため息をついた。ちゃんと勉強しておかなかったことを後悔した。次の羊皮紙を手に取ろうとしたとき、櫃の底に何か白いものが見えた。

彼は身を乗り出した。それは小さく積もった粉だった。埃《ほこり》だろうか。だが、埃にしては白すぎる。

鳥兜？

アンセルムとリネットの警告が思い出された。鳥兜は皮膚からでも吸収されるのだ。彼は羊皮紙の切れ端で小さな包みをこしらえ、別の切れ端で粉をかき集めた。急ごしらえの包みをしっかり折りたたみ、腰帯につけた袋へ押し込んだ。

くぐもった鐘の音が聞こえてきた。あわてた彼は、すべてをもとの位置に戻して櫃を閉めた。恐怖と満足感にぞくぞくしながら、侵入経路を逆にたどった。外へ出てみると、大聖堂から修道士や見習い修練士、学生たちがぞろぞろと出てくるところだった。中には大聖堂に残って、司教の棺《ひつぎ》のかたわらで祈りを捧《ささ》げる者もいるようだ。しかし、クリスピンは違った。助祭長の無駄のない足取りと灰色の僧服は一目でわかった。

「人殺し」サイモンは低くうなった。憎しみにみぞおちが締めつけられた。自分でも意外だった。なぜなら、その憎しみは私怨《しえん》に近いものだったから。サースタンは死ぬまで彼を無視していたかもしれない。それでも、彼に生命を与えた男なのだ。彼の中には、疎遠だった父親の死を悼む気持ちが芽生えていた。

サイモンは目を細め、芝生を横切っていく灰色の僧服をにらみつけた。今なら簡単に復讐《ふくしゅう》ができる。背後から忍び寄って……。彼は短剣に手を伸ばした。引き抜きかけた短剣を、また鞘《さや》に戻した。クリスピンを殺せば、サースタンの仇《かたき》が討てる。リネットが犯人にされる恐れもなくなる。だが、これはわたしのやり方じゃない。

クリスピンは司教館の手前で向きを変え、薔薇《ばら》園へ続く小道をたどった。

サイモンは腰をかがめたまま芝生を横切り、薔薇園を縁取るいちいの垣根の陰に隠れた。刺《とげ》だらけの茂みをかき分けて、助祭長の行動を見守った。

クリスピンは薔薇園の中央で足を止め、周囲を見回した。それから、しゃがんで地面を掘りはじめた。

彼の意図は明らかだった。鳥兜を埋めるつもりなのだ。

サイモンは小躍りしそうになった。副院長やアンセルムにこの光景を見せてやれたら。

立ち上がったクリスピンはまた周囲を見回し、司教館の方角へそそくさと引き返していった。その姿が見えなくなるのを待って、サイモンは薔薇園の中央へ駆け寄り、ひざまずいた。暗がりの中でも、掘り起こされた土の色が確認できた。剣の先でつついてみると、何か固いものに当たった。

彼は体を前後に揺すりながら考えた。本当はすぐに掘り返したい。だが、まずは証人を確保したほうがいいだろう。

リネットは温かな水から浮上するようにゆっくりと目覚めた。けだるく満ち足りた気分だった。彼女は伸びをしながら寝台に手を這《は》わせた。しかし、そこには誰もいなかった。

「サイモン?」リネットは起き上がった。部屋の中にもサイモンの姿はなかった。それを知ったとき、彼女は言葉にならないほど深く傷ついた。

サイモンはあなたの評判を傷つけないために出ていったのよ。彼女の理性がなだめた。

でも、出ていく前にキスくらいしてくれてもいいのに。彼女の心が答えた。

わたしを起こしたくなかったのかしら? そんな思いやり、ちっとも嬉《うれ》しくないわ。リネットは不機嫌な顔でまた横になった。窓の外はまだ真っ暗だわ。もう少し眠ったほうがいい。今日は大変な一日になるはずだから。

だけど、これからのこと——サースタンの葬儀とクリスピンとの対決——を考えると、とても眠れそうにない。

リネットはため息とともに起き上がり、夜着に手を伸ばした。体の奥に残る小さなうずきに、またため息が出た。あんなに頑固で厳しい人の中に、あれほどの優しさと寛大さが隠されていたなんて。彼女は二人の未来を信じはじめていた。サイモンの子供を産みたかった。それが心の空白を埋める唯一の方法なのだ。

寝台脇《わき》の蝋燭は燃え尽きかけていた。リネットは新しい蝋燭に火を灯し、書き物机に向かった。机の片隅には、売り上げを記録する割り符が置いてあった。ロンドンから仕入れる香辛料の覚え書きは、来年庭に植える薬草の予定表と一緒になっていた。インク壺の横には、先のつぶれた羽根ペンが乱雑にまとめて置かれていた。

ここ数日は帳簿つけどころではなかったのだ。リネットは眉をひそめた。蝋燭を置き、机の上を片づけはじめた。巻物を並べていたとき、小さな黒い本が目にとまった。

サースタンの祈祷書《きとう》。

リネットは椅子に腰かけた。涙ぐみながら、大切な形見を撫《な》でた。恭しく表紙を開いた彼女は、その本が妹のキャサリンからの贈り物であることを知った。それも、キャサリンがブラックストーン尼僧院の院長になるはるか以前に贈ったものだった。

〝幸福を奪われたお兄様が、せめて安らぎを得られますように〟とキャサリンは書きつづっていた。

表紙の内側は曲がっていた。革装の端を押さえる羊皮紙がはがれ、それをおざなりに修理したかのようだった。いつか改めて修理しよう。そう思いながら、リネットはページをめくり、サースタンが好きだったラテン語の祈りの言葉に目を通した。ところが、四ページ目を開いた瞬間、彼女の動きが止まった。

そこにあったのは祈りの言葉ではなかった。四列組みの表のようなものだった。リネットは眉をひそめた。身を乗り出し、ラテン語を頭の中で訳していった。日付と名前。大半はダーレイの住民たちの名前だ。名前の横には短い添え書きがあった。典型的な罪の数々が簡潔な言葉で記されていた。盗み。高利貸し。強欲。姦淫《かんいん》。そして最後の列には、サースタンが罪人に課した贖罪《しょくざい》が並んでいた。

リネットは身震いしながら椅子の背にもたれた。これはサースタンの日誌だわ。なぜ彼は告白された罪を記録したのかしら？　これが悪人の手に渡ったら大変なことになるのに。次の瞬間、彼女は恐ろしい可能性に気づいた。あわててページをめくり、自分が最大の秘密をサースタンに告白した日付にたどり着いた。

リネット・エスペサー。未婚のまま、ブラックストーンのサイモンの子を身ごもる。出産はブラックストーンの尼僧院にて――。

リネットはページから視線を引きはがした。なぜサースタンはこんなことまで書き残したの？　わたしはどうすればいいの？

日誌を隠すのよ。焼いてしまうの。でも、もしこの中にサースタンを殺した犯人につながる鍵があったら？　彼女はおずおずとページをめくろうとした。

「もしもし」店の外から声が聞こえてきた。

リネットは日誌を押しのけ、通りに面した窓に走った。外はまだ暗かったが、戸口の前に人影が動くのが見えた。続いて、護衛の兵士が中から誰何《すいか》する声が聞こえた。

客と思われる人影は、くぐもった声で一言だけ答えた。病気なんです。

リネットは即座に窓辺を離れ、蝋燭をつかんで階段へ向かった。戸口へ出てみると、ちょうどジャスパーが出直してくるように告げているところだった。

「待って。重病人かもしれないわ」

ジャスパーは警戒の表情で答えた。「留守中は誰も入れるなとサー・サイモンから言われています」

「彼は留守なの？」リネットは急に不安になった。

「はい。少し前に裏口から出ていかれました」剣を抜いて駆けつけたマイルズが答えた。

リネットは兵士たちの厳しい表情から扉へ視線を移した。「昨日、病気の子供のために薬を買いに来た客がいたわ。薬が効かないようなら、また来てくださいと言ったんだけど。もしかして、あの人の旦《だん》那《な》さんじゃないかしら」

ジャスパーはマイルズにしかめっ面をしてみせ、それから肩をすくめた。「では、確認してください」

「カーペンターさん？　お子さんの具合がよくないの？」

「ええ」短い答えが返ってきた。「ひどいありさまで」

「まあ、大変。わたしは薬を用意するから、カーペンターさんを中に入れてあげて」店へ入ったリネットは、怯《おび》えて寄り添うドルーサとエイキンを見つけた。「大丈夫よ。カーペンターさんが薬を取りに来ただけで――」

入り口から聞こえてきた騒々しい音が彼女の言葉を遮った。「お嬢さん、盗賊が！」ジャスパーの警告にうなり声と剣のぶつかり合う音が重なった。

ドルーサは悲鳴をあげ、ベンチに座り込んだ。

「早く！ 裏口へ！」エイキンがわめいた。

リネットは一歩踏み出したところで考え直した。

「だめよ。裏口にも敵がいるかもしれない」

「じゃあ、どこへ逃げれば……？」エイキンは半泣きになった。

「それは――」

四人の男が通路から店へなだれ込んできた。いずれも手に血染めの剣を握っていた。

あの盗賊だわ。リネットはその場に凍りついた。

「ブラックストーンのサイモンはどこだ？」怒鳴りながら、ロブ・フィッツヒューは店の中を見回した。

ドルーサがまた悲鳴をあげ、床に突っ伏した。エイキンは炉の火かき棒をつかみ、剣のように振り回した。しかし、ロブの平手打ちで壁へ飛ばされ、頭を壺にぶつけて、そのまま気を失った。

「なんてことを！」リネットは彼に駆け寄ろうとしたが、すぐに捕まり、壁に押しつけられた。

「ブラックストーンはどこだ？」

「る、留守よ」リネットは口ごもった。「でも、すぐに帰って――」

「店の台帳を渡せ。あと、本と名のつくものは全部持ってこい」

リネットは一瞬ぽかんとした。強姦やお金目当ての強盗ならわかるけれど、本を欲しがる強盗なんているかしら？「台帳？」

「売った品物と相手を記録した本だ。ぐずぐずするな！」ロブは乱暴に揺さぶり、彼女の頭を壁に打ちつけた。

リネットの意識が遠のきかけた。「お、お願いだから……」

「死にたいのか、え？」剣の切っ先が彼女の喉に当てられた。

「台帳は……作業場にあるわ。本……本や書類は二階よ」

「まずは台帳だ」ロブは剣を下ろし、彼女の肩をつかんだ。

リネットはよろよろと店を横切った。脚に力が入らなかった。ロブは作業場の入り口で立ち止まった。中は真っ暗だ。しかし彼女には、どこに何があるか、すべてわかっていた。

「明かりを持ってこい」ロブは肩ごしに叫んだ。

リネットは震えながら待った。心臓が張り裂けそうに轟《とどろ》いていた。今は生き延びることだけ考えるのよ。でも、台帳を渡してしまったあとは？　盗賊はわたしたちを殺すんじゃないかしら？

「ほらよ」かすれた声とともに、背後から光が迫ってきた。

ロブは彼女の肩を放し、松明を受け取った。「台帳を出せ。下手な小細工はするな」彼はリネットを先に立てて作業場へ入った。松明が壺や乾燥させた薬草などが並ぶ棚を照らし出した。台帳は作業台の中央に、いらくさの束と壺に挟まれる格好で置いてあった。「あれか？」

彼女はぎこちなくうなずいた。

ロブは台帳をつかみ、ざっと目を通した。どうやら、彼は字が読めないようだった。「こいつが例の物ならいいんだが」ぶつぶつ言いながら、彼は台帳を仲間に押しつけた。「持ってろ、レイナルフ。汚すんじゃねえぞ」

レイナルフは返事の代わりにうなり、急いで作業場から出ていった。

「次は二階の本だ」

「なぜ本なんか欲しがるの？」リネットはうわずった声をあげた。「あんなもの、なんの価値も――」

「執行長官の命令なんだよ」

リネットは冷水を浴びせられた気がした。逃げなくては。でも、どうやって？

「さっさと来い」ロブは彼女の右腕をつかみ、扉のほうへ放《ほう》り出そうとした。

リネットはとっさに手近にあったものを握った。作業台の上のいらくさを。肌を守るために、いらくさの茎の部分には布が巻いてある。彼女はそのいらくさを夜着のひだに隠し、よろめく足で盗賊のあとに続いた。

店に戻ると、レイナルフの姿はなかった。残る二人の悪党が籠《かご》や櫃をあさっていた。おそらく、金を探しているのだろう。ドルーサは床に倒れたまま、小さくうめいていた。エイキンは壁にもたれ、口から血を流していた。

リネットは足を止めた。「彼の手当てをさせて」

「だめだ。おい、二階に移動するぞ」ロブは二人の仲間に声をかけた。

リネットはいらくさを握りしめた。今ここでやる？　それとも、少し様子を見たほうが？　恐怖に歯ががちがち鳴った。そんな彼女を、ロブは階段のほうへ引きずっていった。

そのとき、台所からサイモンが現れた。彼は剣を抜いていた。まるで別人のようにすさまじい形相をしていた。「彼女を放せ、フィッツヒュー」

ロブは悪態をつき、リネットを盾にして剣を構えた。「剣を捨てろ。さもないと、この女が死ぬことになるぞ」

「わかった」サイモンは彼女に目を向けた。その目には内心の葛藤《かっとう》と決意の色が浮かんでいた。

彼が剣を下ろすのを見て、リネットは愕然《がくぜん》とした。

「だめよ！」彼女の振り上げたいらくさが、ロブの頬を直撃した。ロブは悲鳴をあげ、彼女から手を離した。

「走れ、リネット！」怒鳴りながら、サイモンは剣を構え直した。剣と剣が出合い、腕から肩に衝撃が走った。彼が歯を食いしばり、しびれた腕を振る間に、二人の仲間が駆けつけた。三対一の戦いで、彼は店の隅まで追い込まれた。

ロブの瞳が得意げに輝いた。「これでおまえもおしまいだ」

「それはどうかな」サイモンは死に物狂いで剣を振るい、左側の男の脇腹に切りつけた。男は絶叫とともに倒れた。だが、まだロブともう一人が残っている。戦いはさらに白熱した。敵はたいした腕ではなかったが、数で勝っていた。これで生き残れたら奇跡だ、とサイモンは思った。視界の隅に映るリネットの姿が、彼の不安をつのらせた。「逃げろ！」

リネットは逃げなかった。前へ突進し、片方の男のチュニックにいらくさを押し込んだ。男は剣を落とし、悲鳴をあげて背中をかきむしった。

それが一瞬の隙《すき》をもたらした。一瞬でもサイモンには充分だった。彼はその隙を狙《ねら》い、ロブに剣を突き立てた。ロブは驚きに目を見張った。自分の胸から流れ出る血を見下ろし、ゆっくりと床に崩れ落ちた。

サイモンはロブの脈を探った。脈はなかった。死人には何も答えられない。「くそ」ほかの二人の様子を確かめるために、彼は視線を上げた。リネットはドルーサを起こし、エイキンの手当てをしていた。いらくさを押し込まれた男のかたわらには、マイルズが立っていた。腕から血をしたたらせつつも、兵士はしっかりとサイモンの視線を受け止めた。「ジャスパーは？」

「やられましたが、死ぬほどじゃないでしょう」マイルズは倒れている男を爪先でつついた。「こいつは生きてますよ」

サイモンは男の横にひざまずいた。店の前にいたあの物乞《ものご》いだ。「夜警を呼んできてくれ」マイルズが去るのを待って、彼は男を揺さぶった。「誰の差し金だ？　ハメルか？」

男は苦痛に身をよじりながらうなった。

「やつの狙いはなんだ？」サイモンはたたみかけた。

「うちの台帳よ」横でリネットがささやいた。

「それに……司教の証書も」男はサイモンを見返した。「司教が死んだ晩、おまえが盗んだやつだ」

「わたしは何も盗んでいない」

「ハメルが……あれは……彼女のものだと」

「リネットのことか？」

「違う。ハメルの愛人だ」男は苦しげにあえいだ。一瞬見開かれた目が力なく閉じられ、頭ががっくりと落ちた。

「くそ」サイモンはつぶやいた。「こいつは生かしておきたかったのに」

リネットは十字を切った。「愛人って、ティリーのことかしら？」

「たぶんオデリーンのことだろう。彼女はハメルの愛人だとネルダが言っていた」

「オデリーンとハメルが？」リネットは唖然《あぜん》とした。

「意外な組み合わせだろう」サイモンは背を起こし、ロブ・フィッツヒューを見やった。「問題は証書の内容と、オデリーンがここまでして証書を手に入れたがる理由だな」

リネットははっと息をのんだ。「アンセルムの説に従えば、司教の命を狙っていた人間は一人とは限らないのよね」

「しかも、オデリーンの部屋はサースタンの部屋の真上にある」

「じゃあ、ブランデーに近づくのも簡単だわ」

「あれはオデリーンの仕業じゃないと思うね」サイモンは声をひそめ、クリスピンの櫃で見つけたものについて説明した。「作り話だと言われないよう、一人で掘り返すのはやめておいた。都合がつき次第、副院長が立ち会ってくれるそうだ」

「ああ、サイモン」リネットの瞳に安堵《あんど》と感謝の涙がにじんだ。「すべてあなたのおかげだわ」

「喜ぶのは早い。それだけじゃ決定的な証拠とは言えないだろう」

「証書は今度の件と何か関係あるのかしら？」

サイモンは髪をかき上げた。「わからない。だいたい、証書なんて存在するんだろうか？　悪党の話だけではな」彼の体はいまだに震えていた。リネットは危うく殺されるところだったのだ。「わたしが出かけたりしなければ……」

「でも、ちゃんと助けてくれたわ」リネットはにっこり笑った。「昔も今も」

サイモンはうなった。が、その瞳にはまだ後ろめたそうな表情があった。

罪深いのはわたしのほうなのに。リネットは二階のテーブルに置いてある日誌を思った。パンドラの箱のように危険な日誌。あれをどうすればいいのかしら？

わたしの荷物を調べた人間がいる。

櫃を開けた瞬間、クリスピンはそのことに気づいた。羊皮紙の巻物の並びが以前と違っていた。

「ウォルター・ド・フォークめ」ぶつぶつ言いながら、彼は衣類をかき分けた。櫃の底には、壺からこぼれた鳥兜の粉が残っていた。オルフの作業用手袋を盗んで片づけるつもりだったが、どうやら手遅れになってしまったようだ。

クリスピンは歯を食いしばり、背を起こした。ウォルターに知られてしまった。ウォルターに知られてしまった。その言葉が頭の中を駆け巡る。ウォルターはどうするつもりだろう？

決まっている。大司教に報告するのだ。

クリスピンはうなった。神の僕《しもべ》としての人生もこれまでか。いや、今さら、あとへは引けない。櫃を掃除すれば、証拠はなくなる。証拠さえなければ、ウォルターの非難は出世目当ての中傷として否定できる。だが、壺のことは？

もしウォルターが薔薇園までわたしを尾行していたのだとしたら？　クリスピンはあわてて僧房を飛び出した。館《やかた》の外に出ると、意識的に歩調を緩めた。修道士たちはすでに葬儀の準備に取りかかっている。ここであせれば、変に思われてしまう。

内心の動揺を隠して、クリスピンはゆっくりと薔薇園に向かった。そこにたどり着くまでが果てしなく長く感じられた。壺を埋めた場所に、掘り返された形跡はなかった。彼は薔薇を調べるふうを装い、サンダルの先で土を掘った。出てきた壺を袖《そで》に隠し、小道を引き返した。司教館の周囲の暗がりまでたどり着いたところで、肩ごしに振り返ると、逆方向から薔薇園へ入っていくウォルターの姿が見えた。

ウォルターは壺が埋まっていた場所で足を止め、しゃがんで掘りはじめた。間一髪だった。クリスピンは胸を撫で下ろした。これでウォルターは大司教に報告できなくなった。神はわたしに味方なさったのだ。

16

ダーレイ大聖堂で葬儀のミサが始まった。ここはサースタンが地上で集めた権力の記念碑だ、とサイモンは思った。高い丸天井まで伸びた巨大な石柱が、揺るぎない力と権威を象徴していた。壁の松明《たいまつ》と祭壇の蝋燭《ろうそく》が参列者たちの顔を浮かび上がらせ、香のにおいと悲しげなすすり泣きが大聖堂を満たしている。

聖歌が流れる中、クリスピン助祭長とウォルター副院長が祭壇に上った。祭壇下の身廊には、正装した市民たちがぎっしりと並んでいた。

外は雨だった。橋の通行料で作られたステンドグラスが、降りかかる雨に濡《ぬ》れていた。天も司教の死に涙しているようだ、と参列者たちは口々に言った。

しかしサイモンにとっては、天の気持ちなどどうでもよかった。

彼が心配なのは、横にひざまずいて震えているリネットの気持ちだった。リネットは地味なガウンに身を包み、肩までかかるヴェールをかぶっていた。そのヴェールの向こうに、頬を伝う涙が見えた。

数日前のサイモンなら、自分の父親の死を悲しむリネットに怒りを覚えただろう。しかし今、彼の心は重かった。大聖堂へ運ばれてきた棺《ひつぎ》を眺めているうちに、彼は気づいた。もうわたしの疑問に答えてくれる人はいない。サースタンが聖職者としての誓いを破ったのは肉欲のためか、あるいは愛情のためか。なぜわたしを認知しなかったのか。わたしの母親は誰なのか。今も生きているのか。すべては永遠に謎《なぞ》のままだ。

「罪を悔い改めよ！」クリスピンの声が石の壁にこ

だました。彼はずっと同じ調子でわめきつづけていた。司教を直接けなしはしないものの、さまざまな罪をあげつらい、痛烈に非難した。とくに男の最大の弱点――女――に関しては容赦なかった。その間、彼の異様な視線はリネットに向けられていた。

サイモンは反射的にリネットに寄り添った。胸の奥から感情があふれた。リネットはわたしのものだ。わたしは命に代えても彼女を守る。昨夜、彼女は心と体でわたしを受け止めてくれた。わたしたちの心は一つになったのだ。永遠に。先のことはわからない。だが、大切な人を傷つけようとする者は、クリスピンだろうと誰だろうと許さない。

サイモンは怒りをこめて助祭長をにらみつけた。偽善者。人殺しの偽善者。サースタンを殺したのはおまえだ。罪の償いは必ずさせてやる。

クリスピンは一瞬口ごもり、赤い顔で視線をそらした。声に動揺が感じられた。

満足したサイモンは、人込みの中にウォルターとアンセルムの姿を捜した。祈りに没頭する彼らは、サイモンの視線に気づかないようだった。壺《つぼ》はあの二人が取り出したはずだ。午後の審問では、彼らがクリスピンを告発してくれるだろう。

最初、ウォルターは自信がなさそうだった。〝クリスピンが鳥兜《とりかぶと》を持っていたとしても、彼が司教に毒を盛ったとは限らんだろう〟と言った。

〝それに、司教を突き飛ばし、ベラドンナをのませたのは誰かという問題もある〟とアンセルムが付け加えた。

〝クリスピンには無理だ〟ウォルターは断言した。〝あのとき、わたしと大広間にいたのだからな〟

突き飛ばした人間については、だいたい見当がついている。ただ、証拠がない。盗賊の言葉だけを根拠に、オデリーンを告発するのは難しい。彼女の部屋を捜せば、証書に結びつくものが見つかるのではないだろうか。運がよければ、ベラドンナの小瓶さえ見つかるかもしれない。だが、わたしは見張られている。リネットの店からここへ来る間も、ずっとバードルフたちがついてきていた。

こんなときこそ、仲間の協力が必要なのだが。ガイのことは責められない。エドマンド卿《きょう》を追っていったのだから。だが、ニコラスは……。

あいつには慎みというものがないのか？　帰国して一週間もたたないうちに、昔の悪い癖を出すとは。どうせ新しい愛人と遊びほうけているに決まっている。わたしが困っているのではないか、あいつの不在を心配しているのではないか、などという発想はかけらもないらしい。

いや、待て。本当に心配すべき事態かもしれないぞ。四日も連絡がないのは尋常ではない。サイモンのみぞおちが締めつけられた。ミサが終わったら、ワーリンに頼んで、ニコラスを捜してもらおう。

「アーメン」声をそろえて唱えると、参列者たちはほっとした様子で立ち上がった。凝った筋肉をほぐし、しびれた膝をさすりながら、ぞろぞろと大聖堂から出ていった。

「これからどうする？」リネットの腕を取り、彼女を人込みから守りながら、サイモンは尋ねた。

「ギルド集会所と市場で食事と飲み物がふるまわれるけど」リネットはぼそりとつぶやいた。

気が進まないというわけか。サイモンはうなずいた。「君の店に戻って、これまでの出来事を整理しよう」

「台帳を盗まれたこととか？」リネットは不安そうにきき返した。

「そういえば、連中はなぜ台帳を狙《ねら》ったんだろう？心当たりはないか？」

「ないわ」リネットは素早く答えた。あまりに素早すぎた。

サイモンは彼女の青ざめた顔を見つめた。その無関心な態度が引っかかった。謎解きとなると執念を燃やす彼女が、なぜ台帳が盗まれた理由を気にしない？　あるいは、理由を知っているのか？

彼女は何かを隠しているのだろうか？

サイモンの心が波立った。わたしは彼女を信じているのに、彼女はわたしに嘘《うそ》をついているのか？　だが、今ここで追及するのはまずい。「クリスピンへの対応策を練っておいたほうがいいな」

リネットは通路で立ち止まり、目をつぶった。再び目を開けたとき、そこには動揺の色が浮かんでいた。「わたしたち、尋問されるの？」

「されるだろう」

「そう」リネットはサースタンの棺に目をやった。修道士や学生たちが集まり、最後の別れを告げている。「クリスピンはわたしが犯人だと決めてかかっているのね」

「大丈夫。彼には君を有罪にできる証拠がない」

棺を囲む輪の中で、一人が顔を上げた。ジェヴァン・ル・コイトだった。彼は鋭いまなざしでサイモンをにらみつけた。サイモンが見返しても、視線をそらさなかった。憎悪に歪《ゆが》むその顔に、サイモンはぞっとするものを感じた。

ジェヴァンはわたしがサースタンの息子だと知っているのだろうか？　ネルダの言ったとおり、サースタンはわたしに何かを遺《のこ》したのだろうか？　それが問題の証書に書いてあって……。

「いったんこうと思い込んだ人間は、自分の目的のために平気で事実を歪めるものだわ」リネットがつぶやいた。

サイモンは彼女に視線を戻した。証書とジェヴァンの問題はあとでいい。優先されるべきはリネットの安全だ。「心配するな。副院長とブラザー・アンセルムが君を弁護してくれる。それに、わたしもついている」彼はリネットの腰に腕を回して外へ出た。

雨はミサの間にやみ、雲の隙間《すきま》から太陽が顔をのぞかせていた。

「雨上がりはすべてが爽《さわ》やかに見えるわね」門へ向かって歩きながら、リネットがつぶやいた。「わたしたちの問題も雨で洗い流せたらいいのに。そうすれば新しくやり直すことができるのに」

「我々のやり直しはすでに始まっているよ」昨夜のことを思い出し、サイモンは優しく言った。

リネットはようやく笑顔になった。「そうね」しかし、その笑顔は頼りなげだった。

サイモンは彼女の腰に腕を回した。「店に帰ろう。ドルーサと怪我人《けがにん》たちが待っている。いや、先に宿屋へ行くか。あそこなら誰にも邪魔されずに話ができる」

「話をするの？」リネットは眉を上げた。

サイモンは顔が赤くなるのを感じた。「話をするんだ」彼はきっぱりと言った。

「まあいいわ」リネットはつぶやいた。

サイモンと二人だけの時間。

それは今のリネットにとって、暗闇《くらやみ》の先に見つけた光のように貴重なものだった。延々と続く葬儀を乗りきれたのも、サイモンがいたからだ。クリスピンの憎悪に満ちた言葉に寒気を覚えた彼女は、サイモンに寄り添った。彼のぬくもりで心を温め、彼のたくましい体から力を得た。

「着いたぞ」サイモンが言った。

リネットは驚いて視線を上げた。どこをどう通って宿屋にたどり着いたのかも覚えていなかった。宿屋は閉ざされ、鍵《かぎ》がかかっていた。エリナーとワーリンと使用人たちは、葬儀のあとの酒宴に出ているようだった。

サイモンは横手の戸口に回り、掛け金をいじったあげく悪態をついた。「ここも鍵がかかっている」

リネットは腰の袋から鍵を取り出した。「父が亡くなったあと、いざというときのためにエリナーがくれたの」宿屋の中は暗く、静まり返っていた。彼女は緊張しながら階段を上った。腰に置かれたサイモンの手のぬくもりも、体のこわばりをほぐしてはくれなかった。ここ数日、気を張っていたせいもあるだろう。午後の審問のことも不安だ。だが、彼女が何より恐れているのはサイモンの質問だった。

薄暗い廊下の途中で、サイモンは足を止めた。

「ここで待っているんだ」そうささやくと、忍び足で扉に近づいた。片手を剣に伸ばした状態で鍵を開け、樫《かし》の扉を押し開けて中に踏み込んだ。一瞬のち、彼は戸口から顔を出し、リネットを手招きした。

「誰かがここにいると思ったの？」

「用心するに越したことはないからな」

リネットは彼の引き締まった腰に両腕を巻きつけ、胸に顔を埋《うず》めた。

サイモンはうろたえた。「リネット……今、必要なのは話し合うことで――」

「わたしにはこれが必要なの」リネットはつぶやいた。耳の下でサイモンの心臓が高鳴っている。彼にもこれが必要なんだわ。一時の休息が。

「話が先だ。君はわたしに隠していることがあるだろう」

リネットがとっさに考えたのは赤ん坊のことだった。胸が締めつけられた。あの子のことは言えない。あれは終わったこと。あの子は幸せな家庭で育っている。婚外子と言われることもなく。事情を説明すれば、サイモンはわかってくれるかもしれない。でも、彼は自分の生い立ちのせいで深く傷ついている。自分に娘がいると知ったら、あの子を取り戻そうとするんじゃないかしら。

リネットの心が痛んだ。けっして癒《い》えることのない傷口をこじ開けられたような痛みだった。あの子を産んだ嵐《あらし》の夜のことは今でも覚えている。陣痛の痛み。でも、九カ月この体に宿した命をあきらめる痛みとは比べ物にならなかった。サイモンを愛して、できた子供。あの子がサイモンの形見になるような気がした。だから、余計に手放すのがつらかった。

それでも、わたしは決断した。それがあの子のため、あの子の未来のためだと思ったから。嫡子。それがわたしからあの子へのただ一つの贈り物。それを守るためなら、わたしはなんだってするわ。自分の心だって犠牲にする。

「台帳のことだよ」サイモンはつぶやいた。

台帳。安堵《あんど》のあまり、リネットは泣きそうになった。「ちょっと待って」彼女はぬくもりと支えを求めて、大きな体にすり寄った。

「リネット、こんなことをしている暇はないんだ」

言葉とは裏腹に、サイモンの体は反応していた。

リネットも体の芯《しん》が熱くなるのを感じた。欲望が全身に広がり、乳房をうずかせた。わたしたちには時間がない。もし審問でクリスピンが勝てば、これが二人で過ごせる最後の時間になるかもしれない。

「サイモン、お願い……」彼女が胸に両手を這《は》わせると、サイモンは低くうめいた。

「リネット。君は神経が高ぶっている。君に必要なのは――」

「あなたよ。あなたが必要なの」リネットは彼の首に両腕を絡めて引き寄せた。唇と唇が重なり、一気に炎が燃え上がった。二人は互いの服をはぎ取り、狭い寝台に倒れ込んだ。

静寂の中、サイモンの荒い息だけが聞こえた。彼の瞳は猛々《たけだけ》しい欲望に輝いていたが、乳房を包み込む手の動きは優しかった。「リネット、わたしにも君が必要だ」乳首を吸われ、リネットの頭は真っ白になった。今の彼女にあるのは、サイモンにかき立てられた情熱だけだった。

「来て」リネットは両手を差し伸べた。

「わかった」サイモンはこわばった体を彼女に重ねた。震える息を吐きながら、ゆっくりと彼女の中に入った。リネットは歓喜の声をあげ、腰を浮かせて彼を迎え入れた。

彼の熱がリネットを満たし、最後に残された慎みを打ち砕いた。彼女は引き締まった腰に両脚を巻きつけ、全身を貫く欲望に身を委《ゆだ》ねた。

「リネット」サイモンはうなった。彼女と自分の中で激しい欲望が高まっていくのを感じた。二人の視線がぶつかった。情熱で煙るリネットの瞳には、彼自身が映っていた。

「愛しているわ」高みに昇りつめながら、リネットが叫んだ。

サイモンの心の中で何かが動いた。しかし、その正体を突き止める暇もなく、嵐が襲いかかった。リネットの体が彼を締めつけ、降伏を迫った。彼は喜んで降伏した。リネットの名前を呼びながら、彼女の中にすべてをそそぎ込んだ。

恍惚《こうこつ》の果てを漂いつつ、リネットは満ち足りた声をもらした。

サイモンは彼女と体を並べ、無言のまま、そっと背中を撫《な》でた。

リネットは昨夜のことを思い出した。辛抱強かった昨夜のサイモン。激しく性急だった今のサイモン。でも、彼はいつでもわたしを大切に扱ってくれている。わたしが彼を裏切ったと知っても、同じように扱ってくれるかしら？　リネットは身震いした。なんとかクリスピンに勝てたとしても、わたしは秘密を抱えて生きていけるかしら？

「どうした？」サイモンが尋ねた。

「なんでもないわ」リネットは答えた。本当は泣きたい気分だった。

それを感じ取ったのか、サイモンは眉間《みけん》に皺《しわ》を寄せた。「やはり、君に必要なのはこういうことじゃなかったんだ」

「いいえ、これだったの」リネットは無理に微笑《ほほえ》んだ。「こうしているときだけは――あなたといるときだけは――幸せな気分になれるわ」

サイモンはうなったが、眉間の皺は消えていた。

「たしか、どこかに葡萄《ぶどう》酒があったはずだ。あれを飲めば元気が出るだろう」

無理よ。奇跡でも起きない限り。サイモンがそっと彼女から離れた。リネットはすがりつきたい思いを我慢した。

「もっと時間があればな」立ち上がったサイモンは、裸のまま部屋を横切り、衣類の山をかき分けた。その動きに合わせて、日に焼けた肌の下の筋肉が盛り上がった。

なんて美しいのかしら。リネットは片肘をついて身を起こした。毛布で乳房を隠しながら、サイモンの姿に見とれた。これほど美しい男に望まれているなんて、わたしは果報者だわ。

サイモンは顔を上げ、彼女を見返した。「どうして微笑んでいるんだ?」

あなたのせいよ。そう思いながら、リネットは官能的な唇を見つめた。わたしを夢中にさせる唇。知的に輝く瞳。この人はたった数日でわたしの傷ついた心を奪ってしまった。だけど、彼自身の心はさらに深く傷つき、固く守られているのだ。

彼はわたしの愛の告白に答えなかった。怯《おび》えた目つきにさえなった。彼がわたしを愛していると認めるまでには長い時間がかかるに違いない。

「あなたほど几帳面《きちょうめん》な人の部屋にしては、ずいぶん散らかっているのね。あなたも完璧《かんぺき》ではないんだとわかってほっとしたわ」

「散らかしたのはわたしじゃない」寝台に戻りながら、サイモンは答えた。「家捜しされたんだ」

「ハメルに？」

「たぶんな」

「何かなくなったものは？」

「どうせたいしたものはなかったから」サイモンは寝台に腰かけ、彼女に酒の入った革袋を手渡した。

リネットは眉をひそめた。「杯はないの？」サイモンが首を振ると、彼女はため息をつき、革袋の栓を抜いて、細い飲み口の中をのぞき込んだ。

「待った！」サイモンは葡萄酒が噴き出す寸前に親指で栓をした。「それじゃこぼれてしまう」

「革袋から飲んだ経験なんてないもの」

「こうやるんだ」彼は後ろから抱きかかえるようにしてリネットに腕を回し、革袋を彼女の口に運んだ。

「頭をのけぞらせて、口を開けて」

リネットは飢えた鱒《ます》のように口を大きく開いた。

サイモンはくすくす笑った。「もう少し閉じて。でないと、うまく飲み込めないぞ」リネットが指示に従うと、彼は革袋を軽く握った。

リネットはむせながら飲み下した。強い赤葡萄酒が彼女の胃をかっと火照らせた。

サイモンはにんまり笑い、頭をのけぞらせて、自分の口に流し込んだ。一滴もこぼれなかった。

「自己満足に浸っているようね？」リネットはぶつぶつ皮肉を言った。

「ああ」サイモンの瞳がきらめいた。「それに、君にも満足している」

リネットの頬が赤く染まった。

「我々がしたことを恥じているのか？」

「いいえ。ただ、こういうことには慣れていなくて。それに、あなたがあまりにも……美しいから」

「美しいのは君だ」サイモンは彼女の肩にキスをした。「君が慣れるまでずっとここにいたいんだが」

彼は革袋に栓をして、脱ぎ捨てた服を拾い集めた。

リネットはもたもたと下着をつけた。その間、サイモンは遠慮して背中を向けていたが、紐《ひも》を結ぶのを手伝ってほしいと言われて、初めて振り向いた。

最後の紐を結びながら、サイモンは唐突に切り出した。「わたしに何か隠しているだろう」

リネットはびくりと体を震わせた。身を振りほどきたい衝動をぎりぎりのところで我慢した。「ハメルがうちの台帳を狙ったのは、あの中にサースタンに鳥兜を売った記録が残っているせいだと思うの」

「なんだと？」サイモンは目をむいた。

リネットはひるんだ。「怒鳴らなくてもいいでしょう」

「誰も怒鳴ってない！」彼は赤い顔で叫んだ。

「言っておくけど、わたしはサースタンに毒なんか盛ってないわ」

「そんなことはわかっている。くそ……」サイモンは髪をかき上げた。「どうして今まで黙っていたんだ？」

「わたし……」

「ここに座って」サイモンは一つしかない椅子に彼女を座らせ、自分は近くのテーブルに腰かけた。「君を責めているんじゃない。ただ、なぜそんな危険なことを隠していたのか、その理由を知りたいんだ」

「怖かったの」リネットはささやき、彼が眉を上げるのを見て付け加えた。「わたしが責められるのが怖いわけではないわ。サースタンが自分で毒をのんだと思われることが怖かったの」

「自分で毒を？」

リネットはうなずき、サイモンたちが戦死したと知らされたとき、サースタンがどれほど落胆していたかを説明した。「サースタンは生きる気力を失ったかに見えたわ。彼が毒を盛られている可能性に気づいたのは、ごく最近のことよ。草本誌を読んでいて、毒殺された遺体を調べるために呼ばれたときの、曾祖父《そうそふ》の書き込みを見つけたの。その被害者の症状がサースタンの症状とそっくりだった。それでサースタンに鳥兜を売ったことを思い出し、彼が自ら死のうとしているのではないかと心配になったの。だから、あの夜、司教館に行ったのよ。彼を問いただし、ばかな考えを捨ててもらうために」

「で、彼はなんと言ったんだ？」

「きちんとした話はできなかったわ。サースタンは動揺していて、質問に答えられる状態じゃなかったから」

「なぜ動揺していたんだろう？」

「今ならわかるわ。あなたが戻ってきたからよ」リネットはその後の騒ぎで忘れていた細部までを思い出そうとした。「でも、彼は何か考えているふうでもあったわ」琥珀《こはく》色の瞳が見開かれた。「もしかして証書のことかしら？　彼はあなたに財産を譲るつもりだった。でも、あなたが死んだと聞いて、ほかの誰かに譲ると書き換えた。違う？」

「彼の遺産はブラックストーン尼僧院へ行くんだろう？」

リネットはいきり立った。「キャサリン院長は兄に害を加えるような人じゃないわ」

「院長をよく知っているのか？」

「もちろんよ。わたしはあそこで――」リネットの言葉が途切れた。

「オデリーンは？　彼女への遺産はないのか？」

「ないとは言えないわね。サースタンは彼女とその息子のジェヴァンをあまりよく思っていなかったけど、哀れみはかけていたもの」

サイモンは歯を食いしばってうなずいた。「証書さえ見つかれば、あの二人がサースタンの死を望んでいたことを証明できるのだが」もどかしさに怒りと不安が混じり合った。このままではリネットが殺人犯にされてしまう。「ダーレイを離れよう」彼は唐突に言い出した。

「離れる？」リネットの瞳に希望の光が現れ、すぐに消えた。「ここはわたしの故郷よ。そうでなかったとしても、逃げることはできないわ」

名誉の問題というわけか。「それなら、覚悟して審問に臨むしかないな」人生で最も重要な戦いに備えて、サイモンは気を引き締めた。「君はわたしが守る。約束する」

リネットは微笑を返した。彼にその力があると信じているかのように。

わたしもそう信じることができたら、とサイモンは思った。

「リネットの店の台帳を手に入れた」ハメルがオデリーンのかたわらに近寄って耳打ちした。

「すてき」オデリーンは歩調を緩め、ギルド集会所に向かう人の列の最後尾まで下がった。「証書は？」

「そっちまで手が回らなかった」

オデリーンは歯噛《はが》みした。「どういうこと？」

ハメルは髪をかき上げた。「サイモンが戻ってきやがったんだ。エリスも君が雇った男も殺された」

「それで、証書を捜せなかったわけね」

「レイナルフが台帳を持ち出せただけでもよかったじゃないか」

この愚か者！　オデリーンは爪が手のひらに食い込むほどきつく拳《こぶし》を握った。「たいしたものね」

ハメルは大きな息を吐いた。「リネットが司教を殺したとはな。いまだに信じられない気分だ」

オデリーンも信じていなかった。でも、誰かを犯人にしなくてはならない。「助祭長は彼女がやったと確信しているようよ。証書はサイモンが身につけているんでしょうね」

「つまり、やつを殺して奪うしかないわけだ」

「そうね」オデリーンはハメルに流し目を送った。

「あいつは手ごわいからな。ただ近づいていって、胸をぶすりってわけにはいかない」

「でも、彼はリネットに気があるわ。リネットが犯人にされれば、間違いなく彼女を守ろうとするはずよ」オデリーンは薄笑いを浮かべた。「しょせん彼は戦士、腕力の男だもの。彼を挑発して戦いに持ち込めば、殺す口実ができるんじゃなくて？」

「なるほど」ハメルはにんまりとほくそ笑んだ。

「腕力ならおれのほうが上だ」

「それはそうよ」オデリーンはおだてた。「わたくしのために証書を取り返して、ハメル。そうしたら、あなたと結婚するわ」

「オデリーン」ハメルの目が光った。

まさか、これだけ人目のあるところでキスするつもりじゃないでしょうね。「先に行って。わたくしはジェヴァンと話があるの」あっちもこっちも、言いくるめなくてはならない男ばかり。でも、あの子はハメルみたいに簡単にごまかされない。ロブに証書捜しを手伝わせると言い張ったのもあの子だった。結局、ロブは殺され、証書は見つからなかった。きっと怒るだろう。最近のあの子には理屈が通用しない。いらいらと、暴力の繰り返し。それに、ときどき見せる変な目つき。もしかしたら……。

いいえ！　オデリーンは思考を断ち切った。ジェヴァンは今でもわたくしの大切な坊やよ。あの子は不満がたまっているだけ。サースタンが素直に土地を渡さなかったから。あの子の態度がおかしいのはサースタンのせいだわ。

自分自身にそう言い聞かせながら、オデリーンはギルド集会所へ、サースタンの死を悼む酒宴へと向かった。

17

身支度を整える合間に、サイモンはネルダから聞いた話を語った。

「ネルダはあの晩あなたとわたしが一緒だったことを知っていたの？」

「ほかにもいろいろな秘密を知っているとうそぶいていた」腰に剣を差しながら、サイモンは答えた。

いろいろな秘密？　リネットは愕然《がくぜん》とした。母親に妊娠を告白した日のことが思い出された。母親は驚かなかった。ただ悲しそうな顔をして、薄々察していたと答えた。ネルダも察していたのだろうか？　ネルダは腕のいい産婆でもある。妊娠の兆候も熟知しているはずだ。

「そろそろ行こうか」

差し出されたサイモンの手を、リネットはおずおずと握った。「審問にはネルダも来るのかしら？」

「なんのために？　彼女は関係ないだろう」

「でも、もし来ていたら？　わたしたち、あの晩は一緒じゃなかったと嘘《うそ》をついたほうがいいんじゃないの？」

「だめだ」サイモンは一言で切り捨てた。「嘘をついてもろくなことはない。ハメルのことも忘れるな。あいつがあの晩のことを覚えていたら、すぐに嘘だとわかってしまう。嘘をついたのはサースタン殺しの罪を逃れるためだと思われるぞ」

「そうね」リネットは悄然《しょうぜん》としてサイモンのあとに従い、階段を下りていった。

階下で扉が開く音がし、サイモンは階段の途中で足を止めた。「待て」彼は警告した。

「なんでクリスピンが葬儀のミサを仕切るのよ。あんな辛気くさい説教じゃ、サースタン司教も浮かばれないわ」女の声がぼやいた。

「まったくだ。助祭長は日に日におかしくなっていくな」

「エリナーとワーリンよ」リネットはささやいた。

サイモンはうなずいた。「それなら下りても平気だな。大聖堂へ行く前にワーリンに話しておくことがあるんだ」彼らは夫婦のあとを追って、宿屋の酒場に入った。

「リネット……サイモン、なんでここに？」ワーリンがエールを手に尋ねた。「大聖堂に残ったんじゃなかったのかね？」

リネットは顔を伏せ、赤く染まった頰を隠した。

「忘れ物を取りに戻ったんだが」サイモンは答えた。

「わたしの部屋が荒らされていた」

「おれたちじゃないぞ」ワーリンは顔をしかめた。

「そういえば、バードルフがこのあたりを嗅《か》ぎ回っていたが」

「それはティリーの仕業だわ」エリナーは断言した。

「何かなくなってる？」

サイモンは首を振った。「大事なものは持ち歩く主義でね」そう言いつつ、リネットの腰に手を置いた。

エリナーは微笑した。「なるほどね。めでたし、めでたしってわけだ。エールでもどう？」

「じゃあ、少しだけ」サイモンはリネットの背中を押して架台に近づき、陶製のマグを受け取った。

「ワーリン、わたしと同じ日にやってきた二人の騎士を覚えてないか？」

「覚えているとも。色が黒いほうの騎士は落ち着かない様子だった。しばらくすると、用事があると出かけちまった」

「ガイだな。彼は書き置きを残していった。おたくの給仕女の話だと、もう一人は女性と出ていったらしい。その女性が誰だか知らないか？」

ワーリンは顎をかいた。「どうだろうな。あの騎士はここの隅でうちの自慢のエールを一、二杯飲んでた。別に面倒は起こさなかったし――」

「よく言うわ」エリナーは嘲《あざけ》った。「あれだけの二枚目が面倒なしですむもんですか。給仕女たちがそわそわして、仕事にならなかったんだから」

「彼の行く先だが、見当はつかないか？」

「何か問題でも？」ワーリンがきき返した。

「連絡がないのが少々心配でね。もっとも……」サイモンはにやりと笑った。「ニコラスは美人といると時間を忘れることで知られているんだが」

エリナーがワーリンに視線を投げた。「そういや、あの日マリエッタが来てなかった？」

「来てたかもな。おれはあの後家には近づかないことにしてるから」

「マリエッタはね、あたしのワーリンに目をつけてたのよ」エリナーはからかった。

「それに、そこらじゅうの男にもな」

「そうそう。リネット、あんた、覚えてない？　この冬、マリエッタがベーカーさんとこの末っ子をたらし込んで大騒動になったじゃない？　あの子、まだ十七だったんだもんねえ」

リネットはくすくす笑った。「覚えているわ。お父さんが仲間を集めて乗り込み、力ずくで息子を奪い返したのよね」

「噂《うわさ》じゃ、マリエッタの寝台の天蓋《てんがい》は磨いた金属でできてんだって」エリナーは眉をうごめかした。「つまり、鏡の代わりってわけ」

ワーリンは鼻を鳴らしたが、目は興奮に輝いていた。

「どうもニコラスの女版という感じだな。本人は足を洗ったと言っていたが、どうだか怪しいものだ」

サイモンはぶつぶつ言った。「その後家の家はダーレイから遠いのか?」

「馬で二時間くらいかな」ワーリンは答えた。「なんなら、誰かに伝言を届けさせようか?」

「頼む。彼の力を借りたいと伝えてくれ」

ワーリンは表情を硬くした。「何か困っているのかね?」

「万一に備えてだよ」

「おれも力になるぞ」

「ありがとう」サイモンはリネットの腰に置いた手に力をこめた。「いちおうリネットの無実を証明する目算はあるんだが、最悪の事態も想定しておかないとな」

最悪の事態。わたしの逮捕ということね。リネットは全身に走る震えと闘った。

「審問にはおれたちも呼ばれてる」ワーリンは言った。

サイモンは目を丸くした。「誰から?」

「ハメル・ロクスビーだ」

「なぜ彼がそんなことを?」リネットは叫んだ。

「心配するな」サイモンは彼女の背中を撫《な》でた。

「友人がいてくれたほうが心強いだろう。もう行かないと」

エリナーはうなずいた。「ワーリンとあたしもすぐに行くから」

リネットはその言葉を支えにしようとしたが、心は重かった。外では再び雨が降りはじめていた。川から漂ってきた霧が、大聖堂の周辺に立ち込めていた。霧の中にそびえる司教館は古代の竜を思わせた。立ちはだかる竜が獰猛《どうもう》なまなざしで彼女を見下ろしているようだった。

「今ならまだ引き返せる」サイモンがつぶやいた。

引き返したい。ここから逃げ出したい。リネットは首を振った。「いいえ、逃げていては何も解決できないわ。自分が犯人だと認めるようなものよ」

「勇敢なんだな」サイモンは彼女の額にキスをした。

「あなたがそばにいてくれるから」

「わたしのレディ。必ず君を守る」

わたしのレディ。サイモンにとっては、これが精いっぱいの愛の告白なのかもしれない。「じゃあ、中に入りましょう」

戸口で出迎えたのはジェラードだった。「こっちだ」二人に濡《ぬ》れたマントを脱ぐ暇も与えず、彼は大広間に向かった。力任せに押し開けられた扉が壁にぶつかった。雷鳴のような音が響き渡り、中にいた全員の目を戸口に引き寄せた。

リネットは驚いてその場に立ちすくんだ。大広間のベンチは人で埋め尽くされていた。聖職者だけではない。町の人たちも大勢集まっている。ドルーサとエイキンの顔が見えた。前列近くの席には市長が座っている。ネルダとオルフは後方に立っていた。

「わけがわからないわ」リネットはサイモンに耳打ちした。「なぜみんながここにいるの？　あなたが来てくれるように頼んだの？」

サイモンは首を振った。「たぶん、証人として立ち会うために、酒宴から呼び寄せられたんだろう」

「立てないほど酔った人もいるけど」リネットはさわやかな冗談を言った。

「ああ」サイモンはにこりともしなかった。「それでも、このうちの何人かは我々の味方だ」

リネットは彼の視線を追い、彫刻を施したテーブルの向こうに座る助祭長を見やった。助祭長は鼠《ねずみ》を発見した飢えた猫のように、二人をにらみつけている。その右手には、いかめしい表情のウォルター副院長が座り、アンセルムは落ち着かなげに背後をうろついていた。最前列に陣取るオデリーンとジェヴァンの顔には、むき出しの敵意が感じられた。ハメルとバードルフは左側の壁にもたれていた。

「どうしよう」リネットは震えはじめた。

「落ち着いて。やつらに怯《おび》えたところを見せてはだめだ。ここには君の友人たちがいることを忘れるな。我々は君を見殺しにはしない」

リネットはうなずいた。サイモンが支えてくれるなら、どんな事態も乗りきれる。彼女は毅然《きぜん》とした態度で顔を上げ、ベンチの間の通路をゆっくりと歩きだした。

「ここに立て」ジェラードが助祭長の前の位置を指さした。

サイモンは彼をにらみつけた。壁際の椅子を取ってくると、テーブルの端――告発者と証人たちの両方が見える位置――に置いた。

「ありがとう」腰を下ろしたリネットは、アンセルムとウォルターに目を向けた。二人の聖職者は気遣わしげなまなざしで彼女の視線を受け止めた。

「これよりサースタン司教殺害の件について審問をおこなう」クリスピンが宣言した。「司教の魂のために」彼は銀の聖杯を天に掲げた。ただ一人杯を配られていたウォルターは、無言で乾杯した。

葡萄《ぶどう》酒をすすったクリスピンは、唇に残った雫《しずく》を神経質に拭《ふ》き取った。そしてリネットから、集まった人々へ目を向けた。

その目にある勝利の輝きがリネットを打ちのめした。クリスピンは何を企《たくら》んでいるのだろう？

「我らが敬愛する司教は毒を盛られていた。そうだな、ブラザー・アンセルム？」

アンセルムはテーブルの反対側の暗がりから進み出て、助祭長を見据えた。「そうです。何者かが過去数カ月にわたって司教に毒を盛っておりました。毒は微量で、すぐに死ぬような効き目はありませんでしたが、じわじわと体を弱らせ、多大な苦痛をもたらしたものと――」

「余計な説明はいらん」クリスピンは青ざめた顔で遮った。「レディ・オデリーンとジェヴァンの気持ちを考えるがいい」

それに、あなた自身の罪悪感もね。リネットは心の中で付け加えた。

「要するに、司教は苦しみながら徐々に死へ向かっていたのです」アンセルムは言った。

クリスピンの頬が引きつった。彼はきっとリネットに向き直った。「この憎むべき罪を犯したのは、リネット・エスペサー、おまえだ」

聴衆がどよめき、あちこちから否定の声があがった。

リネットは身を硬くした。「わたしはそんなことをしていません。司教はわたしの友人でした」

「愛人の間違いだろう」クリスピンは嘲った。

「愛人？」その言葉が聴衆をざわめかせた。

「違います！」ドルーサとエリナーが同時に叫んだ。

リネットは居並ぶ顔を見回した。醜い推測にこわばった顔もあった。「いいえ、断じて違います」

「証拠はあるのか？」サイモンが迫った。

クリスピンは彼をじろりとにらみ、指を鳴らした。小走りで近づいてきたジェラードが、助祭長の前に台帳を置いた。

わたしの店の台帳。

リネットの心臓が凍りついた。

「ここに本人自身の筆跡で記してある。この二月、サースタン司教に鳥兜《とりかぶと》の壺《つぼ》を売ったと」クリスピンは言った。

サイモンは鼻を鳴らした。「本当に彼女が毒を盛っていたのなら、そんな記録を残しておくはずがない。司教が鳥兜を買ったのは、薔薇《ばら》園のもぐらを駆除するためだ。庭師のオルフにきいてみるといい」

「そうとも。うちのせがれにきいとくれ」ネルダが声をあげた。

「静かに！」クリスピンは手を一振りした。「愚か者の言葉など誰が信じるものか――」

「確かにうちのオルフは足りないけどね」ネルダは叫んだ。「善悪の区別はつくんだよ。司教はこの子に鳥兜を渡したんだ」

「わたしもその場にいました」アンセルムが口添えした。「毒の扱い方をオルフに教えました」

「で、もぐらは退治できたのか？」

「それがあいにく」アンセルムは答えた。「何者かがオルフの小屋から鳥兜を盗んだのです」

「この女がやったのだ。司教を殺すために」クリスピンはテーブルの端を握りしめてわめいた。

「店にあるものをどうしてわざわざ盗む？」サイモンが反論した。

クリスピンは返事に詰まり、顔をしかめた。

「わたしは盗まれた鳥兜を見つけた。リネットの持ち物の中にはなかった」サイモンはたたみかけた。

「そうですね、ウォルター副院長？」

いよいよだわ。リネットの胸は期待に躍った。

副院長はよろよろと立ち上がった。その顔は不自然なほど青ざめ、汗まみれだった。彼は口を開いたが、出てきたのは苦痛のうめきだった。

「ウォルター！」アンセルムが飛びつき、倒れかけた副院長の体を支えた。ウォルターは椅子に腰を落とし、身をよじりはじめた。

大広間は騒然となった。男たちはわめき、女たちは悲鳴をあげた。アンセルムの指示を受けた助手たちが、あたふたと駆け出した。

「毒だ！　副院長が毒を盛られた！」誰かが叫んだ。クリスピンの声に似ていた。

「君は座っていろ」サイモンはリネットに耳打ちし、事態を見守った。アンセルムが副院長を吐かせ、強壮剤を喉に流し込んだ。副院長は大広間から運び出された。このままではリネットを救えない。続いて出ていこうとしたアンセルムの袖《そで》を、サイモンはすがるような思いで引き止めた。「副院長は薔薇園で何か見つけたんでしょう?」

「土が掘り起こされた跡はあったが、何も見つからなかった」

「副院長は毒を盛られたんですか?」

「鳥兜だと思う」

「助かるんでしょう?」リネットが恐る恐る尋ねた。

アンセルムはため息をついた。「わからん」

「ブラザー・アンセルム、副院長どのの手当てを」クリスピンが促した。

アンセルムはうなずき、小走りで出ていった。

クリスピンの仕業だ。サイモンは確信していた。だが、理由がわからない。今度の罪もリネットにかぶせるつもりなのだろうか?

今やクリスピンは得意満面だった。「副院長が倒れられた状況で続けるのは忍びないが、この問題に決着をつけねばならない」彼はリネットに目を向けた。「副院長殺しの罪でおまえを告発する」

「彼女は無実だ」サイモンは吠《ほ》えた。「オルフの小屋から鳥兜を盗んだ人間は、服の切れ端を残していった。助祭長、あなたが着ているような僧服の切れ端だ」

クリスピンはうろたえた。「わたしがやったと言うのか?」

「あなたの僧服と切れ端を比べてみればわかる」

「それでわたしが副院長を殺したという証明になるのか?」

「副院長は死んでいない……今のところは。毒を盛ったのは、彼に証言されては困る人間だ」

クリスピンは鼻を鳴らした。「自分の愛人を助けるためにでたらめを言っているだけだ」

「さっきは司教の愛人で、今度はわたしの愛人か」サイモンは押し殺した声でつぶやいた。「あなたの頭の中は不純なもので満たされているようだな」

クリスピンは鼻息荒く椅子から立ち上がった。

「わたしの頭は真実を把握している。十字軍が出征する前の晩、おまえたちは一緒に過ごした。証人もいるぞ」彼は憎悪の表情でリネットをにらみつけた。「おまえが帰ってくると知り、この女は司教との汚らわしい関係を断とうとした。そして、それを拒んだ司教を殺したのだ」

「嘘よ」リネットは立ち上がって声をあげた。「わたしが生きていることは誰も知らなかった」サイモンは言った。

「それはどうかな」クリスピンは聴衆に目を転じた。「ドルーサ、司教が亡くなった晩、おまえの主人はこの騎士と帰ってきたのだろう?」

「はい」ドルーサはしぶしぶ認めた。「でも――」

「そのとき、おまえの主人はどのような様子だった?」クリスピンは質問をたたみかけた。

「全身が泥で汚れてました。でも、それは宿屋から帰る途中、庭で転んだせいなんです」ドルーサは弁解がましく説明した。

「あるいは、サー・サイモンと庭で転げ回ったせいかもしれん」

リネットは怒りの声をあげ、サイモンはうなった。それでも、クリスピンはかまわず質問を続けた。

あの夜リネットに会った者たちが、一人一人問いただされた。ワーリン、エリナー、エイキン。たわいのない出来事が歪《ゆが》められ、疑わしげなものに変わっていった。なぜかクリスピンは宿屋の中で起こったことまで把握していた。

「ハメル執行長官が談話室にいると知ると、彼女はあわてて宿屋を出ていきました」ハメルの近くに座っていたティリーが報告した。

「執行長官がわたしにうるさくつきまとっていたからです」リネットは反論した。

「執行長官が?」クリスピンは両手を合わせた。「ダーレイじゅうの男がおまえのスカートの下を狙《ねら》っているような口ぶりだな」

大広間全体がしんと静まり返った。リネットの友人たちは不安げな表情を浮かべ、ほかの者たちは新たな醜聞を期待して、椅子から身を乗り出した。

「成功したのはわたくしの兄とサー・サイモンだけのようですけど」オデリーンが澄まして言った。

その見透かしたような目つきと得意げな口元が、リネットの背筋に戦慄《せんりつ》を走らせた。すべての黒幕はこの人だわ。でも、なぜこの人はわたしを陥れようとするの？

「父親と息子が同じ女性と情を通じるのは罪じゃありませんの？」オデリーンは意地悪く尋ねた。

リネットの背後で、サイモンが低くうなった。彼を慰めてあげたい。でも、ここで下手に動けば、わたしたちの立場が悪くなるだけだわ。

「父親と息子？」クリスピンは目をしばたたいた。それから、驚きと憎しみの入りまじった視線をサイモンに投げた。「おまえは……司教の息子だったのか？」

長い沈黙のあと、サイモンは口を開いた。「向こうはわたしを息子と認めなかった」

「当然だわ」オデリーンは言った。「家名を汚す罪ですもの」

「冒涜《ぼうとく》だ」誰かが叫んだ。それをきっかけに、あちこちからサースタンへの非難が起こった。

リネットは思いきってサイモンを振り返った。

「オデリーンはわざとやったのよ。助祭長の疑惑から話をそらすために」

「わかっている。でも、なぜだ？　秘密を暴けば、自分やジェヴァンも恥をかくことになるのに」

「証書よ。あなたの死を知らされたあと、サースタンは遺産をジェヴァンに贈ると書き換えたんだわ」

「そうか」サイモンの瞳に光が戻った。「ジェヴァンはいつわたしが戻ったことを知ったんだろう？」

「もしあなたが戻ったあの日に知ったのなら……」

「我々は真犯人を見つけたことになるな。ロブ・フイッツヒューはわたしの顔を知っていた。襲撃のときにわたしが生きていることを知り、その後、ダーレイにやってきた。だが、あの男とジェヴァンの間にどういうつながりが――」

「この二人は自分たちの罪を隠すために司教を殺したのだ！」クリスピンの叫び声が人々を黙らせた。

サイモンは顔を上げた。「誰よりも司教を恨んでいたのは、ほかでもない助祭長だ。わたしは彼の櫃《ひつ》の中で鳥兜の痕跡《こんせき》を見つけた。彼は薔薇園に鳥兜を――」

「嘘つき！　悪魔の申し子！」クリスピンはテーブルの前に飛び出した。「二人を引っ捕らえろ！」

ハメルとバードルフが壁を離れ、剣を抜きながら迫ってきた。しかし、サイモンの動きのほうが速かった。彼は一瞬にして剣を抜き、その切っ先を助祭長の胸に当てた。「誰も動くな。動けば、この男が報いを受けるぞ」

「言われたとおりにしろ」クリスピンは金切り声で叫んだ。

ハメルとバードルフは足を止めた。

群衆の中にいたワーリンが、サイモンのかたわらに駆け寄り、短剣を抜いた。

「武器を下ろせ」ジェラードがわめいた。

オリヴァーはそわそわと手揉《ても》みした。「こういうやり方はいけませんよ」

「公正な審問を受けるには、この方法しかないんです」サイモンは答えた。

「公正な審問？」クリスピンは鼻を鳴らした。「これでおまえの暴力性は証明されたようなものだ」

「あんたの腹黒さもな」サイモンは切り返した。

「この際、真実をはっきりさせよう」

クリスピンの目が見開かれた。「おまえが無実だという証拠がどこに――」

「それはあんたも同じだ。解決方法は一つしかなさそうだな」

「サイモン」リネットはおずおずと尋ねた。「何をするつもりなの?」

「決闘だ」サイモンは答えた。「我々には神の裁きを受ける権利がある」

「決闘だと?」クリスピンは叫んだ。「わたしは戦士ではない」

「おれが代わりに戦おう」ハメルが待ってましたとばかりに進み出た。

「了解した」サイモンは即座に答えた。

「わたしなんかのために命を賭《か》けないで」リネットはささやいた。

「わたしは君を守る」静かに言いきってから、サイモンはクリスピンに視線を戻した。「わたしが勝ったときは、あんたが罰を受けるんだ」

「わたしが? 罪を犯したのはその女だぞ」

「真実は神がご存じだ」サイモンはクリスピンの青ざめた顔を見据え、最前列に視線を移した。

オデリーンとジェヴァンの端整な顔には、勝ち誇った表情が浮かんでいた。

「あの二人、こうなることを望んでいたんだわ」リネットはささやいた。

「ああ。だが、それはわたしも同じだ」

「サイモン、わたし、怖いの。あなたはハメルの戦いぶりを見たことがないでしょう。あの人は大きくて強いわ。それに……それに、汚い手を使うの」

サイモンはにんまり笑った。「体格では負けているかもしれないが、わたしにはサラセン人から学んだ戦術がある」そこで彼は声をあげた。「では決まりだな。真実は神に決めていただこう」

「神のご意思というわけか」クリスピンはつぶやいた。

「そうだ」サイモンはオデリーン母子《おやこ》を見やった。問題はあの二人の罪をどうやって証明するかだ。

「よし、明日の正午に教練場で決闘だ。それまでこの女はうちの地下室に閉じ込めておく」ハメルがリネットの腕をつかんだ。

リネットは悲鳴をあげ、大きな手を振りほどこうともがいた。

「やめろ！」駆け寄ろうとしたサイモンの前に、クリスピンが立ちはだかった。

「執行長官の言うとおりだ。夜中におまえたちが逃走しないとも限らん」

「あいつはリネットに何をするかわからない！」サイモンは怒鳴った。

「ハメルはあの女にふさわしい扱いをするはずだ」クリスピンは吐き捨てた。

「恥知らず！」サイモンは剣を振り上げた。

「ここで決着をつけてもいいんだぞ」ハメルは嘲った。

「いいだろう」サイモンは構えた。

「いったい何事です？」堂々とした声が響き渡った。

この声はよく知っている。振り返ったリネットの胸に安堵《あんど》の思いが広がった。

戸口に立っていたのはブラックストーン尼僧院長、キャサリン・ド・リンドハーストだった。白い僧服に長い頭巾《ずきん》をつけたその姿には、女王のような威厳が漂っていた。

「院長様！」リネットは心の師に向かって手を伸ばした。「来てくださったんですね」

「リネット？　ここで何をしているのです？」ベンチの間の通路を進んでいた院長の足が止まった。彼女はあんぐりと口を開け、目を丸くした。「サイモン？　ブラックストーンのサイモンなの？」

サイモンはそっけなくうなずいた。心の中にはすでに怒りが渦巻いていた。引き結ばれた口元、冷ややかな灰色の瞳。キャサリン院長はサースタン司教にあまりにもよく似ていた。

サイモンは一目でこの女性に嫌悪を抱いた。

「サイモン！」院長は頬を涙で濡らしながら、小走りでやってきた。「ありがたいこと」

サイモンは視線をそらした。わたしの誕生に、数知れない婚外子たちの誕生にかかわった女性。この女性のせいで、わたしは恥を背負い、愛を知らないまま孤独に育ったのだ。「リネットを閉じ込めるなら、ほかの場所にするべきだ」

「閉じ込める？　なぜリネットが閉じ込められるのです？」キャサリンは問いかけた。

クリスピンとハメルとオデリーンは口々に司教が殺された経緯を語った。リネットの反論は彼らの罵《ば》声《せい》で封じられた。

話のきりがつくのを待って、サイモンは言った。

「今の話はすべてでたらめだ。明日、わたしはハメル執行長官と決闘する。神の裁きを受けるために」

「それまでリネットはおれが預かる」ハメルが言った。

リネットが小さくすすり泣いた。

「そうはさせない」サイモンはうなった。

クリスピンが切り返した。「おまえに決定権はない」

「殿方ばかりのところに若い娘を預けるのは問題ね」キャサリンはぴしりと言い放った。

「若い娘といっても犯罪者だ」ハメルが無慈悲に言い放った。

「それは明日、神がお決めになることです」院長は言った。「彼女はここに残してください。うちの尼僧たちに見張らせますから」

ハメルとクリスピンとオデリーンはいっせいに抗議したが、院長は頑として譲らなかった。

「ここの責任者はあなたではない」クリスピンはぶ

つぶつ言った。

「でも、あなたでもないでしょう。それなのに、わたくしや大司教の到着を待たずに兄を埋葬なさったそうね」

クリスピンは真っ赤になった。「それは――」

「言い訳はけっこう」院長は彼に背中を向け、野次馬たちを大広間から出すように命じた。それから、尼僧たちを集め、部屋の割り振りを始めた。

「ありがとうございます、院長様」リネットはつぶやいた。「サイモンもわたしも感謝しています」

サイモンはうなった。リネットのためとはいえ、喉まで出かかった感謝の言葉を口にする気にはなれなかった。

18

「サイモンはわたくしを憎んでいるのね」キャサリン・ド・リンドハーストはつぶやいた。「出生の秘密を知って動揺しているのはわかるけど、あれほど刺々《とげとげ》しい態度とは思わなかった。胸が痛むわ」

リネットはため息をつき、窓辺の院長に歩み寄った。大広間での騒ぎから数時間がたっていたが、彼女の神経は高ぶったままだった。真下の司教の部屋に泊まることになったサイモンのことが気になった。できれば彼のところへ行きたかったが、廊下にはハメルの部下たちが見張りに立っていた。

リネットにあてがわれた客室は司教館の三階にあり、薔薇《ばら》園を一望できた。サースタンが愛情をそそいだ薔薇を見下ろしながら、彼女は言葉を選んで言った。「サイモンが怒っているとすれば、それは自分が見捨てられ、虐待されたと感じているせいです」

「サースタンが雇った養育係の夫婦に殴られたというの？　それとも、エドマンド卿《きよう》に？」

「殴られたという話は聞いていません。ただ、彼は家族が欲しかったんだと思います。人を寄せつけない雰囲気はあるけれど、本当は愛情に飢えていたんじゃないでしょうか」

「男という生き物はなかなか本心を見せないけど、わたくしたち女と大差ないのね」キャサリンはリネットを見やり、微笑した。「サイモンはすっかりあなたの保護者気取りだわ」

「ええ。わたしたち……ここ数日で気持ちが通い合うようになりました。わたしは彼を愛しています。彼もわたしを大切に思ってくれているみたいです。これであのことさえなければ――」

「赤ん坊のこと？」キャサリンが穏やかに尋ねた。

リネットはうなずいた。喉が詰まり、頰に涙がこぼれ落ちた。「彼に話すべきなんです。でも、話せなくて」

「あなたはあの子に家庭と後ろ指を指されない人生を与えたかった。サイモンもきっと理解してくれますよ」

「いいえ、だめです。サースタンがハナ・ビリターをあなたのところへ送ったと知ったとき、サイモンは腹を立てました」

院長は優しく微笑《ほほえ》んだ。「ハナの滞在はそう長くはならないでしょう。アランから連絡があったのよ。馬に乗れるようになり次第、彼女を迎えに来ると。十字軍に行っていなければ、サイモンもきっとあなたを迎えに来たはずだわ」

「サイモンはわたしのことを……あの夜のことを覚

えていませんでした」

「だとしても、サースタンがうまく計らったでしょうね」

「サースタンは成長を見守れるようサイモンを近くに預けました。あの子はどうだったんでしょう？」

「リネット」キャサリンは彼女の腕に手を置いた。

「どうしても気になるんです。あの子がどこにいるのか、幸せに暮らしてるのか」リネットは涙を押しとどめた。「わたしは絶対にあの子を捜さないと誓いました。でも、サースタンはあなたにも預け先を教えなかったんでしょうか？」

「ええ。でも、あの子は立派な家の娘として愛情をこめて育てられるだろう、とは言っていたわ」

「サイモンに話さなくては」リネットはつぶやいた。

「それはどうかと思うわね」

「でも、彼に嘘《うそ》をついたままではいられません」

キャサリンはため息をつき、リネットの髪を撫《な》でた。「一緒に暮らしたのは数カ月だけど、わたくしはあなたを自分の娘のように思っているのよ。あなたにもサイモンにも幸せになってほしい。その代償がささやかな秘密だとしたら——」

「自分に娘がいて、その子がよそに養子に出されたと知ったら、サイモンは喜ぶかしら？」

「いいえ。たぶん、かんかんに怒って——」

「そうでしょう」キャサリンはいつものきっぱりした態度で言った。「彼に話してはだめよ」

「でも、それは不誠実なことです。彼には知る権利があるんですもの」

「話しても、彼の苦悩が増すだけよ。下手をすると、子供にまで被害が及ぶかもしれないわ。彼が娘を取り戻そうとしたらどうするの？」

「そうなったら、何もかもおしまいだわ」リネットは窓を離れ、暖炉のそばに戻った。そこには腰掛けがあり、例の日誌が置いてあった。エイキンに頼んで、着替えと一緒に持ってきてもらったのだ。

「あら、それはサースタンの祈祷書《きとう》じゃないの」キャサリンは言った。

「ただの祈祷書じゃないんです」一瞬ためらったあと、リネットはその内容について話した。「燃やしてしまうべきだと思うんですけど」

キャサリンは表紙を指で撫でた。「燃やすことならサースタンにもできたわ。でも、彼は燃やさずに、あなたに託した。何か考えがあったのよ」

「どんな考えが？」

「それはわからないわ。答えは日誌の中にあるのかも。全部訳してみたの？」

「いいえ。それだと何日もかかります」

「サースタンは何かを伝えようとしたんじゃないかしら。たとえば、サイモンのために事情を説明した部分があるとか」

「彼の母親の名前」リネットはふと思いついた。「彼の母親が誰なのか知りませんか？」

「知っているわ。でも、サースタンが彼女の話をしないと誓わされたように、わたしも口外しないと誓わされたの。彼が生きている間は」

リネットは日誌を手に取った。「これをサイモンに見せてもいいんですけど、彼はラテン語が読めないかもしれません」もし読めたら、わたしの秘密も知られてしまうわ。

「あなたが目を通してみたら？　どうせ今夜はなかなか眠れないでしょうし」

「ええ」リネットはのろのろと答えた。「明日のことを考えたら、とても眠れそうにありません」

「サイモンが勝つわよ」キャサリンはリネットを抱擁した。「彼はあなたを裏切らないわ」

「そうですね」でも、わたしは秘密を持つことで彼を裏切っているんじゃないかしら？

サイモンは自分にあてがわれた牢獄《ろうごく》の中をうろうろと歩き回った。宵闇《よいやみ》が迫りつつあったが、蝋燭《ろうそく》に火を灯《とも》そうとはしなかった。暗闇のほうが今の気分に合っていた。彼が司教の部屋に閉じ込められるとは皮肉な話だった。

その案にクリスピンは激怒した。しかし、キャサリン院長は譲らず、小柄な体で異議を押しつぶした。リネットがハメルの手から逃れられたのも彼女のおかげだ。だが、それも一晩だけの猶予かもしれない。もし決闘に負ければ……。

今から弱気になってどうする？　サイモンは悪態とともに不安を振り払い、明日の決闘のことだけを考えるようにした。鎖帷子《かたびら》はワーリンが薬種店から持ってきてくれる約束になっていた。ハメルの部下が細工をしないよう、馬も見張ってくれるということだった。

扉を叩《たた》く音でサイモンは現実に戻った。ワーリンがニコラスの情報を知らせに来たのだろうか？

「どうぞ」と彼は声をかけた。

扉が開き、アンセルムが顔をのぞかせた。「サイモン、いるのかね？」

「ブラザー・アンセルム、よく来てくれました」サイモンは急いで蝋燭の火を灯した。「副院長は？」

アンセルムはため息をついた。「生きてはいるが、いまだに意識が戻らん」

「鳥兜《とりかぶと》でしたか？」サイモンは二人分のエールを用意した。

「ああ」アンセルムは暖炉のそばの椅子に座り込み、エールをあおってまたため息をついた。

サイモンはその足元の腰掛けに座った。「犯人はクリスピンでしょうか？」

「おそらくな。壺《つぼ》を薔薇園に埋めるところをウォルターに見られたと思ったんだろう。それで壺を掘り返し、ウォルターに毒を盛った」

「あるいは、司教の椅子を争う対立候補を排除しようとしたか」サイモンはつぶやいた。

「いまだに信じられん思いだ。二人の仲間に毒を盛り、その罪をリネットに着せようとするとは」アンセルムはかぶりを振った。「キャサリン院長がいなければ、どうなっていたことか」

「ええ」サイモンはしぶしぶ同意した。「リネットはどうしています？ 彼女に会いましたか？」

「リネットはこの上の部屋にいる。院長と尼僧たちが付き添っとるそうだ。そのほうがリネットも安心できるだろう。なにしろ、あの尼僧院に半年ほどおったんだから」

「すっかり忘れていました」何かがサイモンの心に引っかかった。「妙な話ですよね。薬師《くすし》の両親がいながら、わざわざ尼僧院で勉強するなんて」

「知識は幅広いほうがいいからな」


サイモンは肩をすくめ、本題に戻った。「クリスピンはあの壺をどうしたんでしょう？」

「わたしに探ってほしいのか？」

「いいえ。これ以上迷惑はかけられません。副院長のことだけでも後ろめたいのに」

「あんな真似《まね》をするとは、クリスピンはどうかしとるな」

「必死なんですよ。あなたも口にするものには注意してください」

「君もな。だが、ベラドンナはクリスピンの仕業とは思えん」

「そっちの犯人はわかったような気がします」サイモンはオデリーンとジェヴァンに関する情報を手短に説明した。

「なんてことだ」アンセルムは十字を切った。「最初は助祭長、今度は司教の肉親。この闇に終わりはないのか？」

「三人とも、富と権力に対する渇望に踊らされたんでしょう。なんとかしてオデリーンとジェヴァンの持ち物を調べたいのですが」

「サースタンが亡くなったとき、ジェヴァンは食事の席におったぞ」

「本当に？　あの晩、ジェヴァンに会った人間に確かめてもらえますか？　わたしはオデリーンの持ち物を調べますから」

「しかし、どうやって――」

廊下がにわかに騒がしくなった。「おい、ここを通すわけにはいかんぞ」見張りの一人がうなった。

「決闘の道具を持ってきたんだ」ワーリンが答えた。

サイモンは戸口に走った。扉を開け、ワーリンの横にいたむさくるしい身なりの男を呆然《ぼうぜん》と見つめた。

「ニックか？」彼はおずおずと尋ねた。

「ああ」ニコラスの服は皺《しわ》くちゃで、髪はべたつき、乱れていた。しかめた顔は不精髭《ひげ》に覆われ、目も血走っていた。

「ひどいありさまだな」サイモンはうなった。

「ひどい目に遭ったせいだ」室内に入ったニコラスは、剣帯を手近な椅子に放《ほう》り出した。「くそ。酒が飲みたい。風呂に入って、延々と眠りたい」

「女はいらないのか？」

「ああ。わたしは誓ったんだ。女とは一生縁を切ると」ニコラスはエールの酒瓶が置かれたテーブルへ向かった。

「よう、道楽者のご帰還だ」サイモンの荷物を抱えて入ってきたワーリンは、にんまり笑いながら扉を蹴《け》って閉めた。

「心配したんだぞ。せめて連絡ぐらいよこせ」サイモンは文句を言った。

「連絡！　こっちは囚《とら》われの身だったんだ。このワーリンどのが使いをよこしてくれなかったら、いまだに動けなかっただろうね」ニコラスは酒瓶を傾け、一気にエールをあおった。

「この人はマリエッタの寝室に閉じ込められていたのさ」ワーリンの目がおかしそうに輝いた。「生まれたまんまの格好で」

「あの女が服を隠したんだよ。わたしが逃げ出さないように、シーツまではがした」

サイモンは微笑した。「それは大変だったな」

「大変だったとも。最初はうちまで護衛してくれと頼まれた。道中が危険だからと言われては、断れないだろう？　わたしは無事に彼女を送り届けた。ところが、わたしが帰ろうとすると、彼女はなんだかんだと言って、わたしに薬入りの葡萄《ぶどう》酒を飲ませた。それからは地獄の日々さ」

「だろうな」サイモンは感情をこめて相槌《あいづち》を打った。

ニコラスは背を起こした。「わたしの話はどうでもいい。ワーリンから聞いたが、司教のことで面倒に巻き込まれたんだって？　わたしにできることはあるか？」

「わたしの叔母を誘惑して、情報を聞き出してほしいんだ」サイモンは言った。


夜が更け、星空に月が高く昇っていた。司教館は寝静まっていた。

リネットは眠れなかった。

彼女の心は狭い輪の中で堂々巡りをしていた。サイモンの身が心配だった。やりきれないほど後ろめたかった。厚い毛布の下で体を丸くしても、心は寒いままだった。

サイモンの身に何かあったらどうしよう。もしハメルが――。

窓の方角から、何かがこすれるような音がした。

彼女は恐る恐る起き上がった。同時に、窓が開いた。

ハメル！

「来ないで。でないと、院長を呼ぶわよ」

「リネット、わたしだ」

「サイモン」毛布を引きはがすより早く、サイモンがかたわらにやってきた。力強い腕に抱きしめられ、リネットはすすり泣くように彼の名前を呼んだ。

「ここに来てはいけないのに」

「君のことが心配でじっとしていられなかった」

「わたし？」リネットは月明かりに照らされた顔を見上げた。「危ないのはあなたのほうなのよ」

「君を救うためだ」

「サイモン、あなたに話さなければならないことがあるの」たとえそれであなたを失うことになっても。

「わかっている」サイモンは彼女の頬を包み込んだ。

「わたしも同じ気持ちだ」

「あなたも？　だけど……」

「君を――君を愛している」サイモンは目をしばたたき、それから悲しげに微笑した。「こんな台詞《せりふ》は一生口にしないと思っていた。だが、君はわたしの心に入り込み、傷を癒《いや》して――」

リネットは泣きだした。

「リネット、わたしのリン」サイモンは彼女を抱き寄せた。「大丈夫。すべてうまくいく。明日の決闘に勝てば、我々は一緒になれる」

リネットの泣き声が大きくなった。

かわいそうに。つらいことばかりだったからな。彼女は気丈に立ち向かってきたが、もう限界なのかもしれない。「この問題が片づいたら、しばらく町を離れよう。行く先はロンドンがいいかな。それとも、わたしの騎士仲間でも訪ねてみるか」

リネットの泣き声が号泣に変わった。

サイモンは途方に暮れた。女――ことに泣いている女――の扱いには慣れていないのだ。これがニックなら……。「そうそう。ニコラスが戻ってきたんだ」くすくす笑いながら、彼は戦友の悲惨な体験を語った。

リネットは鼻をすすり、涙に濡《ぬ》れた瞳を上げた。

「彼にオデリーンを誘惑させたの？」

「それが……」サイモンは情けなさそうに微笑した。

彼女が泣きやんだことに内心ほっとしていた。「ニックに拒否されたんだ。女とは縁を切ったってね。

それでも、彼女の部屋を調べに行ってくれたが」

「廊下には見張りがいるでしょう？」

「攻城縄を使って壁をよじ登った。わたしがここへ来たのと同じ手段さ。ニコラスなら大丈夫。人知れず女性の寝室に出入りするのが得意だから。それに、ブラザー・アンセルムの話だと、オデリーンは町へ出かけているそうだ。病気の友人を見舞うために」

「実は、ハメルと策を練るためね」リネットはつぶやいた。「小細工に気をつけて」

「ニコラスがついていれば、それほど心配はないだろう」

リネットはうなずいたが、まだ安心できなかった。

「仮にベラドンナが見つかったとしても、あの母子《おやこ》が犯人だという証拠にはならないわ」

「ああ。肝心の証書がないとな」

「キャサリン院長の話だと、サースタンはあなたに土地を遺《のこ》したのだそうよ。ブラックストーン・ヒースという領地を」

「ブラックストーン・ヒース！」サイモンは悪態でもつくようにその名前を吐き捨て、寝台を離れて歩き回りはじめた。「わたしはあそこで育てられた。養育係の夫婦の手で。荒涼としたつまらない土地だ。あんな土地はいらない」

二人で力を合わせれば、荒涼とした土地を温かな家庭に変えられるかも。リネットはそう考えた。でも、それはかなわぬ夢。わたしにそんな夢を見る資格はない。「ジェヴァンとオデリーンはそうは思っていないようね」

「あそこは広大な領地だ。実入りもいいのだろう」

戻ってきたサイモンは、再び彼女の隣に腰を下ろした。「だが、わたしはいらない。そんな贈り物で買収される気はない。もう手遅れだ」

「まだサースタンを憎んでいるの？」

「憎む？」サイモンは首を振った。「いや、憎んではいない。だが、彼がわたしに、わたしの母親にしたことは許せない」

リネットはうなだれた。一時間前に読んだ日誌の言葉がよみがえった。

〝わたしはいつまでも彼女を愛する。家族よりも。友人たちよりも。神よりも深く。ロザリンド・ル・ベクル。サイモンの母親〟

サイモンを産んだのは、ただの使用人ではなかった。ほかの男性と結婚した貴婦人だったのだ。

〝ロザリンドには赤ん坊を育てられない。だから、わたしは彼女をブラックストーン尼僧院へ連れていった。妊娠がわかったその日に亡くなった彼女の母親のために喪に服するという口実で。それはわたしたちの人生で最もつらく苦しい日だった〟

「リネット？」

リネットは顔を上げ、サイモンの気遣わしげな瞳をのぞき込んだ。彼の心の傷はようやく癒《い》えようとしている。でも、母親が自分を手放したと知ったら、二度と立ち直れないかもしれない。そんな残酷なことは言えないわ。わたし自身の暗い秘密も。そこで彼女は口にできる唯一の言葉をささやいた。「愛しているわ、サイモン」

サイモンの顔に晴れやかな笑みが広がった。「よかった。君に泣かれたときは、わたしの片思いかと心配したんだ」

「ずっとあなたを愛していたわ……初めて会ったときから」

「わたしのほうは気づくのに少し時間がかかった。だが、今は――」サイモンは唇を重ねた。優しく甘いキスに、リネットはまた泣きたくなった。

彼女はサイモンにしがみついた。サイモンと一つに溶け合いたい。一瞬でもいいから、心の重荷を忘れてしまいたい。「サイモン。あなたが欲しいの」

「わたしも君が欲しい。もう一度キスをしてから、サイモンはしぶしぶ立ち上がった。「おやすみ。ぐっすり眠るんだよ」

「とても眠れそうにないわ」

サイモンは微笑した。彼女の髪をくしゃくしゃにし、寝台を離れた。本当はリネットのそばにいたかった。だが、ここに残れば、二人とも一睡もできないことはわかっていた。

攻城縄を伝って司教の部屋に戻ると、ニコラスがうろうろと歩き回っていた。

「やっと戻ってきたか」

「ああ、オデリーンの部屋で捕まらなかったか？」手早く縄をたぐり寄せながらサイモンは尋ねた。

「もちろん。こっちこそ心配したぞ。おまえが、その、捕まって戻ってこないんじゃないかと」

サイモンはにやりとした。「危ないところだった」

「ふん。堅物のおまえが女のためにこんな真似をするとはな」

「ただの女じゃない。未来の妻だ」

「妻」ニコラスは身震いした。「冗談じゃない」

「わたしは宗旨替えした。この問題が片づいたら、早速結婚するつもりだ。で、オデリーンの部屋で何か見つかったか？」

「ああ。少々時間がかかったけどな。なにしろ、宮廷の貴婦人たち十人分の服や靴があるんだ。衣装箱と櫃《ひつ》が山積みされ、どれも色とりどりの衣装でいっぱいだった。まるで旅の服屋だね」ニコラスは暖炉の前に毛布と枕《まくら》を放り出した。「寝台の下を捜してみると、化粧品とかつらが入った埃《ほこり》まみれの袋が出てきた。ここに来てから、塗りたくるのをやめて明日の決闘さえ乗りきれば、二人の人生が始まる。

わたしは勝つ。必ず勝ってみせる。

「サイモンを片づけて」オデリーンはつぶやいた。

「またそれか」ハメルは上半身裸になり、台所の火の前で剣を研いでいた。「あいつはおれが殺してやるよ」

「そうね」オデリーンは盛り上がる筋肉を眺めた。ハメルは力があるし、腕も立つ。でも、戦いの中では何が起こるかわからない。「それでも、いちおう彼の馬に薬を盛っておくべきじゃないかしら」

「偵察を出したが、馬には見張りがついてた」

「だったら、サイモンに薬を盛れば？」

ハメルは剣を掲げ、彼女をじろりと見やった。

「おれの腕を信じてないのか？」

「もちろん、信じているわよ」オデリーンはあわてて否定し、ハメルの身が心配なのだとごまかした。


いたみたいだな」

「ベラドンナは？」

「なかった。砒素《ひそ》の粉に紅の壺、まつげに塗るコールの壺まであったが。ああいうものを使う女は、たいてい目をきらきらさせるためにベラドンナを利用するんだ」ニコラスはその方面には詳しかった。

「たぶん始末したんだろうな」

「あるいは、わたしの読みが違っていたのか。このままだとサースタンを殺した犯人は永遠に捕まえられないかもしれない」

「意外だな。おまえが自分を捨てた父親の問題にそこまでこだわるとは」

「わたしも驚いている」リネットのおかげだ。彼女がサースタンの優れた一面を教えてくれたから、反感が薄れたのだ。そう考えながら、サイモンは隣の寝室へ向かった。リネットと出会い、恋に落ちたことで、わたしの人生は大きく変わった。

「門が閉まる前に戻らなくては」彼の頬にキスをして、オデリーンは外へ出た。しかし、サイモンに薬を盛るという考えを捨てきれなかった。サイモンを確実に死なせるには、それしか方法がない気がした。

大聖堂へ引き返しながら、彼女はジェヴァンにもそう語った。

「心配いらないよ、母上。あいつはどのみち死ぬことになる」ジェヴァンは思いつめた口調で答えた。

不安に駆られたオデリーンは、息子の腕に取りすがった。「ジェヴァン、危険な真似はしないと約束してちょうだい」

ジェヴァンは甲高い声で笑った。「僕は大丈夫。あいつはどうか知らないが」

「何をするつもりなの？」

「僕に約束されたものを手に入れるだけさ。急ごう、母上。決闘の前にやることがいろいろある」

19

ダーレイの教練場は一夜にして祭りの広場に変わった。急ごしらえの売店では、ピンから服、壺《つぼ》に至るまであらゆる品物が売られていた。エールを売る天幕には人があふれ、喧騒《けんそう》の中にパイと葡萄《ぶどう》酒を売り歩く行商人の声が響き渡った。

「醜悪な光景だわ」リネットはつぶやいた。その胸にはサースタンの祈祷《きとう》書がしっかりと抱かれていた。

「人はつねに善良ではいられないのよ」答えながら、キャサリンは階段式の座席に向かった。

座席の最前列にはエリナーとドルーサと尼僧たちが陣取っていた。その上段には、ダーレイの有力者たちが顔をそろえていた。全員の視線がリネットにいそそがれた。こそこそと内緒話を交わす者もあった。少数だが、彼女に励ましの声をかける者もいた。

リネットは答えられなかった。決闘場に張り巡らされた綱のように、神経が張りつめていた。綱の外側では、野次馬たちが場所を争っている。子供を肩車している親もいた。

「醜悪だわ」リネットはまたつぶやいた。視線をそらすと、さらに醜悪な光景が目に映った。

オデリーンが右手から観覧席に近づいてきた。深紅のガウンに身を包み、耳の上で丸く結った髪を金のネットで覆っている。その女王然とした態度と狡猾《こうかつ》な笑みがリネットの神経を逆撫《さかな》でした。

彼女は顔をそむけた。「サイモンはどこかしら？」

「ほら、あそこ。うちのワーリンとサー・ニコラスが付き添ってる」エリナーは会場の左端に集まった人の群れを指さした。

リネットはすぐにサイモンの姿を捜し当てた。彼は鎖帷子《かたびら》の上に黒薔薇《ばら》団の陣羽織《タバード》を着ていた。サースタンが十字軍の騎士たちのために選んだ紋章。その意味を知るのはわたしだけかもしれない。

〝わたしが失った薔薇に黒薔薇を捧《ささ》げる〟日誌にはそう記されていた。

けれど、わたしはサイモンを失いたくない。今度彼を失ったら、生きていけない。「どうか、どうか彼をお守りください」リネットは祈った。

人々のざわめきがハメル・ロクスビーの到着を告げた。部下たちに囲まれたハメルは、英雄気取りで決闘場の中央へ進んだ。だが、周囲から飛んできたのは罵声《ばせい》だった。彼は手綱を引き、ひとにらみで野次馬たちを黙らせた。大きな体は鎖帷子に包まれ、腰には剣と一対の短剣が差してあった。

「でかい図体《ずうたい》だわねえ」ドルーサが恐る恐るささやいた。

「ええ」リネットは身震いした。不安をつのらせながら、決闘場へ馬を進めるサイモンを見守った。

サイモンは兜《かぶと》をかぶっていたが、面頬《めんぼお》は上げていた。観覧席を見回した彼は、リネットを見つけ、にっこりと笑った。右手を上げ、胸に刺繍《ししゅう》された薔薇の上に置いた。

愛の誓いの仕草。

リネットはサースタンとロザリンドの不幸な恋を思った。わたしたちも別れる運命なのかしら？　それでも、彼女はなんとか微笑を返した。「神があなたとともにありますように」

サイモンはうなずき、通り過ぎていった。

金属の香炉を提げた修道士が決闘場に現れた。その煙をかき分けるようにクリスピンが登場し、聖歌隊の行列があとに続く。クリスピンは騎士たちの前で足を止めた。

「これよりサースタン司教の殺害に関し、リネット・エスペサーへの裁きをおこなう。法と教会を代表して戦う者は？」

「おれだ。ダーレイの執行長官ハメルだ」

「代理のくせに」エリナーはぶつぶつ言った。

サイモンは馬上で背筋を伸ばした。「そしてわたし、ブラックストーンのサイモンが被告人の代わりに戦う」

リネットの目に涙があふれた。サイモンは昔からわたしの戦士だった。この人なしでは生きていけないわ。彼女は祈祷書を抱きしめ、サースタンが彼を見守ってくれるように祈った。

「では、神の裁きを受けよう」クリスピンは宣言し、行列を従えて決闘場から退いた。彼らが綱の外に出ないうちに、ハメルは剣を抜いて襲いかかった。

「反則だ！」ニコラスが飛び出した。「今のは反則だ。合図を待ってから――」

彼の抗議は剣戟《けんげき》の音でかき消された。サイモンは剣を構え、ハメルの卑劣な一撃を受け止めた。

剣から伝わる衝撃が腕をしびれさせた。サイモンは身震いをした。身長はたいして変わらないが、体重と腕の長さではハメルのほうが有利だ。ならば、敏捷《びんしょう》さと機転で対応するしかない。わたしは勝つ。勝たなければならないのだ。

しかし、ハメルは手ごわかった。正々堂々と戦う気などなさそうだった。やたらに振り回される剣には、相手に傷を負わせようという意図が感じられた。サイモンは歯を食いしばり、時間稼ぎのためにいったん後退した。群集から落胆の声が起こった。一瞬、リネットのことを考えた。だが、すぐに気を引きしめ、目の前の敵に気持ちを集中させた。彼には剣の達人ヒューのそばで戦ってきた経験があった。今もヒューの声が聞こえるような気がした。〝相手をよく観察しろ。弱点を探せ。時機を待って、一気に敵の弱点を突くんだ〟

激しい攻撃に耐えながら、サイモンは観察した。時機を待った。人々が固唾《かたず》をのんで見守る中、二人の荒い息遣いとうなり声、金属がぶつかり合う音だけが響いた。サイモンは攻め込まなかった。守りに徹しながら、ハメルの戦い方を探った。

ハメルの目がいらだたしげに光った。「逃げるな。逃げずに戦え」彼は身を低くし、サイモンの馬を狙《ねら》った。

サイモンは鋭く手綱を引いた。馬は棹《さお》立ちになっていななないた。草の上で蹄《ひづめ》が滑った。サイモンはとっさにあぶみを蹴《け》り外し、飛び上がった。背中から地面に叩《たた》きつけられ、一瞬、息ができなくなった。口の中に血の味が広がった。どよめきの中にリネットの悲鳴が聞こえた。彼は持てる力をかき集め、寝返りを打って体を起こした。

ほどなくハメルが突進してきた。その目は勝ち誇ったように輝いていた。

サイモンは剣を下ろして待った。サラセン人の若者たちが対岸の野営地で練習していた技だ。それを見た彼は、サラセン人の戦法に感心し、時機を計る大切さを学んだのだった。

ハメルが徐々に迫ってくる。まだだ。あと少し。ハメルがとどめを刺すために剣を振り上げた。サイモンはその一撃をかいくぐり、振り向きざまにハメルのタバードの背をつかんだ。その勢いでハメルは鞍《くら》から吹き飛んだ。

派手な音とともに、ハメルは地面に落下した。しかし、火傷《やけど》した猫よりも素早く立ち上がった。「このやろう」彼はわめきながら剣を振り回した。

サイモンは足がふらつくのを感じた。睡眠不足のせいか、反応が鈍りはじめている。彼は必死に疲労感を振り払った。リネットの自由のためだ。彼女の命がかかっているのだ。

「これできさまもおしまいだ」そう豪語しながら剣を振り上げたハメルは、痛恨の過ちを犯した。サイモンが襲ってこないと見て、大きく剣を振り上げすぎたのだ。

今だ。サイモンはその隙《すき》を突き、相手の肩を狙った。

最後の瞬間、ハメルが身をよじった。肩を狙った剣は首に刺さり、血が噴き出した。ハメルはうなり、サイモンを見つめた。大きな顔が苦痛と驚きに歪《ゆが》んでいる。剣が手から地面へ滑り落ちた。ハメルの巨体がそれに続いた。

「サイモン！　サイモン！」

振り返ると、草の上を駆けてくるリネットの姿が見えた。院長と尼僧たち、観客の半分があとに続いている。彼らは口々にサイモンとリネットの名前を叫んでいた。

終わった。

精魂尽きたサイモンは崩れるようにひざまずいた。戦いは終わり、我々は勝ったのだ。

クリスピンは決闘場の端に立ち、倒れた執行長官の姿を愕然《がくぜん》として見つめていた。勝者に群がる人々の歓喜の叫びを、信じられない思いで聞いていた。司教の婚外子とその愛人が勝った。

神はわたしよりもあの二人を選ばれた。

クリスピンは自分が犯した罪の数々を思った。わたしは一人ならず二人の仲間に毒を盛った。その結果が死につながらなかったとしても、申し開きはできない。わたしは彼らの死を願ったのだから。

わたしは自分の正しさを信じていた。動機は神聖なものだった。だが、それも今となっては……。

わたしはどうすればいい？　神に見放された身で、どうやって生きていけというのだ？

クリスピンは両手で顔を覆った。苦しみの中で生きるよりは死ぬほうがましだ。だが、自殺は最も憎むべき罪。これ以上罪を重ねるわけには――。

「まだ終わってないわ！」女の叫び声が聞こえた。

クリスピンは両手を下ろした。観覧席の陰から決闘場へ走り出るオデリーンの姿が見えた。

「わたくしの子が受け取るべきものを婚外子なんかに渡してなるものですか！」彼女の振りかざした手には光る物体が握られていた。

ブラックストーンのサイモンを殺すつもりなのだ。

クリスピンは瞬時に確信した。罪を背負ったままでは天国へは行けない。だが、最後に一つ。一つだけよいおこないをすれば。

彼は十字を切り、オデリーンの前に踏み出した。

断末魔の悲鳴がお祝い騒ぎを打ち砕いた。

リネットはサイモンの腕の中で振り返った。胸を血で染めた助祭長とオデリーンが折り重なるように地面に倒れていた。「いったい何が……」

「オデリーンがクリスピンを刺したんだ！」サイモ

ンは二人に駆け寄り、オデリーンを引き起こしてニコラスに押しつけた。「しっかり捕まえていろ」そう命じてから、あとを追ってきたリネットに向き直った。「なんとか手当てできないか？」

リネットは助祭長のかたわらにひざまずき、首を横に振った。あふれる血が傷の深さを物語っていた。

「ブラザー・クリスピン」ひざまずいたアンセルムが、宝石をちりばめた短剣の柄《つか》に手を伸ばしかけてためらった。「下手に抜かんほうがいいか。布と担架を頼む」

クリスピンのまぶたが開いた。「かまわなくていい、ブラザー・アンセルム。わたしは死ぬ」唇に力のない微笑が浮かんだ。「祝福された死だ」

「その男は気がどうかしてる！」オデリーンが叫んだ。「短剣に体を押しつけるなんて」

「こちらへ、レディ」ニコラスは彼女を抱えるようにしてベンチに向かった。

クリスピンは首を巡らせた。目の光が弱まっている。「サースタンを死なせるつもりはなかった。彼が病気になればそれでよかった」

「そうすれば、あなたが司教になれるから？」リネットは尋ねた。

クリスピンはうなずき、再び目を閉じた。「わたしに許しを」彼はつぶやいた。「神はお許しにならないだろうが」

「わたしが告解をうかがいます、助祭長どの」ジェラードが彼の頭のそばにひざまずいた。

リネットは顔をそむけ、サイモンの腕の中に寄り添った。「ブランデーに鳥兜《とりかぶと》を入れたのは、この人だったのね」

「ああ。オデリーンの言うとおり、クリスピンは正気を失っていたんだ」サイモンは彼女を連れて、ニコラスとオデリーンが座るベンチへ向かった。オデリーンも正気を失ったように見えた。髪は乱れ、目つきがおかしかった。「オデリーン、サースタンにベラドンナをのませたのはあなただな?」

「もうだめ。おしまいだわ」オデリーンは力なくニコラスにもたれた。「証書がなければ、何もかも水の泡よ」

「ブラックストーン・ヒースの証書か?」

オデリーンの顔に異様な微笑がよぎった。「ブラックストーン・ヒース。わたくしたちはあそこで幸せに暮らすのよ、ジェヴァン。もう人の施しにすがらなくていいの。言ったでしょう。わたくしがあの土地をあなたのものにしてみせるって」

リネットは身震いした。「サイモン……」

「あなたがサースタンを殺したのか?」サイモンは穏やかに問いかけた。

オデリーンは彼を見返したが、その目は遠くを見ているようだった。

アンセルムがあとを追ってきた。「やめたほうがいい。答えられる状態じゃなさそうだ」

サイモンはため息をついた。「クリスピンは?」

「神の御許《みもと》に召された」アンセルムは十字を切った。「サー・ニコラス、レディ・オデリーンを施療院に運んでもらえんだろうか。眠り薬を与えたいのでね。少し眠れば、質問に答えられるようになるかもしれん」彼は周囲を見回した。「おかしいな。ジェヴァンの姿が見えんが」

「たぶん、母親の巻き添えになることを恐れて逃げ出したんだろう」サイモンはつぶやいた。

「でも、血を分けた息子なのよ」リネットは強い口調で言った。「どんな罪を犯したとしても、母親を支えてあげるべきだわ」

「ジェヴァンはそういう上等な人間ではないようだな」アンセルムは言った。「サイモン、施療院に来たまえ。君の傷も手当てしよう」彼はニコラスについてくるよう合図を送った。

「ちょっと待ってください」サイモンは座ったまま動かなかった。急に気が抜けてしまったのだ。体は傷だらけだが、どれも深刻なものではなかった。今は痛みよりも安堵《あんど》感のほうが大きかった。「終わった」担架に乗せられるクリスピンの遺体を眺めながら、彼はつぶやいた。「これで君は自由の身だ」

「あなたのおかげよ。でも、とても怖かった。もしあなたの身に何かあれば、わたしも生きていけなかったわ」リネットは震える体を彼の胸にすり寄せた。

「わたしも同じだ」サイモンは温かく華奢《きゃしゃ》な体の感触を味わった。彼女がそばにいなければ、わたしのこれからの人生は空虚なものになるだろう。「結婚してくれ、リネット」金色の髪に唇を当てて、彼はささやいた。

結婚してくれ。その言葉が短剣のようにリネットの胸をえぐった。彼女はサイモンと結婚したかった。だが、サースタンの日誌が二人の間に立ちはだかっていた。「できないわ」

「なぜ？」サイモンは彼女の顎をとらえ、苦悩のにじむ瞳を探った。「わたしを愛していないのか？」

「愛しているわ、心の底から」リネットの頬を一筋の涙が伝った。「でも、あなたとは結婚できない」

「暮らしの心配ならしなくていい。わたしには身の代金で得た金が――」

「違うの」リネットは後ずさろうとしたが、彼が放してくれなかった。「サイモン……」警戒の表情を覚悟して、彼女は視線を上げた。しかし、サイモンの瞳にあったのは愛情だった。思いきって打ち明けなさい。彼はあなたを愛しているわ。きっと理解してくれるはずよ。「サイモン、わたし……わたし、子供を産んだの」

彼女の肩に置かれたサイモンの手に力が入った。瞳にかつての冷たさが戻った。「誰の子供だ？」

「あなたが出征してから九カ月後に生まれた子よ」

「わたしの？　わたしの子供！」サイモンの喜びは一瞬で終わった。「君と一緒にいないということは、その子は……死んだのか？」

「わたし――あの子を養子に出したの」

「養子に出した？」サイモンは彼女の肩を放し、ベンチから立ち上がった。「我々の子供を手放したっていうのか？」彼はおぞましい怪物でも見るようにリネットを見据えた。

「あの子に肩身の狭い思いをさせたくなかったのよ。サースタンが手配してくれて、あの子は愛情深い家庭に――」

「サースタン！」サイモンの表情がさらに険しくなった。顔は赤らみ、瞳は憎しみの光を放った。

だめだわ。とても許してくれそうにない。リネットは悄然《しょうぜん》として立ち上がり、彼に日誌を押しつけた。「すべてここに書いてあるわ。あなたのお母様の名前も含めて。わたしたちの娘の預け先を除けば、すべてがここに」サイモンの辛辣《しんらつ》な視線に耐えられず、彼女はよろめくようにベンチを離れた。

リネットがわたしの子供を手放した。

サイモンはうなだれ、その場に立ち尽くしていた。思いもよらない裏切り。わたしは彼女を愛していた。誰よりも信頼していた。だが、彼女は恐ろしい秘密を隠していたのだ。

「リネットにとってもつらく苦しい決断だったのよ」キャサリン院長が優しく言った。

「消えてくれ」

「消えますよ、言うべきことを言ったら。リネットは当時からあなたを愛していたわ。赤ん坊を自分の手で育てたがっていたの。たとえ後ろ指を指されることになろうと、ギルドの反対で店を継げなくなろうと。彼女の両親が元気なうちは、それでもやっていけたと思うわ。でも、両親がいなくなったら、彼女も赤ん坊も救貧院行きだったでしょうね」

「つまり、自分の都合でわたしの子供を捨てたわけだ」

「責めるなら、サースタンとわたくしを責めなさい。サースタンは長年あなたを見守ってきた。だから、婚外子として生きるつらさがわかっていたのよ。わたくしたちはリネットを説得したわ。愛情深い家庭で実の子として育てられたほうが赤ん坊のためになると」

サイモンは視線を上げた。「だが、彼はわたしを認知しなかった」

「それは彼があなたの命と引き換えに払った代償だったの」

「どういう意味だ？」

「わたくしたちの父親、ロバート・ド・リンドハースト侯は独裁的な人間だったわ。上の兄が亡くなったあと、サースタンを司教にすると決めたのも父だった。サースタンは宮廷生活のほうが向いていたし、愛する女性もいたのにね。その女性が身ごもっていると知ったとき、父は堕胎を命じたわ。サースタンはあなたを生かしておかなければ聖職には就かないと宣言した。父はしぶしぶ折れたけど、その代わり、サースタンは誓いを強要されたの。あなたの母親の魂にかけて、絶対にあなたを認知しないと」

三年間サイモンの心を満たしていた怒りがわずかに和らいだ。「それで、わたしの母親は？」

「しばらくして他家へ嫁いだわ。彼女の身元を知っていたのはわたくしも含め、ほんの数人だったけれど、絶対に口外しないと誓わされた」キャサリンは彼が抱えていた日誌に目をやった。「母親の名前はそこに書いてある、とリネットは言っていたわね。もしあなたがラテン語を読めないなら、彼女が訳してくれるでしょう」

「あなたが訳してくれ」サイモンは言った。

「どうしてもリネットを許せないの？」

「わからない。わたしは――」

「ブラックストーンのサイモン！」ジェヴァンが観覧席の背後から現れた。リネットを前に抱き、彼女の喉に短剣を当てていた。

「なんのつもりだ？」サイモンは問い返したが、リネットの怯《おび》えた顔しか目に入らなかった。

「ブラックストーン・ヒースの証書を渡せ」

「どこにあるか、わたしは知らない」

「手に持っているだろう。サースタンはその日誌に証書を隠したんだ」

サイモンは日誌を差し出した。「渡すからリネットを解放しろ」

「おまえが生きている限り、その証書は無効なんだよ」ジェヴァンは薄い笑みを浮かべた。

「だったら、土地はわたしからおまえに譲渡する」

ジェヴァンの表情がこわばった。「どうせ口先だけだ。あとで気が変わるに決まってる」

「嘘《うそ》じゃない。わたしは領地なんていらない」リネットの青ざめた顔を見つめるうちに、サイモンの心に変化が起こった。リネットほど温かく愛情深い女性はいない。彼女は悩み、苦しんだ。それでも、子供の幸福のために自分を犠牲にした。サイモンの怒りは消え、あとには深い悲しみが残った。リネットが、自分自身が、そして永遠に抱いてやることのできない子供が哀れでならなかった。「あんな土地、喜んでくれてやる」

「僕の言うとおりにしろ」ジェヴァンは腰の袋から小さな瓶を取り出した。「これを飲め」

サイモンの全身に鳥肌が立った。「ベラドンナか」

ジェヴァンはにやりと笑った。「まだたっぷり残ってるぞ」

「おまえが母親の部屋からこれを持ち出し、サースタンを殺したんだな」

「ロブ・フィッツヒューからおまえが生きてると聞いたものでね。おまえに都合のいいように証書を書き換えられては困るだろう」ジェヴァンの声には静かな狂気が感じられた。「気の毒だが、おまえにも死んでもらう。そうすれば、あの土地は僕のものだ」

「ジェヴァン、ほかに方法があるはずよ」キャサリンが訴えた。

「いいや、ないね。ロブも、ハメルも、母上までもが僕の期待を裏切った。あとはサイモン次第さ。彼が逆らえば、リネットは死ぬ。この女を死なせたくないだろう、サイモン?」

「もちろんだ」サイモンはリネットの瞳をのぞき込み、愛と尊敬と許しの気持ちをこめて微笑した。

「わたしのせいで、リネットにはつらい思いばかりさせてしまった。その彼女を見殺しにはできない」

彼は手を差し出した。

「サイモン、だめ!」リネットは叫んだ。

「騒ぐな」ジェヴァンは腕を伸ばし、ベンチに小瓶を置いた。「いいか、サイモン、わざとこぼしたりしたら、この女を殺すぞ」

「わかっている」サイモンは小瓶を手に取った。コルクの栓を外し、小瓶を口へ傾けた。

リネットは愕然《がくぜん》としてその様子を見つめた。心臓が止まった気がした。サイモンはしばらくその場にたたずんでいた。それから、身を硬くし、叫び声とともに地面へ倒れた。全身が痙攣《けいれん》したように震えた。

「サイモン! サイモン!」リネットはジェヴァンの腹を肘で突き、相手がひるんだ隙に逃げ出した。サイモンのかたわらにひざまずこうとした彼女を、キャサリン院長が抱きとめた。

「おやめなさい。見ないほうがいいわ。わたくしたちにできることは何もないのだから」

リネットは泣きながら院長にすがりついた。

「サースタンと同じだな」結果を確かめに近づいてきたジェヴァンがつぶやいた。「いい気味だ」

リネットの胸に憎悪が広がった。「なにも殺さなくてもよかったのに」

「殺したかったのさ」ジェヴァンは短剣をしまい、落ちていた日誌を拾った。にやにやしながら表紙をはがし、内側に隠してあった羊皮紙を取り出した。

「これですべて僕のものに――」

勝ち誇った言葉が悲鳴に変わった。いきなり立ち上がったサイモンにみぞおちを殴られたのだ。二発目を顎に受け、ジェヴァンは地面にひっくり返った。

「サイモン？」リネットは院長の腕から飛び出した。「生きていたのね」彼女はサイモンの頬を触った。こわばった頬にはぬくもりがあった。「でも、どうして……」

「栓を外さなかったんだ」サイモンは左手に握っていた小瓶を見せた。「なかなかの芝居だっただろう？」

「まあまあ。わたくしはてっきり……あんなに肝を冷やしたことはなかったわ」キャサリン院長は落ち着かなげに笑ってから真顔に戻り、ジェヴァンを見下ろした。「この子をどうしたものかしら？」

「とりあえずは縛るべきだ。そして、司法の手に委《ゆだ》ねる」

「母親と一緒にね」キャサリンは舌打ちをした。「オデリーンは昔からわがままで欲深い子だったけど、まさかこんなことになるなんて……」

「ハメルが死んだとなると、ダーレイの司法の責任者は誰になるんだろう？」

「新しい執行長官が任命されるまでは、ヨークの執行長官が代行するでしょう」キャサリンは僧服の裾《すそ》をつまんだ。「ジェヴァンのそばにいてちょうだい。わたくしは修道士たちを呼んでくるわ」

リネットはサイモンにしがみついた。彼が生きていることがいまだに信じられなかった。「怖かったわ。本当に毒をのんだのかと思った」

「のんでもいいと思った」サイモンは答えた。「君のためなら」

「サイモン……」リネットは彼の瞳を見上げた。そこには嫌悪も後悔もなかった。

「愛している、リネット」サイモンはつぶやいた。「結婚してくれ。一緒に過去を乗り越えて生きていこう」

わたしだってそうしたい。それができたらどんなにいいか。でも、わたしたちは本当に過去を乗り越えることができるのかしら？

エピローグ

一一二二年六月十日——オックスフォード
レディ・ロザリンドの館《やかた》は真昼の日差しの中でまどろんでいた。灰色の石で造られた三階建ての母屋には、木造の別棟がついていた。鎧戸《よろいど》を開けた窓が通り過ぎる者を睥睨《へいげい》しているように思えた。

母親が暮らしているという館を馬上から眺めるうちに、サイモンは落ち着かなくなってきた。

「なんなら、わたしが様子を見てくるけど」リネットがつぶやいた。

サイモンは結婚して二週間になる妻に弱々しい微笑を投げた。「こんなざまをニコラスに見られたら、

腰抜け呼ばわりされそうだな」ニコラスは十日前に
とうとう腹をくくり、厳格な父親と対決するために
旅立っていったのだ。
「あなたは腰抜けじゃないわ。父親に自分を見直さ
せることと、まだ見ぬ母親に対面することとでは、
話がまったく違うんだから」
「だが、戦いから逃げたいと思ったのは初めてだ」
リネットは優しく微笑《ほほえ》んだ。「このまま引き返し
てもいいのよ」
引き返してしまおうか？　だが、わざわざ四日も
かけてダーレイからやってきたのだ。せめて一目で
も母親の姿を見たい。「連中はなんと言うかな？」
近くの宿屋に待機させている護衛の男たちのことを
考え、サイモンは尋ねた。
「執行長官らしくないふるまいだと思うでしょう
ね」リネットはにっこり笑った。「その話が国王に
伝わったら、任命はなしになるかも。いくら市長や
ダーレイの人たちが後押ししてくれても」
サイモンはうなずいた。「今さら手放した子供が
現れても、レディ・ロザリンドは会いたがらないん
じゃないだろうか」
「わたしなら会いたいわ」リネットはささやいた。
その瞳から光が消えている。彼女はよく夜中に声を
ひそめて泣いていた。いくらサイモンが許すと言っ
ても、彼女は自分を許せずにいた。
わたしのためだけではない。サイモンは思った。
リネットのためにも勇気を出さなければ。それに、
このままダーレイに戻り、母親には会わなかったと
ウォルター司教に報告できるか？
ウォルター・ド・フォークは死ななかった。それ
どころか、今ではダーレイの司教だった。彼は己の
人脈を利用し、ロザリンド・ル・ベクルがウィリア
ム・デ・ラ・ヒューワイト侯に嫁ぎ、今は夫が亡く
なりオックスフォードに暮らしていることを突き止

めた。彼の話によれば、レディ・ロザリンドは長年宮廷で過ごしてきたという。サイモンは絹と宝石で飾りたてた鼻持ちならない貴婦人を想像した。それでも、母親に会いたい気持ちを抑えきれなかった。

「よし、入ろう」サイモンは意を決した。「サースタンの櫃《ひつ》で見つけた手紙を返さなくては」それは遠い昔、ロザリンドが学生だったサースタンに書いた手紙だった。「そして、彼が亡くなったことを伝えよう。ただし、わたしが肉親だということは、向こうの状況がわかるまで伏せておこう」

「わたしはここで待っていたほうがいい？」

「いや。君はわたしの力だ。君と一緒でなければ、わたしはどこへも行かない」馬を降りたサイモンは、妻を鞍《くら》から抱き下ろし、並んで館に向かった。「ひょっとしたら留守かもしれないな」半ば期待をこめて彼はつぶやいた。

リネットはくすくす笑った。「鎧戸が開いているでしょう。留守のはずは――」

館の横手から悲鳴が聞こえてきた。

「ここで待っていろ」サイモンは剣を抜き、建物の脇《わき》の小道を走った。再び悲鳴が起こった。低い石塀を飛び越えて、彼は庭へ駆け込んだ。その庭は司教館の庭とそっくりだった。芳しい薔薇《ばら》園をいちいちの垣根が縁取っていた。

庭の中央にはたらいが置かれ、その中に濡《ぬ》れた大型犬がおさまっていた。犬を押さえているほっそりした女性のガウンは、石鹸《せっけん》水でびしょ濡れだった。

「手を貸そうか？」サイモンは声をかけた。

女性が顔を上げた。けっして若くはなかったが、いまだに美しく、濡れた金色の髪が上気した頬に張りついていた。「ええ、お願い。バーナードはお風呂嫌いなのよ。そのくせ、ロージーと泥遊びをするものだから――」

バーナードはその隙《すき》を狙《ねら》って必死の逃走を試みた。

低くうなりながら、たらいから飛び出そうとした。

「捕まえて」女性が叫んだ。

サイモンは剣を捨て、飛び出す直前の犬を捕らえた。濡れた首に両腕を巻きつけ、押し戻そうとした瞬間に足が滑った。彼は犬もろともひっくり返った。

「大丈夫。捕まえた」

女性はくすくす笑った。「あなたがバーナードに捕まったように見えるけど」

「サイモン？ どうしたの？」あとを追ってきたリネットは、あんぐりと口を開けた。それから、ぷっと吹き出した。

サイモンは笑う女たちをにらみつけた。「笑う暇があったら石鹸を渡してくれ。わたしがバーナードを洗うから」

「あら、ごめんなさい」女性はサイモンに押さえられた犬に石鹸をこすりつけ、リネットの助けを借りて洗い流した。

解放されたとたん、バーナードはたらいから飛び出し、水を飛び散らして嬉《うれ》しそうに吠《ほ》えた。ガウンをだいなしにされ、髪もくしゃくしゃだというのに、女性はまた若い娘のように笑った。

少なくとも、レディ・ロザリンドの使用人はお高くとまってないようだ。そう思いながら、サイモンはバーナードの首輪をつかんだ。「乾くまでつないでおいたほうがいいな。紐《ひも》は？」

「あるわ。向こうの木よ」

サイモンが犬をつなぐ間に、リネットと女性が麻布を持ってきた。彼は石のベンチに座り、濡れたチュニックを脱いで、髪を布でぬぐった。

「うちにはあなたに合いそうな着替えがないの。ごめんなさいね、サー……」

「サイモン。ブラックストーンのサイモンだ」

女性ははっと息をのみ、崩れるようにベンチに腰を下ろした。

「わたしの名前を知っているのか？」サイモンは驚いて尋ねた。レディ・ロザリンドは使用人に秘密を打ち明けたんだろうか？

「ええ」女性の緑色の瞳に涙があふれた。「わたしのサイモン。あなたには二度と会えないとあきらめていたのよ」

わたしのサイモン。サイモンの心臓が激しく高鳴った。「あなたがレディ・ロザリンド？」

女性はうなずいた。頰を一筋の涙が伝った。「どうして……どうしてここがわかったの？」

サイモンは身を硬くした。「押しかけてきてすみません」

「サイモン」リネットは彼の腕に手を置いてたしなめた。「サースタン司教の日誌にあなたの名前があったんです。司教は……亡くなりました」

「知っているわ」ロザリンドは大きなため息をついた。「二週間前に知らせが届いたのよ。でも、意外だとは思わなかった。彼が亡くなったその晩に胸騒ぎを感じ、彼の身に何かあったんじゃないかと心配していたから。本当に恐ろしい事件だったわね」

「犯人は捕まりました」サイモンはそっけなく報告した。「ジェヴァンは裁かれる前に首を吊《つ》って死にました。それを知ったオデリーンは完全におかしくなってしまった。キャサリン院長に尼僧院へ連れていかれたが、そこを宮廷だと思い込み、今でもジェヴァンの帰りを待っているそうです」

「悲しい結末ね」ロザリンドはつぶやいた。「サースタンが亡くなったことはつらいけれど、あなたが戻ってきたことがせめてもの慰めだわ。彼はあなたが生きていることを知ってから、あの世に旅立ったんですもの」彼女は弱々しく微笑んだ。「あなたの笑顔が見られてよかった。一生憎まれることを覚悟していたから」

「憎みました……一時は」サイモンはリネットと指

を絡ませた。「だが、キャサリン院長から言われたのです。権力にこだわるロバート侯が、あなたとわたしの父親を引き裂いたんだと。それに、愛しているからこそ手放すこともある。わたしの妻リネットがそう教えてくれました」

ロザリンドの顔に驚きの表情が走った。「あなたがリネット・エスペサー？」

「少し前までは」リネットはサイモンに寄り添った。「今はブラックストーンのリネットです」

「まあ」ロザリンドは半泣きの顔でにっこり笑った。「神が奇跡をくだされた――」

「お祖母《ばあ》ちゃま！　お祖母ちゃま、あたし、きれいになったわ」幼い少女が庭の小道を駆けてきた。湿った金色の巻き毛が日差しを受けてきらめいている。瞳はロザリンドよりも淡い緑色だった。

レディ・ロザリンドの孫娘かしら。自分自身の娘のことを思い出し、リネットは胸を詰まらせた。

ロザリンドは少女を抱き上げてキスをした。それから、リネットに目を向けた。「最初に策を練ったとき、サースタンはこうなることを知っていたのかしらね」

「どういう意味です？」リネットは尋ねた。

答える代わりに、ロザリンドは腕に抱いた少女に視線を落とした。「ロージー、前に話してあげたでしょう。いつかお母様に会えるって。ついにその日が来たのよ」

リネットとサイモンは同時に息をのんだ。「その子は……わたしたちの娘なんですか？」彼女はおずおずと尋ねた。希望を持つのが怖かった。

「そうよ」ロザリンドの顔全体に笑みが広がった。「サースタンはわたしがこの子を育てるべきだと考えたの。わたしならこの子を大切にするとわかっていたんでしょう」

リネットは自分の娘を見つめた。愛情で胸がはちきれそうだった。

「あたし、お母ちゃまのこと、覚えてない」ロージーは指をくわえて言った。

リネットはひざまずいた。「わたしはあなたを覚えているわ」彼女の髪とサイモンの目を持つ元気そうな少女を見つめながらささやいた。「今よりずっと小さかったあなたを」

「あたし、もうおっきいもん」ロージーは答えた。

「お母様にあなたのお部屋とおもちゃを見せてあげたら?」

ロージーは利かん気な目つきで祖母を見返した。

「お母ちゃまは子猫が見たいんじゃない?」

「子猫たちは小さいから、まだ遊べないのよ」

「じゃあ、見るだけ」ロージーは祖母の膝を滑り下り、ぽっちゃりした手をリネットに差し出した。

「子猫たち、厩《うまや》にいるのよ」

信頼しきったように委《ゆだ》ねられた小さな手の感触が、リネットの心を温め、傷ついた魂を癒《いや》した。彼女は立ち上がり、サイモンを見やった。サイモンの瞳にも喜びの涙が光っていた。「この人も一緒に行っていい?」

ロージーはサイモンを見上げ、疑わしげに眉をひそめた。「この人、おっきすぎるから、子猫を押しつぶしちゃうかも」

「大丈夫よ。優しい人だから」リネットは答えた。「この人はあなたのお父様なの」

「あたしのお父ちゃまは天使なのよ。お祖母ちゃまが言ってたわ」

「天使とまでは言わないけど、とってもすばらしい人よ」

「じゃあ、いいわ。でも、静かにするって約束してね」ロージーはもう一方の手を差し出した。

サイモンはその手を握った。感動で胸がいっぱいになった。わたしの家族。ずっと望んでいたものをついに手に入れたのだ。父のおかげで。そして、母のおかげで。彼はベンチに座る女性を振り返った。喜びと寂しさの入りまじった表情。喜びは息子を得たからだろうが、寂しさは？　自分が一人だけ取り残されると思っているのだろうか？「一緒に行きましょう、母上。わたしはあなたから離れる気はないし、あなたからロージーを引き離す気もない」

ロザリンドは立ち上がった。にっこり笑い、彼が差し出した手を握った。「わたしもあなたと離れ離れになりたくないわ……もう二度と」

「じゃあ、みんな一緒ね？」大人たちの幸せそうな顔を見比べながら、ロージーは尋ねた。

「ずっと一緒だよ」サイモンは答えた。

その夜遅く、サイモンはリネットを腕に抱き、娘の寝顔を眺めていた。今日は彼の人生で最高の一日だった。「幸せか？」彼はささやいた。

「ええ」リネットは彼の胸にもたれかかった。「ここにサースタンがいてくれたら、もっと幸せなんだけど」

「彼はここにいるよ。我々の心の中に」

リネットはうなずいた。「ブラックストーン・ヒースを孤児たちの家にすると知ったら、彼もきっと喜んでくれるわね」

「我ながら名案だと思うが、計画は少し延期したほうがいいかもしれないな。今日の様子から見て、しばらくはロージー一人で手いっぱいになりそうだ」

リネットは肩ごしに彼を振り返り、にっこりした。「わたしたちの娘が強情だって言いたいの？」

「強情なうえに石頭だ。この子を育てるのは苦労するぞ」

「あなたのお母様が一緒にダーレイへ来てくれるといいんだけど」

あなたのお母様。サイモンはその響きが気に入った。それ以上に本人が気に入っていた。ロザリンドは温かく思いやりのある愉快な女性だった。できることなら一緒に暮らしたいのだが……。「命令する親が三人もいたら、ロージーが混乱しないかな」

「どうせロージーは命令なんて聞かないわ。それに、ロザリンドがそばにいたほうが新しいうちにもなじみやすいでしょう」

「じゃあ、君はかまわないんだね？」

「ええ。大賛成よ。孤児の家の準備をロザリンドにも手伝ってもらいたいし。それに……」リネットはサイモンの顎を撫《な》でた。「わたしたちはようやく四人家族になれたわ。でも、大人たちはまだ癒《い》えきっていない傷を抱えている。みんなで力を合わせたほうが、傷も早く治るんじゃないかしら」

サイモンはリネットの鼻にキスをした。「何をしでかすかわからない妻と、母親そっくりの娘のお守り役か。わたしはとんでもない女性を愛してしまったな」

リネットは彼の首に両腕を巻きつけ、唇を合わせた。「こんな大任がこなせるのはあなたくらいのものよ、わたしの戦士さん」

サイモンはにっこり笑った。穏やかな瞳が不変の愛情に輝いていた。「一生君を守っていくよ」彼はささやいた。

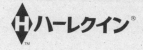

ハーレクイン・ヒストリカル　2001 年 12 月刊（HS-125）

愛を守る者
2024 年 6 月 5 日発行

著　者	スザーン・バークレー
訳　者	平江まゆみ（ひらえ　まゆみ）
発行人	鈴木幸辰
発行所	株式会社ハーパーコリンズ・ジャパン 東京都千代田区大手町 1-5-1 電話 04-2951-2000（注文） 0570-008091（読者ｻｰﾋﾞｽ係）
印刷・製本	大日本印刷株式会社 東京都新宿区市谷加賀町 1-1-1
装丁者	AO DESIGN

ISBN978-4-596-77670-9 C0297

ハーレクイン・シリーズ 6月5日刊 発売中

ハーレクイン・ロマンス

愛の激しさを知る

秘書が薬指についた嘘	マヤ・ブレイク／雪美月志音 訳	R-3877
名もなきシンデレラの秘密 《純潔のシンデレラ》	ケイトリン・クルーズ／児玉みずうみ 訳	R-3878
伯爵家の秘密 《伝説の名作選》	ミシェル・リード／有沢瞳子 訳	R-3879
身代わり花嫁のため息 《伝説の名作選》	メイシー・イエーツ／小河紅美 訳	R-3880

ハーレクイン・イマージュ

ピュアな思いに満たされる

捨てられた妻は記憶を失い	クリスティン・リマー／川合りりこ 訳	I-2805
秘密の愛し子と永遠の約束 《至福の名作選》	スーザン・メイアー／飛川あゆみ 訳	I-2806

ハーレクイン・マスターピース

世界に愛された作家たち
～永久不滅の銘作コレクション～

純愛の城 《特選ペニー・ジョーダン》	ペニー・ジョーダン／霜月　桂 訳	MP-95

ハーレクイン・ヒストリカル・スペシャル

華やかなりし時代へ誘う

悪役公爵より愛をこめて	クリスティン・メリル／富永佐知子 訳	PHS-328
愛を守る者	スザーン・バークレー／平江まゆみ 訳	PHS-329

ハーレクイン・プレゼンツ作家シリーズ別冊

魅惑のテーマが光る
極上セレクション

あなたが気づくまで	アマンダ・ブラウニング／霜月　桂 訳	PB-386

※予告なく発売日・刊行タイトルが変更になる場合がございます。ご了承ください。

6月14日発売 ハーレクイン・シリーズ 6月20日刊

ハーレクイン・ロマンス　愛の激しさを知る

乙女が宿した日陰の天使	マヤ・ブレイク／松島なお子 訳	R-3881
愛されぬ妹の生涯一度の愛《純潔のシンデレラ》	タラ・パミー／上田なつき 訳	R-3882
置き去りにされた花嫁《伝説の名作選》	サラ・モーガン／朝戸まり 訳	R-3883
嵐のように《伝説の名作選》	キャロル・モーティマー／中原もえ 訳	R-3884

ハーレクイン・イマージュ　ピュアな思いに満たされる

ロイヤル・ベビーは突然に	ケイト・ハーディ／加納亜依 訳	I-2807
ストーリー・プリンセス《至福の名作選》	レベッカ・ウインターズ／鴨井なぎ 訳	I-2808

ハーレクイン・マスターピース　世界に愛された作家たち ～永久不滅の銘作コレクション～

不機嫌な教授《ベティ・ニールズ・コレクション》	ベティ・ニールズ／神鳥奈穂子 訳	MP-96

ハーレクイン・プレゼンツ作家シリーズ別冊　魅惑のテーマが光る 極上セレクション

三人のメリークリスマス	エマ・ダーシー／吉田洋子 訳	PB-387

ハーレクイン・スペシャル・アンソロジー　小さな愛のドラマを花束にして…

日陰の花が恋をして《スター作家傑作選》	シャロン・サラ 他／谷原めぐみ 他 訳	HPA-59

文庫サイズ作品のご案内

◆ハーレクイン文庫・・・・・・・・・・・・・・毎月1日刊行

◆ハーレクインSP文庫・・・・・・・・・・・・毎月15日刊行

◆mirabooks・・・・・・・・・・・・・・・・・・毎月15日刊行

※文庫コーナーでお求めください。

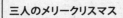